Après avoir passé plus de six ans au service de la Croix-Rouge française, Marc Levy fonde un cabinet d'architecture et publie en 2000 son premier roman, *Et si c'était vrai…*

À partir de ce moment, il se consacre à l'écriture et publie *Où es-tu ?* (2001), *Sept jours pour une éternité…* (2003), *La Prochaine Fois* (2004), *Vous revoir* (2005), *Mes amis, mes amours* (2006), *Les Enfants de la liberté* (2007), *Toutes ces choses qu'on ne s'est pas dites* (2008), *Le Premier Jour* et *La Première Nuit* (2009), *Le Voleur d'ombres* (2010), *L'Étrange Voyage de Monsieur Daldry* (2011), *Si c'était à refaire* (2012), *Un sentiment plus fort que la peur* (2013) et *Une autre idée du bonheur* (2014).

Traduit dans le monde entier, adapté au cinéma, Marc Levy est depuis plus de quatorze ans l'auteur français le plus lu dans le monde.

**Retrouvez toute l'actualité de Marc Levy sur :**
**www.marclevy.info**

« En flirtant avec l'espionnage, la géopolitique et l'écologie, Levy fabrique une ambitieuse démonstration de manipulation mondiale sans cesse relancée par la nervosité des dialogues. C'est sa grande force. »

*Le Parisien*

« Marc Levy prouve une fois de plus son indéniable talent de conteur. L'histoire, efficace, offre un réel plaisir de lecture. »

*Le Figaro*

« Ce roman d'un nouveau genre de Marc Levy est parfaitement ficelé, haletant, rebondissant… Tout ce qu'on attend d'un roman d'espionnage. »

*Le Dauphiné Libéré*

« Marc Levy, au sommet de l'aventure. Un incroyable narrateur. »

*La Presse de la Manche*

« On n'est pas loin d'un *Millenium* à la française qui se passerait aux États-Unis… Avec son lot de pièges et d'illusions qui vont nous mener en bateau jusqu'au bout ! »

*L'Est Républicain*

« Le célèbre romancier revient en grande forme, avec un best-seller qui navigue entre polar et politique. »

*La Tribune de Genève*

« L'auteur à succès Marc Levy revient avec *Un sentiment plus fort que la peur*, un roman où il mêle thriller, politique, amour et aventure. »

*Métro-Montréal*

# UN SENTIMENT
# PLUS FORT
# QUE LA PEUR

MARC LEVY

# UN SENTIMENT
# PLUS FORT
# QUE LA PEUR

ROBERT LAFFONT

© Éditions Robert Laffont, S.A., Paris,
Versilio, Paris, 2013
ISBN 978-2-266-23855-7

*À mes enfants,*
*À ma femme*

# Prologue

Aéroport de Bombay, 23 janvier 1966, 3 heures du matin. Les derniers passagers à embarquer sur le vol Air India 101 traversent le tarmac et grimpent à la passerelle du Boeing 707. Dans la salle d'embarquement désertée, deux hommes sont côte à côte, debout face à la vitre.

— Que contient cette enveloppe ?

— Je préfère que vous n'en sachiez rien.

— À qui dois-je la remettre ?

— Lors de l'escale à Genève, vous irez vous désaltérer au comptoir du bar, un homme s'approchera de vous et proposera de vous offrir un gin-tonic.

— Je ne bois pas d'alcool, monsieur.

— Eh bien vous vous contenterez de regarder le verre. Votre interlocuteur se présentera sous le nom d'Arnold Knopf. Le reste n'est que discrétion et je vous sais doué pour la chose.

— Je n'aime pas que vous vous serviez de moi pour vos petites affaires.

— Qui vous laisse entendre que c'est une petite affaire, mon cher Adesh ?

George Ashton s'était exprimé sur un ton sans complaisance.

— Soit, mais après ce voyage, nous serons quittes, c'est la dernière fois que vous utilisez la valise diplomatique indienne à des fins personnelles.

— Nous serons quittes lorsque je l'aurai décidé. Et pour votre gouverne, il n'y a rien de personnel dans ce que je vous demande d'accomplir. Ne ratez pas votre avion, j'en prendrais pour mon grade si j'en retardais encore le départ. Profitez du vol pour prendre un peu de repos, je vous trouve une petite mine. Dans quelques jours vous siégerez à la conférence des Nations unies à New York. Vous avez bien de la chance, je n'en peux plus de votre nourriture, je rêve parfois la nuit d'un bon hot-dog sur Madison Avenue. Vous en dégusterez un à ma santé.

— Je ne mange pas de porc, monsieur.

— Vous m'exaspérez, Adesh, mais faites tout de même bon voyage.

*

Adesh Shamal ne rencontra jamais son contact au bar de l'aéroport de Genève. Après avoir fait escale à Delhi puis à Beyrouth, l'appareil avait redécollé à 3 heures du matin. L'un de ses deux instruments de radionavigation était défaillant.

À 6 h 58 min 54 s, le commandant de bord recevait l'autorisation du centre de contrôle régional de Genève de descendre au niveau 190 après passage du Mont-Blanc.

À 7 h 00 min 43 s, le commandant D'Souza indiqua avoir franchi la montagne et amorcé sa descente vers Genève. Le contrôleur lui répondit aussitôt que sa position était erronée et qu'il se trouvait encore à cinq milles du massif montagneux. Le commandant D'Souza accusa réception du message à 7 h 01 min 06 s.

À 7 h 02 min 00 s, au matin du 24 janvier 1966, l'écho radar du vol Air India 101 marqua une position fixe pendant une minute avant de s'effacer de l'écran du contrôleur.

Le Boeing 707 baptisé *Kanchenjunga* venait de percuter les rochers de la Tournette, à 4 670 mètres d'altitude. Aucun des onze membres d'équipage ni des cent six passagers ne survécut à l'impact.

Seize ans après le crash du *Malabar Princess*, un second appareil de la compagnie Air India s'écrasait sur le mont Blanc, au même endroit.

# 1.

La tempête avait recouvert la montagne, d'effroyables bourrasques fauchaient la couche neigeuse, réduisant la visibilité à néant. Les deux alpinistes encordés réussissaient à peine à entrevoir leurs mains. Progresser dans ce magma blanc était devenu impossible.

Depuis deux heures Shamir ne songeait qu'à faire demi-tour, mais Suzie s'entêtait à aller de l'avant, profitant des hurlements du vent pour ignorer ses appels répétés à redescendre. Ils auraient dû s'arrêter, creuser un trou pour s'y abriter. À ce rythme, ils n'atteindraient jamais le refuge avant la tombée de la nuit. Shamir avait froid, son visage était couvert de givre et l'engourdissement qui gagnait ses membres l'inquiétait. L'alpinisme en haute altitude peut très vite devenir une partie de cache-cache avec la mort. La montagne n'a pas d'amis, elle ne connaît que des intrus ; lorsqu'elle vous ferme ses portes, il faut lui obéir, sans réserve. Que Suzie ne se rappelle pas ce qu'il lui avait enseigné avant d'accepter de l'accompagner le mettait en colère.

À 4 600 mètres, en pleine tourmente, il est impératif

de garder son sang-froid, alors Shamir chercha de quoi s'apaiser parmi ses souvenirs.

L'été dernier, Suzie et lui étaient partis s'entraîner sur le pic Grays dans la forêt nationale d'Arapaho. Mais le Colorado était différent et les conditions climatiques incomparables avec celles qu'ils affrontaient en cette fin de journée.

Cette escalade du pic Grays avait marqué un tournant dans leur relation. De retour dans la vallée, ils s'étaient arrêtés dans un petit motel de Georgetown, partageant pour la première fois la même chambre. L'établissement n'avait aucun charme, mais le lit était assez grand pour qu'ils ne le quittent pas durant deux jours. Deux jours et deux nuits où chacun avait pansé le corps de l'autre des plaies que la montagne leur avait infligées. Il suffit parfois d'un petit geste, d'une attention, pour se laisser convaincre d'avoir trouvé cet autre qui vous est si semblable. C'est ce que Shamir avait ressenti au cours de cette escapade.

Un an plus tôt, Suzie avait sonné à sa porte, avec un sourire qui l'avait désarçonné. Dans la région de Baltimore, les gens souriants ne sont pas légion.

— Il paraît que vous êtes le meilleur professeur d'alpinisme de l'État ! avait-elle dit en guise de bonjour.

— Même si c'était vrai, ce ne serait pas très glorieux, le Maryland est presque aussi plat qu'un désert ! Son plus haut point culmine à mille et quelques mètres d'altitude, un enfant de cinq ans pourrait y grimper à pied...

— J'ai lu sur votre blog le récit de vos expéditions.

— Que puis-je faire pour vous, mademoiselle ? avait demandé Shamir.

— J'ai besoin d'un guide et d'un professeur patient.

— Je ne suis pas le meilleur alpiniste du pays et je n'enseigne pas.

— Peut-être, mais j'admire votre technique et j'apprécie votre simplicité.

Suzie était entrée dans son salon sans y avoir été conviée, et lui avait expliqué la raison de sa visite. Elle voulait devenir, en un an, une alpiniste confirmée, avouant qu'elle n'avait jamais pratiqué l'escalade.

— Pourquoi maintenant et pourquoi si vite ? avait questionné Shamir.

— Certains entendent un jour l'appel de Dieu ; moi, c'est celui de la montagne. Je fais le même rêve chaque nuit. Je me vois escaladant des cimes enneigées dans un silence absolu, c'est extatique. Alors, pourquoi ne pas passer du rêve à la réalité en m'en donnant les moyens ?

— Les deux ne sont pas incompatibles, avait répondu Shamir.

Et devant l'air dubitatif de Suzie, il avait ajouté :

— Être appelé et par Dieu et par la montagne. Mais Dieu est plus silencieux, la montagne râle, craque, et les hurlements du vent sont parfois terrifiants.

— Tant pis pour le silence. Quand pourrions-nous commencer ?

— Mademoiselle…

— Baker. Mais appelez-moi Suzie.

— Lorsque j'escalade, c'est précisément pour être seul.

— On peut être seul à deux, je ne suis pas bavarde.

— On ne devient pas un alpiniste confirmé en un an, à moins d'y consacrer tout son temps…

— Vous ne me connaissez pas. Quand j'entreprends

quelque chose, rien ne m'arrête, vous n'aurez jamais eu d'élève aussi motivée que moi.

Apprendre à grimper était devenu pour elle une obsession. À court d'arguments, elle avait offert de le payer, de quoi améliorer son train de vie, et retaper sa modeste maison, qui en avait bien besoin. Shamir avait interrompu son flot de paroles en lui donnant ce qu'elle avait cru être une première leçon et qui n'était qu'un conseil. Sur une paroi rocheuse, il fallait être calme, garder la maîtrise de soi, de chacun de ses gestes. Tout le contraire de son attitude.

L'invitant à partir, il lui avait promis de réfléchir et de la recontacter.

Lorsqu'elle descendit les marches de son perron, il lui posa une question : pourquoi lui ? Attendant une réponse plus sincère qu'une flatterie.

Suzie s'était retournée pour le dévisager longuement.

— Votre photo sur le blog. Votre tête m'a plu, je me suis toujours fiée à mon instinct.

Elle n'avait rien ajouté et s'en était allée.

*

Elle était revenue dès le lendemain chercher une réponse. Elle avait parqué sa voiture sur le pont élévateur du garage où travaillait Shamir et, renseignements pris auprès du chef d'atelier, avait avancé d'un pas décidé vers la fosse où il vidangeait une vieille Cadillac.

— Qu'est-ce que vous fichez là ? avait-il demandé en s'essuyant les mains sur sa combinaison.

— À votre avis ?

— Je vous ai dit que je réfléchirais et vous recontacterais.

— Quarante mille dollars pour ma formation. Si vous m'entraîniez les week-ends, à raison de huit heures par jour, cela ferait huit cent trente-deux heures au total. Je connais des alpinistes qui ont affronté la haute montagne avec moins d'expérience. Quarante dollars de l'heure, c'est ce que gagne un médecin généraliste. Et je vous paierai à la fin de chaque semaine.

— Que faites-vous exactement, dans la vie, mademoiselle Baker ?

— J'ai suivi de longues études inutiles, et puis j'ai travaillé chez un antiquaire jusqu'au jour où ses avances sont devenues trop insistantes. Depuis, je cherche ma voie.

— Autrement dit, vous êtes une fille à papa qui ne sait pas comment tuer le temps. Nous n'avons pas grand-chose en commun.

— Au siècle dernier, c'étaient les bourgeois qui avaient des préjugés à la con sur les ouvriers, maintenant c'est le contraire, avait-elle répondu du tac au tac.

Shamir n'avait pas pu terminer ses études, faute de moyens financiers. La somme que Suzie lui offrait pour quelques leçons d'alpinisme pouvait changer bien des choses dans sa vie. Mais il n'arrivait pas à savoir si son culot et son insolence le charmaient ou l'exaspéraient.

— Je n'ai aucun *a priori*, mademoiselle Baker. Je suis mécano, la différence entre nous, c'est que pour moi travailler est une nécessité quotidienne, et j'aimerais ne pas me faire virer parce que je bavarde avec une jolie fille au lieu de finir ma vidange.

— Vous ne bavardez pas, mais merci du compliment.

— Je vous contacterai quand j'aurai pris ma décision, dit Shamir en reprenant son travail.

Ce qu'il fit le soir même, en contemplant son assiette dans ce fast-food, à quelques pas du garage, où il dînait tous les soirs. Il avait appelé Suzie Baker et lui avait donné rendez-vous dans un complexe sportif de la grande banlieue de Baltimore, le samedi suivant à 8 heures précises.

Six mois durant, ils avaient passé chaque week-end à gravir un mur d'escalade en béton. Au trimestre suivant, Shamir entraîna Suzie à la varappe sur de véritables parois rocheuses. Elle ne lui avait pas menti, sa détermination ne cessait de le surprendre. Elle ne cédait jamais à la fatigue. Lorsque ses membres endoloris la faisaient souffrir au point où n'importe qui aurait renoncé, elle s'agrippait avec encore plus d'énergie.

Quand Shamir lui avait annoncé qu'elle était prête à affronter la montagne et qu'il l'emmènerait à la venue de l'été grimper au plus haut sommet du Colorado, Suzie avait été si heureuse qu'elle l'avait invité à dîner.

Hormis quelques en-cas partagés pendant leurs entraînements, c'était leur premier repas en tête à tête. Au cours de cette soirée, où Shamir avait raconté sa vie, l'arrivée de ses parents en Amérique, leur vie modeste, les sacrifices qu'ils avaient consentis pour qu'il suive des études, Suzie, qui n'avait presque rien dévoilé de la sienne, sinon qu'elle habitait à Boston et venait chaque week-end pour se former avec lui, avait annoncé son intention d'escalader le mont Blanc l'année suivante.

Cette ascension, Shamir l'avait entreprise lors d'un

voyage en Europe, qu'il avait pu s'offrir grâce à un concours universitaire remporté des années plus tôt. Mais la montagne n'avait pas voulu de sa cordée et il avait dû faire demi-tour, à quelques heures du but. Shamir en ressentait toujours une amère déception, se consolant du fait que ses camarades et lui étaient rentrés sains et saufs. Le mont Blanc a souvent volé la vie de ceux qui n'ont pas su renoncer.

— Quand vous parlez de la montagne, on croirait qu'elle a une âme, avait-elle dit à la fin de ce dîner.

— Tout alpiniste le croit, et j'espère que vous aussi, désormais.

— Vous y retourneriez ?

— Si j'en ai un jour les moyens, oui.

— J'ai une proposition malhonnête à vous faire, Shamir. À la fin de ma formation, c'est moi qui vous y emmènerai.

Shamir estimait que Suzie n'avait pas encore le niveau pour affronter le mont Blanc. Et le voyage serait trop onéreux. Il l'avait remerciée en déclinant son offre.

— Dans moins d'un an, j'escaladerai le mont Blanc, avec ou sans vous, avait affirmé Suzie en quittant la table.

Au lendemain de leur escapade dans le Colorado, après qu'ils s'étaient embrassés au sommet du pic Grays, Shamir avait refusé d'être payé.

Au cours des six mois suivants, Suzie l'avait harcelé avec sa nouvelle obsession, vaincre le plus haut sommet d'Europe.

Un matin de novembre, Shamir et elle avaient connu leur unique dispute, lorsque rentrant chez lui, il l'avait retrouvée assise en tailleur sur le tapis du salon, une carte étalée devant elle. Il lui avait suffi d'un coup d'œil pour reconnaître les reliefs de la montagne où Suzie avait tracé une voie d'escalade au crayon rouge.

— Tu n'es pas prête, avait-il répété pour la énième fois. Tu ne renonces jamais quand tu as une idée en tête ?

— Jamais ! avait-elle déclaré fièrement en exhibant deux billets d'avion. Nous partirons à la mi-janvier.

En été, il aurait déjà hésité à l'y emmener, mais en janvier, c'était hors de question. Suzie avait fait valoir qu'en pleine saison le mont Blanc devenait une usine à touristes. Elle voulait le gravir seule avec lui. Elle avait passé des semaines à étudier l'itinéraire, jusqu'à le connaître dans ses moindres détails.

Shamir s'était emporté. À 4 800 mètres, la pression en oxygène réduite de moitié provoque migraines, jambes en coton, nausées et ivresse chez ceux qui veulent défier de tels sommets sans y être correctement préparés. L'hiver, ils se réservaient aux alpinistes chevronnés, et Suzie en était loin.

Obstinée, elle avait récité sa leçon.

— Nous passerons par l'aiguille du Goûter pour atteindre l'arête des Bosses. Le premier jour, nous effectuerons une montée depuis le Nid d'Aigle. Six heures, huit tout au plus pour atteindre le refuge de la Tête Rousse. Nous atteindrons le col du Dôme au lever du jour puis nous passerons le bivouac Vallot. À 4 362 mètres, nous aurons atteint une altitude équivalente à celle du pic Grays (où elle avait promis de faire demi-tour en cas de météo défavorable). Ensuite les Deux Bosses, avait-elle poursuivi surexcitée en désignant une croix rouge dessinée sur la carte. Et enfin, ce sera le tour du rocher de la Tournette, avant d'attaquer l'arête sommitale. Là-haut, on se prend en photo et on redescend. Tu auras conquis ce sommet dont tu as toujours rêvé.

— Pas comme ça, Suzie, pas en te faisant courir de tels risques. Et nous nous attaquerons au mont Blanc le jour où j'aurai les moyens de t'y emmener. Je te le promets. Mais pas en hiver, ce serait du suicide.

Suzie lui avait tenu tête.

— Et si depuis notre premier baiser au sommet du pic Grays, je m'étais prise à rêver que tu me demanderais ma main au sommet du mont Blanc ? Et si le mois de janvier comptait plus que tout pour moi pour une telle occasion, ce n'est pas plus important que tes fichues inquiétudes météorologiques ? Tu gâches tout, Shamir, je voulais…

— Je n'ai rien gâché du tout, avait-il murmuré. De toute façon, tu arrives toujours à tes fins. D'accord, mais d'ici là, je ne te laisserai aucun moment de répit. Chaque instant de liberté devra être consacré à la préparation de cette folie. Tu dois te mettre en condition, non seulement pour escalader une montagne bien plus traître qu'elle n'y paraît, mais pour affronter son climat. Et tu n'as encore jamais connu de tempête lorsqu'elle te frappe en haute altitude.

Shamir se remémorait chacun des mots prononcés dans la tiédeur de sa maison de Baltimore, alors que le grésil cinglant son visage lui faisait endurer une souffrance lancinante.

Le vent redoublait. À quinze mètres de lui, Suzie n'était plus qu'une ombre dans la tempête qui les harcelait.

Il ne fallait pas céder à la peur, ne pas transpirer ;

la sudation est fatale en haute montagne. Elle vous colle à la peau et cristallise dès que la température corporelle s'abaisse.

Le fait que Suzie mène la cordée l'inquiétait encore plus, il était le guide et elle l'élève. Mais elle refusait de ralentir et avait pris la tête depuis une heure déjà. Le bivouac Vallot était désormais un lointain souvenir. Ils auraient dû y faire demi-tour. Le jour ne perçait plus le ciel obscur quand ils avaient décidé de poursuivre leur route et de s'engager dans ce couloir vertigineux.

Sous le rideau de neige battu par le vent, il crut voir Suzie agiter les bras. Il est d'usage de respecter une distance de sécurité d'au moins quinze mètres entre deux membres d'une cordée, mais Suzie ralentissait enfin le pas, et Shamir se résolut à enfreindre cette règle pour se rapprocher d'elle. Lorsqu'il arriva à sa hauteur, elle se colla à son oreille pour lui crier qu'elle était certaine d'avoir aperçu les rochers de la Tournette. S'ils réussissaient à les atteindre, ils pourraient se protéger le long de leurs parois rocailleuses.

— Nous n'y arriverons pas, c'est trop loin, hurla Shamir.

— Tu as une meilleure idée ? lui répondit Suzie en tirant sur la corde.

Shamir haussa les épaules et prit l'initiative d'ouvrir la marche.

— Pas si près de moi, ordonna-t-il en plantant son piolet.

Lorsqu'il sentit le sol se dérober, devinant qu'il était trop tard, il se tourna vers Suzie pour l'avertir du danger.

La corde se tendit brusquement. Suzie fut projetée en avant et toutes ses forces réunies ne purent l'empêcher de suivre Shamir dans la crevasse qui venait de s'ouvrir sous leurs pieds.

Dévalant la pente à une vitesse vertigineuse, ils étaient impuissants à ralentir leur chute. La combinaison de Shamir se déchira, une grenaille de givre lui lacéra le torse. Sa tête heurta la glace et il eut l'impression de recevoir un uppercut en plein visage. Le sang qui s'épanchait de ses arcades sourcilières l'aveuglait. L'air peinait à entrer dans ses poumons. Les alpinistes ayant survécu à une chute dans une crevasse parlent de naufrage, d'impression de noyade. C'était exactement ce qu'il ressentait.

Incapables de s'agripper à la paroi, ils continuaient de glisser. Shamir hurla le prénom de Suzie, mais n'entendit aucune voix en retour.

Il heurta le sol. Ce fut un choc sourd, un arrêt brutal, comme si la montagne en l'avalant avait voulu le mettre K.-O.

Il releva la tête, et vit une masse blanche qui s'abattait sur lui. Puis ce fut le silence.

## 2.

Une main chassait la neige de son visage. Une voix lointaine le suppliait d'ouvrir les yeux. Dans un halo, il vit Suzie penchée sur lui, le visage livide. Elle grelottait, mais elle enleva ses gants et nettoya sa bouche et ses narines.

— Tu arrives à bouger ?

Shamir répondit oui de la tête. Il recouvra ses esprits et tenta de se redresser.

— J'ai mal aux côtes et à l'épaule, gémit-il. Et toi ?

— Comme si j'étais passée sous un rouleau compresseur, mais rien de cassé. J'ai perdu connaissance en tombant au fond de la crevasse, et je n'ai aucune idée du temps qui s'est écoulé depuis notre chute.

— Ta montre ?

— Elle est cassée.

— Et la mienne ?

— Elle n'est plus à ton poignet.

— Nous allons crever d'hypothermie si on ne fait rien. Aide-moi à me dégager.

Suzie creusa la neige qui recouvrait Shamir jusqu'au bassin.

— Tout ça est de ma faute, hurla-t-elle en redoublant d'efforts pour le libérer.

— Est-ce que tu as pu apercevoir le ciel ? demanda Shamir en essayant de se lever.

— Un petit bout, mais je n'en suis pas sûre, il faudrait que le temps se lève.

— Ouvre ma combinaison et frictionne-moi. Dépêche-toi, je suis en train de mourir de froid. Et remets tes gants tout de suite. Si tes doigts gèlent, nous sommes fichus.

Suzie attrapa son sac à dos qui l'avait protégée dans sa chute. Elle en sortit un tee-shirt et dégagea la fermeture Éclair de la combinaison de Shamir. Elle le frictionna sans relâche, Shamir résistant à une douleur qui devenait insoutenable. Quand il fut à peu près sec, Suzie lui fit un bandage de fortune autour du torse, referma la combinaison, et déplia son sac de couchage.

— Glisse-toi dedans avec moi, dit-il. Il faut se tenir chaud. C'est notre seule chance.

Pour une fois, Suzie obéit. Elle fouilla encore son sac à dos et vérifia à tout hasard l'écran de son téléphone cellulaire avant de l'éteindre. Puis elle aida Shamir à s'installer à l'intérieur du sac de couchage et s'y blottit contre lui.

— Je suis épuisée.

— Il faut lutter, si on s'endort, on ne se réveillera pas.

— Tu crois qu'ils nous trouveront ?

— Personne ne s'apercevra de notre disparition avant demain. Et je doute que les secours nous cherchent ici. Il faut remonter.

— Comment veux-tu remonter ?

— Nous allons reprendre des forces et si le lever du

jour nous apporte un peu de lumière, nous chercherons nos piolets. Avec un peu de chance...

Suzie et Shamir restèrent ainsi de longues heures à scruter la pénombre. Lorsque leur vue s'y accommoda, ils découvrirent que le fond de la crevasse se prolongeait vers une grotte souterraine.

Un rai de lumière finit par percer l'obscurité à une trentaine de mètres au-dessus de l'endroit où ils se trouvaient. Shamir secoua Suzie.

— Levons-nous, ordonna-t-il.

Suzie regarda devant elle. Le spectacle qui s'offrait soudain était aussi beau que terrifiant. À quelques mètres, une voûte de glace surplombait un gouffre aux parois scintillantes.

— C'est un aven, souffla Shamir, en pointant du doigt le haut de la trouée. Un puits naturel qui relie une doline à un gouffre souterrain. La circonférence est étroite, nous pourrions peut-être l'escalader en grimpant en cheminée.

Il lui montra alors la voie qui lui semblait possible. La déclivité était importante, mais d'ici une à deux heures, le soleil aurait attendri la glace et leurs crampons pourraient s'y accrocher. Cinquante mètres, soixante peut-être, difficile d'apprécier la hauteur qui les séparait de la surface, mais s'ils réussissaient à atteindre la corniche qu'ils apercevaient, le boyau qui la prolongeait était suffisamment étroit pour pouvoir y grimper, dos à la paroi en poussant sur les jambes.

— Et ton épaule ? demanda Suzie.

— La douleur est tolérable. De toute façon, c'est notre seule chance, remonter par la crevasse est impossible. En attendant, il faut retrouver nos piolets.

— Et si nous avancions dans la grotte, il y a peut-être une autre sortie ?

— Pas en cette saison. Même si une rivière souterraine passait par là, elle serait gelée. La seule issue de secours est à la verticale de cet aven. On ne pourra pas s'y attaquer aujourd'hui. Il nous faudra au moins cinq heures pour grimper, je nous en donne deux tout au plus avant que le soleil bascule sur l'autre versant, et dans le noir, c'est injouable. Reprenons des forces et allons chercher notre matériel. La température dans cette grotte est moins glaciale que ce que je croyais, nous pouvons même essayer de dormir un peu dans le sac de couchage.

— Tu crois vraiment qu'on peut s'en sortir ?

— Tu as le niveau pour grimper cette cheminée, tu passeras la première.

— Non, toi d'abord, supplia Suzie.

— J'ai trop mal aux côtes pour pouvoir te hisser, et si je dévissais, je t'entraînerais avec moi.

Shamir retourna à l'endroit de leur chute. La douleur lui coupait le souffle, mais il s'efforçait de ne rien montrer à Suzie. Tandis qu'il creusait la neige avec ses gants dans l'espoir de retrouver ses piolets, elle s'éloigna vers le fond de la grotte.

Soudain, il l'entendit l'appeler. Shamir se retourna et revint sur ses pas.

— Viens m'aider à chercher notre matériel, Suzie !

— Oublie tes piolets et viens voir !

Au fond de la caverne, un tapis de glace, lisse comme si elle avait été damée par un engin mécanique, s'étendait devant eux, avant de plonger dans l'obscurité.

— Je vais chercher la lampe torche.

— Viens avec moi, ordonna Shamir. Nous explorerons cet endroit plus tard.

Suzie fit demi-tour à contrecœur et retourna là où Shamir avait entrepris ses fouilles.

Ils creusèrent la neige pendant une heure. Shamir distingua une sangle du sac à dos qu'il avait perdu dans sa chute et soupira de soulagement. Cette trouvaille lui redonna espoir. Mais aucune trace des piolets.

— Nous avons deux lampes torches, deux réchauds, double ration de nourriture et deux cordes de quarante-cinq mètres. Regarde cette paroi où la lumière entre, dit-il. Le soleil fait fondre la glace, il faut aller recueillir de l'eau. Nous allons très vite nous déshydrater.

Suzie se rendit compte qu'elle crevait de soif. Elle récupéra sa gamelle et essaya de la faire tenir en équilibre, là où la glace s'égouttait.

Shamir ne s'était pas trompé, la lumière pâlissait et disparut bientôt, comme si une présence maléfique venait de refermer la trouée de ciel au-dessus de leurs têtes.

Suzie alluma sa lampe frontale. Elle regroupa ses affaires, ouvrit le sac de couchage et se glissa à l'intérieur.

Shamir avait perdu la sienne. Il prit la lampe torche et continua de creuser la neige, sans succès. À bout de forces, le souffle court et les poumons en feu, il se résolut à prendre un peu de repos. Lorsqu'il rejoignit Suzie, elle brisa sa barre de céréales et lui tendit une moitié.

Shamir ne pouvait rien avaler, déglutir lui soulevait le cœur.

— Combien de temps ? demanda Suzie.

— Si nous nous rationnons, si nous récupérons assez d'eau, si une avalanche ne vient pas recouvrir l'aven, six jours peut-être.

— Je te demandais au bout de combien de temps nous allions mourir, mais je suppose que tu m'as répondu.

— Les secours ne mettront pas si longtemps à partir à notre recherche.

— Ils ne nous trouveront pas, tu l'as dit toi-même. Pas au fond de ce trou. Je n'arriverai jamais à atteindre la vire que tu m'as montrée tout à l'heure, et même si j'y arrivais, escalader le puits en cheminée sur soixante mètres est au-dessus de mes forces.

Shamir soupira.

— Mon père me disait, quand tu ne peux pas envisager une situation dans sa globalité, aborde-la étape par étape. Chacune te paraîtra envisageable et l'addition de petits succès te conduira jusqu'au but que tu t'es fixé. Demain matin, dès que le jour éclairera suffisamment la crevasse, nous étudierons la façon d'atteindre la corniche. Pour le puits, s'il faut attendre le jour suivant, nous attendrons. Maintenant, économise tes piles et éteins cette lampe.

Dans cette noirceur qui les enveloppait, Shamir et Suzie entendaient au-dessus d'eux le souffle du vent balayer la montagne. Elle posa sa tête sur l'épaule de Shamir et lui demanda pardon. Mais Shamir, épuisé par la douleur, s'était endormi.

*

Suzie fut réveillée au milieu de la nuit par un grondement de tonnerre et, pour la première fois, elle pensa qu'elle allait crever là, au fond de cette crevasse. Ce qui la terrifiait, plus encore que l'idée de mourir, était le temps que cela prendrait. Une crevasse n'est pas un endroit pour les vivants, avait-elle lu un jour dans un récit d'alpinisme.

— Ce n'est pas l'orage, chuchota Shamir, c'est une avalanche. Rendors-toi et cesse de penser à la mort, il ne faut jamais y penser.

— Je n'y pensais pas.

— Tu t'es serrée si fort contre moi que tu m'as réveillé. Nous avons encore du temps devant nous.

— J'en ai marre d'attendre, dit Suzie.

Elle quitta le sac de couchage, et alluma sa frontale.

— Qu'est-ce que tu fais ? demanda Shamir.

— Je vais me dégourdir les jambes. Reste là et repose-toi, je ne m'éloignerai pas.

Shamir n'avait pas la force de la suivre. À chaque inspiration, le volume d'air entrant dans ses poumons diminuait et il redouta le moment où il viendrait à en manquer si son état continuait de se dégrader. Il pria Suzie d'être prudente et se rendormit.

Suzie avança dans la grotte, prenant garde à la consistance du sol. On ne sait jamais où se situe le véritable plancher d'une crevasse, la croûte pouvait encore se dérober. Elle passa sous la voûte et pénétra dans la vaste galerie qu'elle avait aperçue lorsque Shamir lui avait ordonné de rebrousser chemin. Son visage changea d'expression, et elle s'y engagea, d'un pas résolu.

— Je sais que tu es par là, tout près. Cela fait des années que je te cherche, chuchota-t-elle.

Elle poursuivit son chemin, scrutant le moindre

recoin, la plus petite anfractuosité sur les parois qui l'entouraient. Alors qu'elle progressait, le faisceau de sa frontale renvoya soudain un reflet argenté. Suzie attrapa sa lampe torche et l'alluma aussi. Dépenser autant d'énergie en si peu de temps était déraisonnable, mais l'excitation était trop forte pour qu'elle y songe. Elle serra le manche de la torche et tendit le bras.

— Montre-toi. Je veux juste récupérer ce qui m'appartient, ce que tu n'aurais jamais dû nous prendre.

Suzie s'approcha du reflet. La glace en cet endroit prenait une forme étrange. Elle épousseta la fine pellicule de givre qui la recouvrait et, sous la transparence presque cristalline, elle fut certaine de voir un morceau de métal.

Cela faisait des années que Suzie était persuadée de l'existence de cette grotte. Il lui aurait été impossible de compter le nombre d'heures passées à lire les récits d'alpinistes s'étant aventurés au pied des rochers de la Tournette, à décortiquer les comptes rendus d'accident, à analyser la moindre photo, à étudier les rapports sur les mouvements des glaciers depuis un demi-siècle, pour s'assurer qu'aucun indice ne lui échappe. Et au cours de toutes ces journées où elle apprenait l'escalade, combien de souffrances avait-elle vues en pensant à son but.

Elle jeta un bref coup d'œil dans la direction où Shamir dormait, il était trop loin pour qu'elle puisse le voir. Elle progressa pas à pas, retenant son souffle.

La galerie s'élargissait. Les parois sculptées par la nature dans le ventre de la montagne ressemblaient aux murailles d'un village troglodyte.

Soudain, le cœur de Suzie accéléra.

La cellule du cockpit d'un Boeing 707 surplombée d'un amas de ferrailles tordues apparut couchée sur son flanc, semblant regarder cette étrange visiteuse dans une détresse que le temps n'avait pas effacée.

À une dizaine de pas de là reposait un tronçon de la carlingue, au milieu de câblages et de carcasses de fauteuils pétrifiés dans la neige.

Le sol était jonché de débris, pour la plupart des fragments de métal arrachés et remodelés dans la violence de l'impact. Le train d'atterrissage avant surgissait verticalement au sommet d'un petit monticule. Un morceau de portière où l'on apercevait encore des inscriptions était emprisonné dans la voûte de glace à quelques mètres du sol.

La partie avant du *Kanchenjunga* se trouvait là, figée dans ce tombeau que la montagne avait refermé sur lui.

Suzie s'approcha lentement, galvanisée et terrifiée par sa découverte.

— Te voilà enfin, murmura-t-elle. J'ai tellement espéré ce moment.

Suzie se recueillit en silence devant la carcasse de l'avion.

*

Elle entendit des pas, se retourna et vit le faisceau de la lampe de Shamir balayer l'entrée de la caverne. Elle réfléchit un instant et hésita.

— Je suis là, dit-elle en se relevant.

Elle se précipita vers lui. Shamir avait les traits tirés.

— Tu devrais rester allongé.

— Je sais, mais j'avais l'impression de m'engourdir

et je m'inquiétais pour toi ; tu as trouvé une issue par là ?

— Non, pas encore.

— Quelque chose d'autre qui vaille la peine de gaspiller tes piles ?

Suzie ne dit rien, et regarda Shamir. Ce n'était pas sa souffrance, mais la conscience du danger qui lui donnait cet air sombre. Et cette vision la rappela à la gravité de leur situation qu'elle avait presque oubliée pendant quelques instants.

— Va te reposer, j'explore encore un peu les lieux et je te rejoins.

Shamir la repoussa et entra dans la caverne. En découvrant la carcasse de l'avion, il écarquilla les yeux.

— C'est impressionnant, n'est-ce pas ? dit Suzie.

Il regarda les inscriptions en hindi qu'elle éclairait de sa lampe et hésita à avancer.

— Ce sont probablement les restes du *Malabar Princess*, supposa Shamir.

— Non, le *Malabar* était un quadrimoteur à hélices, celui-ci, c'est le *Kanchenjunga*.

— Et comment tu sais ça ?

— C'est une longue histoire, répondit Suzie.

— Tu savais qu'il était là ?

— Je l'espérais.

— Ton obstination à vouloir gravir le mont Blanc, c'était pour trouver cette épave ?

— Oui, mais pas comme ça, je voulais que nous descendions en rappel.

— Parce que tu connaissais l'existence de cette grotte ?

— Un alpiniste avait découvert l'entrée de ton aven au flanc des rochers de la Tournette, il y a trois ans.

C'était en été, il avait entendu l'écoulement des eaux d'une rivière souterraine derrière un mur de glace. Après s'être ouvert un passage, il s'était aventuré jusqu'au sommet du puits, mais il avait renoncé à y descendre.

— Et tout ce temps-là, tu m'as menti ? Quand tu es venue me chercher chez moi, tu avais déjà cette idée en tête ?

— Je te raconterai tout, Shamir, quand tu sauras, tu comprendras, dit Suzie en marchant vers l'épave.

Shamir la retint par le bras.

— Ce lieu est une sépulture, il est sacré, on ne doit pas déranger les morts. Viens, allons-nous-en, ordonna-t-il.

— Je ne te demande qu'une heure pour inspecter la carlingue. Et puis rien ne nous dit que cette galerie au fond ne débouche pas sur une issue plus praticable que ton puits.

Suzie se dirigea vers l'épave et Shamir s'aventura dans les entrailles de la grotte. Le spectacle la fascinait. À l'intérieur du cockpit, le tableau de bord calciné était recouvert d'une langue glaciaire qui semblait avoir digéré la tôle. Elle devina une masse sombre sur le fauteuil du pilote et chassa cette image en tournant le dos à cette vision terrifiante. Elle fit demi-tour et s'approcha du tronçon de fuselage qui reposait sur le flanc et dont les sièges avaient été soulevés par l'onde de choc.

Les secours arrivés sur place au lendemain du crash avaient identifié des débris d'ailes, de l'empennage ainsi que des milliers d'autres provenant de la carlingue qui avait fini sa course contre les rochers. Au fil des décennies, le glacier des Bossons avait recraché les moteurs du *Kanchenjunga*, ses trains d'atterrissage arrière et des effets personnels ayant appartenu aux passagers. Selon le rapport d'accident que Suzie connaissait par cœur, son cockpit, comme le compartiment des premières classes, était resté introuvable. Certains enquêteurs avaient conclu qu'il avait été pulvérisé au moment de l'impact, d'autres, qu'il avait pu sombrer dans une crevasse comme un navire disparaît dans l'abîme. La découverte de Suzie venait de donner raison à ces derniers.

Autour d'elle, six squelettes pétrifiés par la glace semblaient pareils à des momies dans leurs vêtements troués. Elle s'agenouilla au milieu de ce tableau sinistre, contemplant ces vies volées pour quelques mètres, quelques secondes de trop. Selon le rapport d'expertise, si le pilote avait compris que sa position était erronée une minute plus tôt, il aurait pu redresser l'appareil et passer au-dessus de la cime. Mais au matin du 24 janvier 1966, cent onze personnes avaient péri et les dépouilles de six d'entre elles reposaient devant Suzie.

Elle avançait dans la carlingue quand Shamir surgit dans son dos.

— Tu ne devrais pas faire cela, lui dit-il posément. Qu'est-ce que tu cherches ?

— Ce qui m'appartient. Si l'un de tes proches gisait ici, tu ne serais pas heureux que l'on te rende quelque chose lui ayant appartenu ?

— L'un de ces passagers était de ta famille ?

— C'est une longue histoire. Je te promets de tout te raconter quand nous serons sortis d'ici.

— Pourquoi tu ne l'as pas fait avant ?

— Parce que tu aurais refusé de m'accompagner, dit Suzie en s'approchant d'un squelette.

Ce devait être celui d'une femme. Elle avait les bras tendus vers l'avant, comme dans un acte de résistance ultime avant d'accueillir la mort en pleine face. À l'annulaire de la main droite, elle portait une alliance calcinée et à ses pieds se trouvait, coincé entre deux barres de fer tordues, un vanity-case entièrement fondu.

— Qui étiez-vous ? chuchota Suzie en s'agenouillant. Aviez-vous un mari et des enfants qui vous attendaient ?

Shamir s'approcha à contrecœur et s'agenouilla à son tour.

— Ne touche à rien, lui dit-il. Ces objets ne nous appartiennent pas.

Suzie se tourna vers la dépouille d'un autre passager. Une mallette en métal était reliée à son poignet par une chaîne et une menotte. Elle braqua le faisceau de sa lampe. Une inscription en hindi gravée sur le couvercle était encore visible.

— Qu'est-ce que cela signifie ? demanda Suzie.

— Comment te répondre, tout est presque effacé.

— Tu ne reconnais aucun mot ?

Shamir s'approcha de la mallette.

— Le propriétaire se prénommait Adesh, je n'arrive pas à identifier son nom de famille. Je crois que c'était un diplomate. C'est écrit là. « Services diplomatiques – Ne pas ouvrir ».

Suzie ne fit aucun commentaire. Elle souleva délicatement le poignet et le détacha d'un geste sec du reste du squelette. Puis elle fit glisser la menotte et s'empara de la mallette.

— Tu es complètement folle ! s'exclama Shamir, sidéré.

— Les documents qu'elle contient ont peut-être une valeur historique, répliqua Suzie impassible.

— Je ne peux pas te regarder faire ça, et je suis beaucoup trop épuisé pour me disputer avec toi, je retourne m'allonger. De toute façon, tu perds ton temps. Escalader le puits sera suffisamment compliqué comme ça, tu ne pourras pas t'encombrer d'une mallette.

Suzie le défia du regard. Elle décrocha un crampon de sa ceinture et frappa sur la glace qui entourait la mallette. Serrures, charnières et loquets volèrent en éclats.

L'intérieur du bagage avait mieux résisté au feu qu'à l'humidité. Elle découvrit un stylo à plume dont le corps avait partiellement fondu, les restes d'un paquet de cigarettes Wills, un briquet en argent, et une pochette en cuir rigidifiée par le froid. Suzie prit la pochette et la glissa sous sa combinaison.

— Tu as repéré un passage ? demanda-t-elle à Shamir en se relevant.

— Tu vas nous porter malheur.

— Viens, lui dit-elle, économisons nos piles et allons nous reposer. Dès qu'il fera jour dans la crevasse, nous tenterons une sortie.

Elle n'attendit pas que Shamir lui réponde et quitta la galerie, retournant à l'endroit où se trouvaient leurs sacs de couchage.

*

Lorsque les rayons du soleil entrèrent dans la grotte, elle vit combien Shamir avait mauvaise mine. Son état s'était considérablement dégradé au cours des dernières heures et la pâleur de son visage était inquiétante. Quand il ne parlait pas, ou restait un instant sans bouger, elle avait l'impression d'être à côté d'un mort. Elle le réchauffa avec beaucoup d'attention et l'obligea à boire et à manger une barre de céréales.

— Tu te sens capable de monter ? dit-elle.

— Nous n'avons pas le choix, soupira-t-il.

Et ce seul soupir raviva la douleur qui le tenaillait. Shamir fit signe à Suzie de regrouper ses affaires.

— On devrait peut-être abandonner nos sacs pour s'alléger ? suggéra-t-elle.

— Une fois là-haut, dit Shamir en regardant le goulet du puits, nous n'aurons fait que la moitié du parcours. Il faudra redescendre dans la vallée. Je ne veux pas crever de froid après être sorti de cette crevasse. Tiens, dit-il en lui tendant deux piolets qu'il avait dissimulés sous le sac de couchage.

— Tu les as retrouvés ? s'exclama-t-elle.

— C'est seulement maintenant que tu t'en soucies ? Je ne te reconnais plus. Depuis notre chute dans cette crevasse, j'ai perdu ma partenaire de cordée et je ne peux pas m'en sortir sans elle.

Debout, Shamir avait repris quelques couleurs et sa respiration s'améliorait. Il expliqua à Suzie la façon de procéder. Elle escaladerait la première, assurerait sa position, et il la suivrait, encordé.

La paroi de glace qui s'élevait au-dessus d'eux évoquait les grandes orgues d'une cathédrale. Son sac à dos accroché fermement, Suzie inspira profondément et s'élança. Shamir ne la quittait pas des yeux, lui indiquant où poser les pieds, où prendre prise avec ses mains, lorsqu'il fallait tendre la corde ou au contraire donner du mou.

Il lui fallut presque une heure pour gravir les quinze premiers mètres. À vingt mètres, elle trouva un léger renfoncement lui permettant de s'asseoir. Calant ses jambes contre la paroi, elle ôta une broche de son baudrier et la vissa dans la glace. Après en avoir vérifié le bon ancrage, elle enclencha une poulie et fit passer la corde, répétant les gestes que Shamir lui avait enseignés maintes fois.

— C'est bon, tu peux y aller, cria-t-elle, en essayant de regarder en contrebas. Mais ramassée sur elle-même, elle ne voyait que ses genoux, ses chaussures et ses crampons.

Shamir escalada les premiers mètres en prenant appui dans les traces de Suzie. À mesure qu'il se hissait, la douleur se ravivait et, à plusieurs reprises, il pensa qu'il n'y arriverait jamais.

« Une étape après l'autre », lui intima une petite voix dans sa tête.

Shamir repéra une cavité à trois mètres au-dessus de sa position. Il se donna quinze minutes pour l'atteindre et se promit qu'à la sortie de cet enfer il irait dire à son père que ses conseils lui avaient sauvé la vie.

Ignorant une autre petite voix – qui lui soufflait que ses efforts étaient vains et qu'il serait plus sage de mettre un terme à ses souffrances en s'endormant au fond de la crevasse –, il tira sur ses bras et s'éleva centimètre par centimètre, seconde après seconde.

Ils mirent trois heures à atteindre la corniche. Lorsque la situation le lui permettait, Suzie regardait Shamir escalader derrière elle, admirant la sobriété de ses gestes qui l'avait tant séduite sur le pic Grays.

Atteindre la vire fut une première victoire, même s'ils savaient tous deux que la partie la plus périlleuse restait à gravir. Assis sur un remblai, ils reprenaient des forces. Shamir balaya de son gant le tapis de poudreuse et en tendit une poignée à Suzie.

— Bois, lui dit-il.

Shamir se désaltéra à son tour et Suzie remarqua que la neige rosissait à la commissure de ses lèvres.

— Tu saignes, murmura-t-elle.

— Je sais, j'ai de plus en plus de mal à respirer. Mais nous avons encore du chemin à faire.

— La lumière ne va pas tarder à disparaître.

— C'est pour ça que je te suppliais de ne pas gaspiller nos piles à fouiller cette épave. Je ne tiendrai pas la nuit entière ici, plus assez de forces, dit-il haletant. Nous passons maintenant ou tu poursuis sans moi.

— Nous passons maintenant, répondit Suzie.

Shamir lui donna une dernière leçon d'alpinisme et Suzie l'écouta avec la plus grande attention.

— Tu allumeras ta frontale par intermittence, pour l'économiser au maximum. Dans l'obscurité, fais confiance à tes mains, elles sont aussi habiles que tes yeux pour reconnaître une bonne prise. Si tu dois t'élancer, assure-toi que l'un de tes pieds est bien ancré. Quand tu auras l'impression d'être vraiment perdue, et seulement dans ce cas, rallume ta lampe, et mémorise aussitôt ce que tu vois avant de l'éteindre.

Suzie se répéta les instructions de Shamir avant de prendre son piolet.

— Ne traînons pas, profitons du peu de jour qui reste, supplia Shamir.

Suzie se redressa et se positionna à demi accroupie sur la corniche. Elle s'étira lentement avant d'aller planter son piolet dans la paroi verticale. Premier assaut... puis elle grimpa cinq mètres d'une traite, fit une courte pause et continua ainsi.

La cheminée était encore assez large, le goulot se rapprochait, mais il se situait toujours à bonne distance. Vingt mètres la séparaient de Shamir. Elle planta un nouveau piton, répéta les gestes nécessaires pour assurer la corde et, une fois stabilisée, fit basculer son corps en arrière, dans l'espoir de pouvoir tendre la main à son compagnon au cours de son ascension.

Shamir n'avait rien perdu de la manœuvre de Suzie. Il se redressa sur la corniche, inséra les crampons de ses chaussures dans ses traces, poussa sur ses jambes et s'élança à son tour.

Il grimpa sans relâche. Suzie l'encourageait. Lorsqu'il dut s'arrêter pour chercher l'air qui lui manquait, Suzie énuméra ce qu'ils feraient ensemble quand ils seraient rentrés à Baltimore. Mais il ne l'écoutait pas, réservant toute sa concentration aux gestes qu'il devait accomplir. Et ses efforts payaient. Bientôt, il sentit la main de Suzie lui caresser le haut du crâne. Il leva les yeux et vit qu'elle se tenait la tête en bas, le regard posé sur lui.

— Tu devrais t'assurer mieux que ça au lieu de faire l'imbécile, jura-t-il.

— On va y arriver. Nous avons fait les deux tiers et regarde, on y voit encore.

— C'est qu'il doit faire beau dehors, souffla Shamir.

— Demain matin, étendus sur la neige, nous verrons le soleil, tu m'entends ?

— Oui, je t'entends, soupira-t-il. Maintenant, redresse-toi et laisse-moi ta place. Je vais prendre appui et me reposer un peu pendant que tu continues d'escalader.

— Écoute-moi, lui dit-elle. La cheminée ne doit pas faire plus de vingt mètres. Tout à l'heure, j'ai vraiment vu le ciel. Nous avons bien assez de corde. Je vais monter d'une traite et quand je serai sortie, je te hisserai.

— Tu es restée trop longtemps la tête à l'envers et tu dis n'importe quoi. Je suis trop lourd.

— Pour une fois, fais ce que je te dis, Shamir, tu n'es plus en état de grimper, tu le sais aussi bien que moi. Nous allons sortir de ce putain de trou, je te le jure !

Shamir savait que Suzie avait raison. Chaque fois qu'il inspirait, il entendait ses poumons siffler, et chaque fois qu'il expirait, du sang refluait dans sa bouche.

— D'accord, dit-il, grimpe et nous verrons ensuite. À deux nous y arriverons.

— Bien sûr que nous y arriverons, répéta Suzie.

Elle entama un mouvement de bascule pour se remettre droite quand elle entendit Shamir pousser un juron.

« Quand on plante un piolet, on écoute le bruit qu'il fait et on le regarde », lui avait-il appris un jour alors qu'ils escaladaient le pic Grays. Mais c'était en été, à la surface… Le piolet de Shamir venait de produire un son étrange, que Suzie avait perçu aussi. Il essaya de le déplacer pour trouver un meilleur point d'ancrage, mais ses bras ne répondaient plus. Soudain, il entendit un craquement. Les tubes de l'orgue de glace, fracturés en plusieurs endroits par les crampons de Suzie, étaient en train de se disloquer.

Shamir savait que son sursis ne durerait que quelques secondes.

— Assure-moi ! hurla-t-il en essayant de s'élancer.

La glace rompit d'un coup. Suzie se projeta en avant, tentant d'attraper d'une main celle de Shamir, tandis que de l'autre elle retenait la corde qui filait le long du baudrier. Elle sentit glisser la pochette en cuir sous sa combinaison, sa concentration se relâcha un instant et, avec elle, la main de Shamir qu'elle venait pourtant d'agripper.

Le choc fut brutal, la corde l'étreignit et lui coupa le souffle, mais elle tint bon.

Shamir était suspendu à cinq ou six mètres en dessous d'elle. En temps normal, il aurait effectué une rotation pour trouver une prise. Mais il était à bout de forces.

— Retourne-toi, hurla Suzie. Retourne-toi et accroche-toi !

Son corps était sollicité de toutes parts, elle entreprit un mouvement de balancier pour aider son compagnon dans la manœuvre qu'elle lui ordonnait d'accomplir.

Shamir pensa que sa seule chance était de faire un prusik et Suzie comprit ce qu'il voulait accomplir en le voyant attraper l'une des cordelettes qui pendaient à son baudrier. Le prusik est un nœud autobloquant. Tant qu'il est hors tension, il coulisse. On l'accroche à un mousqueton, on le serre et on se hisse dessus.

La vision de Shamir devenait floue, ses gestes étaient malhabiles. Alors qu'il entourait la cordelette autour de la corde principale, elle lui glissa entre les doigts et fila vers le fond de la crevasse.

Il releva la tête et jeta un regard à Suzie en haussant les épaules.

Et la voyant ainsi, suspendue dans le vide au-dessus

de lui, il commença à défaire une des sangles de son sac à dos. Il le laissa glisser sur son épaule et d'un geste d'une minutie exemplaire en sortit le canif qu'il rangeait toujours dans la poche supérieure.

— Ne fais pas ça, Shamir ! implora Suzie.

Elle haletait et pleurait en le voyant ciseler la seconde lanière de son sac.

— Calme-toi, nous sommes trop lourds pour remonter, souffla-t-il.

— On va y arriver, je te le jure. Laisse-moi le temps de reprendre un appui, je vais te hisser, supplia-t-elle.

Shamir coupa la sangle et tous deux entendirent l'écho du sac dans sa dégringolade vers le fond de la crevasse. Puis, ce fut le silence que seuls leurs souffles courts venaient interrompre.

— Tu comptais vraiment me demander ma main une fois au sommet ? questionna Shamir en relevant la tête.

— Je comptais te convaincre de me demander la mienne, répondit Suzie. Et c'est ce que tu feras.

— Nous devrions échanger nos vœux maintenant, dit-il avec un sourire triste.

— Là-haut, lorsque nous serons sortis, pas avant.

— Suzie, tu veux bien de moi pour époux ?

— Tais-toi Shamir, je t'en supplie, tais-toi.

Et sans jamais cesser de la regarder, il ajouta :

— Je t'aime. Je suis tombé amoureux de toi le jour où tu as frappé à ma porte et cet amour n'a cessé de grandir. J'aimerais pouvoir embrasser la mariée, mais tu es un peu trop loin.

Shamir posa un baiser sur son gant qu'il souffla dans sa direction. Puis, d'un geste sec et précis, il trancha la corde qui le retenait à elle.

## 3.

Lorsque Shamir avait disparu au fond de la crevasse, Suzie avait hurlé à en perdre la voix. Elle n'avait pas entendu le bruit sourd de son corps se fracassant sur la glace. Elle était restée suspendue, immobile dans le silence et l'obscurité, attendant que le froid l'emporte à son tour.

Puis, elle avait songé que s'il avait donné sa vie pour sauver la sienne, il lui en voudrait pour l'éternité que son sacrifice eût été vain.

Elle se décida à rallumer sa frontale, releva la tête vers le haut du cratère, prit appui sur ses jambes et planta ses crampons.

Chaque fois qu'ils mordaient la glace, elle entendait les crépitements de la neige qui filait vers le fond ; chaque fois, elle songeait que cette neige irait recouvrir le corps de Shamir.

Grimper dans la pénombre, les yeux noyés de larmes, grimper sans relâche et serrer les dents. Écouter les conseils qu'il lui prodiguait, entendre encore le timbre de sa voix, entendre battre son cœur, sentir sa peau quand il se collait à la sienne dans la moiteur du lit. Sentir sa langue dans sa bouche, sur ses seins, sur son ventre et dans la tiédeur de son sexe. Sentir ses mains qui la poussaient de l'avant et la ramenaient vers lui, sentir ses mains et continuer de grimper vers le ciel. Grimper des heures durant, sans jamais renoncer, sortir de cet enfer blanc.

À 3 heures du matin, les doigts de Suzie s'agrippèrent aux lèvres du gouffre qui les avait engloutis. Elle se hissa jusqu'à ce que son corps entier en fût extrait. Et lorsque roulant sur le dos, elle vit enfin le ciel étoilé, elle écarta bras et jambes et poussa un cri animal qui ricocha sur les faces argentées du cirque glaciaire qui l'entourait.

Autour d'elle les sommets avaient des reflets métalliques. Elle distinguait les cimes, leurs cols ourlés de vires enneigées. Le vent remontait en sifflant des abîmes avant de s'engouffrer dans les orgues de glace qui ornent les versants. Au loin, un éboulement se produisit dans un bruit de souffle. Lorsque les pierres percutaient la roche graniteuse, elles entraînaient dans leur course une gerbe d'étincelles. Suzie crut se trouver dans un autre monde. Elle était sortie du néant, pour renaître sur une terre immaculée. Mais dans ce monde, Shamir n'existait plus.

*

Il l'avait avertie : « Une fois en haut, nous n'aurons accompli que la première partie de l'exploit. Il faudra encore redescendre. »

Le temps était compté. Sa combinaison avait souffert autant qu'elle. Suzie ressentit les premières morsures du froid à la taille, aux mollets. Pire, elle se rendit compte qu'elle ne sentait plus ses doigts. Elle se releva, attrapa son sac à dos et étudia attentivement sa route. Mais avant de partir, Suzie s'agenouilla au bord de la crevasse. Elle dirigea son regard vers le sommet du mont Blanc, injuria la montagne et lui promit de revenir un jour lui reprendre Shamir.

\*

Au cours de la descente, son corps ne lui appartenait plus. Elle avançait comme une somnambule à travers la nuit. Et la montagne n'avait pas fini de lui faire payer son défi.

Le vent redoubla de violence. Suzie avançait dans le blanc total, sans rien y voir. À chaque pas, elle entendait les craquements sinistres du glacier.

Épuisée, elle se réfugia à la nuit tombée dans le creux d'un rocher. Bien qu'elle l'eût protégée en l'enfouissant dans la poche de son blouson, sa main droite la faisait terriblement souffrir. Elle ôta son écharpe, et se fabriqua un gant de fortune, se maudissant en constatant la noirceur des engelures qui avaient gagné ses phalanges. Elle rouvrit son sac à dos, cala le petit réchaud sur une pierre et décida d'en consommer les derniers reliquats de gaz pour faire fondre un peu de glace et se désaltérer. À la lumière d'une flamme vacillante, elle saisit la pochette en cuir qui avait coûté la vie à Shamir et se décida à en examiner le contenu.

Elle contenait une lettre scellée dans une enveloppe en plastique qu'elle se garda bien de défaire pour ne pas l'endommager, la photo délavée d'une femme, et une clé rouge. Elle referma précautionneusement la pochette et la remit sous sa combinaison.

Aux premières heures du jour, Suzie reprit sa marche. Le ciel était clair. Elle titubait, tombait sans cesse, se relevait chaque fois.

Les secouristes la trouvèrent allongée dans une anfractuosité de la moraine, à demi consciente. Ses joues étaient brûlées par la glace, le sang avait noirci les doigts de sa main dégantée, mais ce qui frappa le guide de montagne qui l'avait découverte, ce fut son regard. Ses yeux reflétaient le drame qui s'était déroulé.

# 4.

Le corbillard roulait au pas, précédant trois berlines aux vitres teintées. Simon, assis à la droite du chauffeur, regardait fixement la route.

Le cortège entra dans le cimetière, louvoya dans les allées jusqu'au haut de la colline et alla se ranger le long du trottoir.

Les employés des pompes funèbres tirèrent le cercueil hors du fourgon et l'installèrent sur des tréteaux à côté de la tombe fraîchement creusée. Ils disposèrent deux couronnes de fleurs sur son couvercle. Sur l'une était inscrit « À mon meilleur ami », sur l'autre, offerte par le syndicat de la presse, on pouvait lire « À notre cher collègue qui a donné sa vie en exerçant son métier ».

À une dizaine de mètres de là, un reporter d'une chaîne de télévision locale se tenait en retrait, caméra aux pieds, attendant que l'inhumation commence pour tourner quelques images.

Simon fut le premier à prendre la parole, pour dire que le défunt et lui avaient été comme des frères, que derrière le journaliste entêté et si souvent bourru se cachait un homme généreux, parfois drôle. Andrew n'avait pas mérité de mourir si jeune. Il lui restait encore tant de choses à accomplir, un tel gâchis était insupportable.

Simon dut s'interrompre pour retenir un sanglot, il s'essuya les yeux et conclut que les meilleurs partaient toujours en premier.

Olivia Stern, rédactrice en chef au *New York Times*, s'avança à son tour et, la mine défaite, relata les circonstances tragiques dans lesquelles Andrew Stilman avait perdu la vie.

Journaliste reporter émérite, il était parti traquer en Argentine un ancien criminel de guerre. Mais de retour à New York, après avoir accompli courageusement sa mission, Andrew Stilman avait été assassiné en faisant son footing le long de l'Hudson River, preuve qu'on ne court jamais assez vite quand la mort vous poursuit. Un acte odieux, commis pour étouffer la vérité. Une sordide vengeance perpétrée par la fille du monstre qu'Andrew avait confondu. En s'attaquant à Stilman, c'est à la liberté de la presse que sa meurtrière s'en était prise et son geste s'inscrivait dans la continuité des barbaries commises jadis par son géniteur. Mais avant de sombrer dans un profond coma dont il n'était jamais sorti, Andrew Stilman avait réussi à livrer le nom de son assassin aux ambulanciers. La patrie américaine ne laisserait pas impuni le meurtre de l'un de ses fils. Une demande d'extradition était en cours auprès des autorités argentines. « Justice sera faite ! » avait clamé Olivia Stern.

Puis elle avait posé ses mains sur le cercueil et levé ses yeux vers le ciel avant de déclarer solennellement : « Andrew Stilman était un homme de convictions, il a voué sa vie à son métier, à notre profession, ultime rempart de nos démocraties. Andrew Stilman, tu es tombé sur ce rempart comme un soldat au champ d'honneur, nous ne t'oublierons jamais. Dès demain, la salle B des archives du journal, celle qui se trouve au premier sous-sol à droite en sortant des ascenseurs, avait-elle ajouté en jetant un regard complice au directeur des ressources humaines, sera rebaptisée à ta mémoire. Elle ne sera plus la salle d'archives B, mais portera le nom de "salle Andrew Stilman". Nous ne t'oublierons pas ! » avait-elle martelé.

Les quelques collègues d'Andrew qui avaient fait le déplacement applaudissaient tandis qu'Olivia Stern embrassait le couvercle du cercueil, imprimant le chêne verni d'un double trait de Rouge de Coco Chanel. Puis elle regagna sa place.

Les employés des pompes funèbres attendirent le signal de Simon. Les quatre hommes soulevèrent la bière et la posèrent sur le berceau qui surplombait la tombe. On actionna le treuil et la dépouille d'Andrew Stilman disparut lentement sous terre.

Ceux qui avaient pris leur matinée pour l'accompagner au cimetière s'approchèrent à tour de rôle pour le saluer dans sa dernière demeure. Il y avait là Dolorès Salazar, la documentaliste qui aimait bien Andrew – ils s'étaient souvent croisés le samedi matin dans le local des alcooliques anonymes de Perry Street –, Manuel Figera, le préposé au courrier – Andrew était le seul à lui offrir un café de temps en temps quand ils se rencontraient à la cafétéria –, Tom Cimilio, le DRH – qui l'avait menacé deux ans plus tôt de le licencier s'il ne réglait pas une fois pour toutes son problème avec la bouteille –, Gary Palmer, employé au département juridique – qui avait souvent eu à résoudre à l'amiable les excès commis par Andrew dans l'exercice de ses fonctions –, Bob Stole, le directeur du syndicat – lui n'avait jamais connu Andrew, mais il était de permanence ce jour-là –, et Freddy Olson, son voisin de bureau –, dont on n'arrivait pas à savoir s'il était au bord des larmes ou s'il retenait un tonitruant fou rire tant il avait l'air défoncé.

Olson fut le dernier à jeter une rose blanche sur le cercueil. Il se pencha pour regarder où elle avait atterri et manqua de peu de tomber dans la fosse avant que le chef du syndicat ne le rattrape de justesse par la manche.

Puis, le cortège s'éloigna et alla se regrouper autour des voitures.

On s'enlaça les uns les autres, Olivia et Dolorès échangèrent quelques larmes, Simon remercia tous ceux qui avaient fait le déplacement et chacun retourna tranquillement à ses occupations.

Dolorès avait une séance de manucure à 11 heures, Olivia un brunch avec une amie, Manuel Figera avait promis à sa femme de l'emmener chez Home Depot acheter un nouveau sèche-linge, Tom Cimilio était témoin au mariage de son neveu, Gary Palmer devait retrouver son compagnon qui tenait un stand au *Fleamarket* de la 25ᵉ Rue, Bob Stole rentrait assurer sa permanence au journal et Freddy Olson s'était réservé une séance de soins orientaux à l'heure du déjeuner dans un établissement de Chinatown où les masseuses n'avaient probablement pas dû aller à confesse depuis fort longtemps.

Chacun retournait à sa vie, laissant Andrew Stilman à sa mort.

*

Les premières heures qui suivirent son enterrement lui parurent terriblement longues, et surtout solitaires, ce qui était assez inattendu pour quelqu'un comme lui qui avait toujours adoré être seul. Et il fut pris d'une angoisse qui, cette fois, ne provoqua ni envie d'un Fernet-Coca, ni sueur, ni tremblement, pas même une petite accélération du pouls, et pour cause.

Puis vint la nuit et, avec elle, cet étrange phénomène dont il prit aussitôt conscience.

Bien que jusque-là il se soit plutôt accommodé à l'extrême exiguïté de son « réduit en sous-sol, sans porte ni fenêtre » et que le silence qui régnait à six pieds sous terre ne l'ait finalement pas plus dérangé que cela (lui qui aimait tant la cacophonie de la rue, ses bruits de marteaux-piqueurs, de motards confondant virilité et vrombissement de leur cylindrée, de sirènes hurlantes, de camions de livraison qui reculent en faisant des bips à vous donner envie de tuer le chauffeur, de fêtards abrutis qui chantent à tue-tête et à toute heure en rentrant chez eux et qu'on aimerait tant suivre jusque sous leurs fenêtres pour leur rendre la pareille), Andrew se retrouva à son grand étonnement en lévitation à quelques centimètres au-dessus du monticule de terre fraîche qui recouvrait sa dépouille. Aussi absurde que cela lui semblât, il était là, assis en tailleur, et pouvait voir tout ce qui passait autour de lui, c'est-à-dire pas grand-chose.

Faute d'avoir un emploi du temps chargé, il commença à en faire l'inventaire.

Le gazon brossé par la brise hérissait ses herbes en

direction du nord. Les bosquets d'ifs, les érables et les chênes du coin s'agitaient dans la même direction. Toute la nature environnante semblait se tourner vers l'autoroute qui se trouvait en contrebas du cimetière.

Et soudain, alors qu'Andrew, consterné, se demandait combien d'heures encore il allait rester à s'emmerder ainsi, il entendit une voix.

— Tu t'y feras, au début ça paraît un peu long, mais on finit par perdre la notion du temps. Je sais ce que tu es en train de te dire. Si tu avais pensé plus tôt à ta mort, tu te serais offert une concession sur un bout de terrain avec vue sur la mer. Et tu aurais fait une grosse erreur. Les vagues, ça doit finir par être d'un chiant ! Alors que sur l'autoroute, il se passe des trucs de temps à autre. Des embouteillages, des poursuites, des accidents, c'est beaucoup plus varié qu'on ne l'imagine.

Andrew regarda dans la direction où avait surgi la voix. Un homme, assis en tailleur, lévitant comme lui, à quelques centimètres au-dessus de la tombe voisine, lui souriait.

— Arnold Knopf, dit celui-ci sans changer de position. C'était mon nom. J'entame ma cinquantième année ici. Tu verras, tu t'y feras, c'est juste un coup à prendre.

— Alors c'est ça, la mort ? demanda Andrew, on reste là, le cul posé sur sa tombe à regarder l'autoroute ?

— Tu regardes ce que tu veux, tu es libre, mais c'est ce que j'ai trouvé de plus distrayant. Parfois, il y a des visites, les week-ends surtout. Les vivants viennent pleurer sur nos tombes, mais pas sur la mienne. Quant à nos voisins, ils sont là depuis si longtemps que ceux qui venaient les voir sont eux aussi enterrés. La plupart ne prennent même plus la peine de sortir. Nous sommes les jeunes du quartier, si je puis dire. J'espère que tu en auras, des visites, au début il y en a toujours, après le chagrin se tasse, ce n'est plus pareil.

Andrew, au cours de sa longue agonie, avait souvent imaginé ce que pourrait être la mort, espérant même trouver en elle une forme de délivrance des démons qui l'avaient hanté. Mais ce qui lui arrivait était bien pire que tout ce que son esprit retors avait envisagé.

— J'en ai vu des choses, tu sais, reprit l'homme. Deux siècles et trois guerres. Quand je pense que c'est une saleté de bronchite qui a eu raison de moi. Allez me dire que le ridicule ne tue pas ! Et toi ?

Andrew ne répondit pas.

— Remarque, on n'est pas pressé, et puis te fatigue pas, j'ai tout entendu, continua son voisin. Il y avait du beau monde à tes obsèques. Se faire assassiner, ce n'est pas banal tout de même.

— Non, c'est assez original, j'en conviens, répliqua Andrew.

— Et par une femme en plus !

— Homme ou femme, ça ne change pas grand-chose, non ?

— Je suppose que non. Enfin, si tout de même. Monsieur n'avait pas d'enfants ? Je n'ai aperçu ni veuve ni marmots.

— Non, ni enfants ni veuve, soupira Andrew.

— Célibataire, alors ?

— Depuis peu.

— Dommage, mais c'est peut-être mieux pour elle.

— Je suppose.

Au loin, les gyrophares d'une voiture de police se mirent à scintiller, le break qu'elle suivait se rangea sur la bande d'arrêt d'urgence.

— Tu vois, il se passe sans arrêt des trucs sur cette autoroute. C'est la Long Island Expressway qui mène à l'aéroport JFK. Les types sont toujours pressés et ils se font cueillir chaque fois à cet endroit. Les bons jours, il y en a un qui ne s'arrête pas, alors tu peux regarder la poursuite jusqu'au virage là-bas. Après, la rangée de platanes nous cache la vue, dommage.

— Vous voulez dire qu'on ne peut pas bouger de nos tombes ?

— Si, avec le temps on y arrive, peu à peu. J'ai réussi à atteindre le bout de l'allée la semaine dernière, soixante pieds d'un coup ! Cinquante ans d'entraînement tout de même ! Heureusement que ça finit par payer, sinon à quoi bon ?

Andrew céda au désespoir. Son voisin se rapprocha de lui.

— T'inquiète, je te jure qu'on s'y fait. Ça paraît impossible au début, mais tu verras, fais-moi confiance.

— Ça vous ennuierait si on se taisait pendant quelque temps. J'ai vraiment besoin de silence.

— Le temps que tu veux, mon garçon, rétorqua Arnold Knopf, je comprends, je ne suis pas pressé.

Et ils restèrent tous deux, assis en tailleur, côte à côte dans la nuit.

Un peu plus tard, les phares d'une voiture éclairèrent la route qui remontait la colline depuis l'entrée du cimetière. Qu'on lui ait ouvert les grilles d'ordinaire fermées à cette heure était un mystère pour Arnold qui fit part de son étonnement à Andrew.

Le break marron se rangea le long du trottoir, une femme en descendit et marcha dans leur direction.

Andrew reconnut immédiatement son ex, Valérie, l'amour de sa vie qu'il avait perdu en commettant la plus stupide erreur de toute son existence. Et sa situation attestait du prix qu'il avait payé pour un moment d'égarement, une folie passagère.

Avait-elle seulement su combien le remords l'avait rongé ? Qu'il avait renoncé à se battre à compter du moment où elle avait cessé de lui rendre visite à l'hôpital ?

Elle s'approcha de la tombe et se recueillit dans le plus grand silence.

La voir ainsi accroupie devant lui l'apaisa pour la première fois depuis qu'on l'avait poignardé le long de l'Hudson River.

Valérie était là, elle était venue, et cela comptait plus que tout.

Soudain, elle souleva subrepticement sa jupe et se mit à uriner sur la pierre tombale.

Quand elle eut fini, elle rajusta son vêtement et dit à haute voix :

— Va te faire foutre, Andrew Stilman.

Puis, elle remonta dans la voiture et s'en alla comme elle était venue.

— Ça, je dois dire, ce n'est pas banal non plus ! siffla Arnold Knopf.

— Elle a vraiment pissé sur ma tombe ?

— Sans vouloir paraphraser un poète connu, je crois bien que c'est exactement ce qu'elle vient de faire. Je ne voudrais pas être indiscret, mais tu lui as fait quoi pour qu'elle vienne se soulager comme ça au milieu de la nuit ?

Andrew poussa un long soupir.

— Le soir de notre mariage, je lui ai avoué être tombé amoureux d'une autre femme.

— Ce que je suis content de t'avoir pour voisin, Andrew Stilman, tu ne peux pas savoir à quel point ! Je sens que je vais beaucoup moins m'ennuyer, voire plus du tout. Je t'ai un peu menti tout à l'heure, on s'emmerde à mourir. Et comme c'est déjà fait, il n'y a pas vraiment d'alternative, on est dans l'impasse, mon vieux. Ce n'est pas pour dire, mais j'ai bien l'impression que ta petite dame ne t'a pas encore pardonné. En même temps, vider son sac le soir de son mariage, je ne voudrais pas jouer les donneurs de leçon, mais reconnais que le moment était mal choisi.

— Je ne suis pas doué pour les mensonges, soupira Andrew.

— Alors comme ça, monsieur était journaliste ? Tu me raconteras tout ça plus tard, je dois pratiquer mes exercices de concentration, je me suis juré d'atteindre le bosquet que tu vois là-bas avant la fin du siècle. J'en ai marre de ces platanes !

« Être »... à l'imparfait. Cette conjugaison frappa Andrew avec la force d'un boulet de canon qui percute l'enceinte d'une forteresse. Avoir été, et ne plus être qu'un corps en décomposition.

Andrew se sentit aspiré vers sa tombe, il tenta de résister à la force qui l'entraînait sous terre et il hurla.

\*

Simon s'approcha du canapé, tira la couette et le secoua.

— Arrête ces gémissements, c'est insupportable. Debout, il est 10 heures, tu devrais être au boulot !

Andrew prit une profonde inspiration, comme un plongeur qui surgit à la surface de l'eau au terme d'une longue apnée.

— Arrête de picoler, tes nuits seront plus sereines, ajouta Simon en ramassant le cadavre d'une bouteille de Jack Daniel's. Lève-toi et va t'habiller ou je te jure que je te fiche dehors, j'en ai assez de te voir dans cet état.

— Ça va, répondit Andrew en s'étirant. Ce sont les ressorts de ton canapé qui me torturent. Tu ne pourrais pas avoir une chambre d'amis ?

— Tu ne pourrais pas rentrer chez toi ? Ça fait trois mois que tu es sorti de l'hôpital.

— Bientôt, je te le promets. Je n'arrive pas à rester seul la nuit. Et puis ici, je ne picole pas.

— Pas avant que je ne m'endorme ! Tu trouveras du café dans la cuisine. Va bosser, Andrew, c'est ce que tu as de mieux à faire et c'est vraiment la seule chose que tu fasses bien.

— « Ce sont toujours les meilleurs qui partent en premier »... sérieusement ? Tu n'as rien trouvé de mieux pour conclure mon oraison funèbre ?

— Je te rappelle que tout ça n'existe que dans ta tête dérangée. C'est toi qui tiens le stylo dans tes cauchemars, et en effet, ta prose est pitoyable.

Simon claqua la porte en sortant.

Andrew entra dans la salle de bains. Il examina son visage et se trouva plutôt bonne figure en repensant à ce qu'il avait descendu la veille. Il changea d'avis en s'approchant du miroir. Ses yeux étaient alourdis, sa barbe noire cachait une grande partie de ses joues. Simon avait raison, le temps était peut-être venu de retourner aux réunions des Alcooliques anonymes sur Perry Street. En attendant, il irait faire acte de présence à la conférence de rédaction et se rendrait ensuite à la bibliothèque municipale. Depuis trois mois, il aimait y passer ses journées.

Installé dans la grande salle de lecture, il s'y trouvait en compagnie bien que le silence régnât en maître. Quel autre endroit au monde pouvait lui offrir pareil rempart contre la solitude sans qu'il soit dérangé par le bruit des autres ?

Douché, vêtu de propre, il quitta l'appartement, fit escale au Starbucks où il avala un petit déjeuner et fila au journal. Regardant l'heure à sa montre, il se dirigea directement en salle de réunion où Olivia concluait son briefing.

Les journalistes se levèrent et quittèrent les lieux. Andrew se tenait près de la porte, Olivia lui fit signe de l'attendre. Quand la salle fut vide, elle vint à sa rencontre.

— Personne ne vous a contraint à reprendre le boulot aussi tôt, Andrew. Mais si vous revenez, faites-le vraiment. La conférence de rédaction n'est pas facultative.

— Je suis là, non ?

— Vous êtes présent et absent à la fois. Vous n'avez pas pondu une ligne depuis trois mois.

— Je réfléchis à mon prochain sujet.

— Vous vous la coulez douce et vous vous êtes remis à picoler.

— Qu'est-ce qui vous permet de dire ça ?

— Regardez-vous dans une glace.

— J'ai travaillé tard, je planche sur une nouvelle enquête.

— Heureuse de l'apprendre, je peux en connaître le sujet ?

— Une jeune femme violée et battue à mort dans un township de Johannesburg, il y a dix-huit mois. La police ne fait rien pour arrêter ses assassins.

— Un fait divers en Afrique du Sud, voilà qui va passionner nos lecteurs, prévenez-moi quand vous aurez fini que je vous réserve une place en une.

— C'était ironique ?

— Absolument.

— Elle a été assassinée à cause de son orientation sexuelle. Son seul crime était d'aimer une autre femme. Et pour cette même raison, les flics qui connaissent les coupables ne sont pas plus enclins à les arrêter que si un chien errant s'était fait écraser. Sa famille se bat pour que justice soit faite, mais les pouvoirs publics s'en foutent, pour peu, ils féliciteraient les attardés mentaux qui ont assassiné cette femme. Elle avait vingt-quatre ans.

— C'est tragique, mais l'Afrique du Sud est loin et bien plus loin encore des préoccupations de nos lecteurs.

— La semaine dernière, un de nos brillants députés républicains a déclaré à la télévision au sujet du mariage homosexuel qu'il y voyait une porte ouverte à l'inceste et à la pédophilie. On vit dans un drôle de monde, il y a des limites à tout, notre bon maire veut même limiter la consommation de sodas dans les salles de cinéma, mais pour freiner la connerie de nos élus, rien ! Il devrait y avoir des lois pour les mettre eux aussi à l'amende quand ils dépassent la norme tolérable de l'ignorance.

— Vous voulez vous lancer en politique, Stilman ?

Andrew pria sa rédactrice en chef de ne pas prendre ses propos à la légère. Ceux tenus par le député n'étaient pas qu'insultants, ils relevaient de l'incitation à la haine. Andrew voulait à travers son papier faire état de la violence qu'engendre le discours politique lorsqu'il stigmatise une communauté.

— Vous me suivez maintenant ? Au départ de l'article le massacre de cette innocente, la passivité des autorités sud-africaines qui n'accordent aucune importance à ce meurtre et en fin de course notre abruti de député, le message qu'il véhicule et les dérives prévisibles de ceux qui l'ont pris au mot. Si je me débrouille bien, je pourrai contraindre son parti à le désavouer, et *in fine* le forcer à prendre position.

— Fumeux et hasardeux projet, mais si ça peut vous occuper le temps que vous retrouviez l'envie de vous attaquer à des choses plus...

— ... plus importantes qu'une jeune femme de vingt-quatre ans violée, rouée de coups et poignardée parce qu'elle était lesbienne ?

— Ne me faites pas dire ce que je n'ai pas dit, Stilman.

Andrew posa sa main sur l'épaule de sa rédactrice en chef, exerçant une légère pression comme pour accentuer la gravité de son propos.

— Faites-moi une promesse, Olivia. Le jour où j'y passerai vraiment, jurez-moi que vous vous abstiendrez de tout discours pendant mes obsèques.

Olivia regarda Andrew, intriguée.

— Oui, si vous voulez, mais pourquoi ?

— « Tu es tombé sur ce rempart comme un soldat au champ d'honneur », non, mais vraiment ! J'avais honte pour vous.

— Mais de quoi parlez-vous, Stilman ?

— De rien, laissez tomber. Contentez-vous de me le promettre et on en reste là. Ah si, une dernière chose, la salle des archives B ? Franchement, vous ne pouviez pas trouver un endroit plus glauque ?

— Fichez-moi le camp, Andrew, vous me faites perdre mon temps et je ne comprends rien à vos élucubrations. Allez bosser, je serais prête à vous offrir un billet pour Cape Town pour que vous me débarrassiez le plancher.

— Johannesburg ! Venez me dire ensuite que c'est moi qui ne suis pas concentré en ce moment. Non, mais je rêve.

Andrew prit l'ascenseur et regagna son bureau. Il y régnait un désordre identique à celui qu'il avait laissé le jour où on l'avait agressé. Freddy Olson, une revue de mots croisés en main, mâchouillait un crayon en se balançant sur sa chaise.

— « Revenant » en sept lettres, tu as une idée ? demanda Olson.

— Et ma main dans ta figure en sept phalanges, tu as une idée ?

— Un homme qui circulait à vélo dans le West Village s'est fait renverser par un policier, enchaîna Olson. Non content de lui avoir coupé la route, le flic lui a demandé ses papiers et quand le type s'est rebellé en disant que c'était le monde à l'envers, il lui a passé les menottes et l'a coffré. Tu veux te mettre sur l'affaire ?

— Rebellé comment ?

— D'après la déposition, le vieillard aurait giflé le policier parce qu'il lui parlait sur un ton qui lui a déplu.

— Quel âge, ton cycliste ?

— Quatre-vingt-cinq ans, et le policier, trente.

— Cette ville me surprendra tous les jours, soupira Andrew. Je te laisse à tes faits divers, j'ai un vrai boulot de journaliste qui m'attend.

— Bourbon sec ou daiquiri ?

— Tu veux que l'on parle de tes addictions, Olson ? Tu semblais défoncé comme une huître à mes obsèques.

— Je ne sais pas de quoi tu parles, mais je n'ai rien sniffé depuis belle lurette. J'avais fait le serment sur ton lit d'hôpital que si tu y passais, je ne toucherais plus jamais à la dope.

Andrew se garda de répondre à son collègue, prit son courrier, un exemplaire de l'édition du matin et s'en alla. La journée était belle, il se dirigea vers la New York Public Library qui se situait à quelques blocs du journal.

*

Andrew présenta sa carte à l'entrée de la salle de lecture. Le préposé le salua à voix basse.

— Bonjour, Yacine, répondit Andrew en tendant la main au bibliothécaire.

— Vous avez commandé des ouvrages aujourd'hui ?

poursuivit celui-ci en consultant son écran d'ordinateur.

— Je suis venu avec tout ce dont j'avais besoin pour être sûr de ne rien faire d'utile, mon courrier et mon journal.

Yacine se tourna vers la table où Andrew avait pris ses habitudes.

— Vous avez une voisine, dit-il, toujours à voix basse.

— Et notre petit arrangement ?

— Je suis désolé, monsieur Stilman, nous avons beaucoup de demandes en ce moment, la salle est pleine et nous refusons du monde. Je ne pouvais pas garder éternellement cette place inoccupée.

— Elle est là pour longtemps ?

— Je n'en ai aucune idée.

— Jolie ?

— Plutôt.

— Qui est-ce ?

— Vous savez que nous ne sommes pas autorisés à divulguer ce genre d'information.

— Même à moi, Yacine ?

— Monsieur Stilman, il y a du monde derrière vous, si vous voulez bien aller vous installer.

Andrew obéit et traversa la salle de lecture, prenant un malin plaisir à faire résonner ses pas. Il tira bruyamment sa chaise à lui, se laissa tomber dessus et ouvrit son journal.

Chaque fois qu'il en tournait les pages, il s'arrangeait pour exagérer le froissement du papier. Sa voisine ne releva même pas la tête. Las, il finit par abandonner et tenta de se concentrer sur l'article qu'il lisait.

En vain, il reposa son journal pour observer de nouveau la jeune femme studieuse assise en face de lui.

Elle avait une coupe de cheveux et une frimousse à la Jean Seberg. Le regard rivé à sa lecture, elle suivait chaque ligne de l'index. De temps à autre, elle annotait un cahier. Rarement Andrew avait vu quelqu'un d'aussi concentré.

— C'est en plusieurs tomes, j'espère ? demanda-t-il.

La jeune femme leva les yeux.

— Je ne sais pas ce que vous êtes en train de lire, mais ça m'a l'air sacrément passionnant, continua-t-il.

Elle leva un sourcil, afficha une mine consternée et se replongea dans son livre.

Andrew la considéra un instant, mais avant qu'il prononce un autre mot, la jeune femme referma son cahier et s'en alla. Elle restitua l'ouvrage qu'elle avait emprunté auprès du bibliothécaire et quitta la salle.

Andrew se leva à son tour et se précipita vers Yacine.

— Vous avez besoin d'un livre, monsieur Stilman ?

— Celui-ci, répondit-il en lorgnant l'exemplaire que sa voisine avait laissé sur le comptoir.

Yacine posa la main dessus.

— Il faut d'abord que j'enregistre son retour avant d'établir un nouveau bon de prêt. Vous connaissez nos règles, depuis le temps, n'est-ce pas ? Retournez à votre place, nous vous l'apporterons.

Andrew fit comprendre au bibliothécaire que son zèle l'excédait au plus haut point.

Il quitta la bibliothèque et se surprit, une fois dehors, à chercher sa voisine au milieu de la foule qui occupait les grands escaliers du bâtiment. Puis il haussa les épaules et décida d'aller se promener.

*

Le lendemain, fidèle à sa routine, Andrew reparut en salle de lecture vers 10 heures du matin. La chaise en face de lui était vide. Il parcourut plusieurs fois les lieux du regard et se résolut à ouvrir son journal.

À l'heure du déjeuner, il se rendit à la cafétéria. Sa voisine de table approchait de la caisse, poussant un plateau sur la glissière qui longeait les vitrines réfrigérées. Andrew attrapa un sandwich sur une clayette, tout en la surveillant du coin de l'œil, et se glissa dans la file.

Quelques instants plus tard, il alla s'asseoir à trois places d'elle et la regarda déjeuner. Entre deux bouchées de tarte aux pommes, elle griffonnait sur son cahier et rien autour d'elle ne semblait la perturber.

Andrew était fasciné par sa concentration. Son regard naviguait selon un rythme régulier du cahier de notes à la pâtisserie qu'elle mangeait avec gourmandise. Mais il fut frappé par un détail qu'il avait déjà remarqué la veille. Alors que de l'index gauche elle suivait la ligne qu'elle lisait, elle annotait de la même main son cahier, la droite restant en permanence dissimulée sous la table. Andrew en vint à se demander ce qu'elle pouvait bien cacher.

La jeune femme releva la tête, balaya la pièce du regard, lui adressa un sourire furtif et repartit vers la salle de lecture après avoir vidé les restes de son repas dans une poubelle.

Andrew y jeta son sandwich et lui emboîta le pas. Il s'installa à sa place et déplia son journal.

— C'est celui d'aujourd'hui, j'espère, murmura la jeune femme après quelques instants.

— Je vous demande pardon ?

— Vous êtes si peu discret ; je disais juste que j'espérais au moins que c'était l'édition du jour ! Puisque vous faites semblant de lire, autant aller droit au but. Qu'est-ce que vous me voulez ?

— Mais rien du tout, je ne m'intéressais pas particulièrement à vous, je réfléchissais, c'est tout, bafouilla Andrew en contenant assez mal son embarras.

— Je fais des recherches sur l'histoire de l'Inde, ça vous intéresse ?

— Professeur d'histoire ?

— Non. Et vous, flic ?

— Non plus, journaliste.

— Dans la finance ?

— Qu'est-ce qui vous fait penser ça ?

— Votre montre, je ne vois qu'une personne de ce milieu pour s'offrir un bijou pareil.

— Un cadeau de ma femme, enfin, mon ex-femme.

— Elle ne s'est pas moquée de vous.

— Non, c'est moi qui me suis moqué d'elle.

— Je peux reprendre mon travail ? demanda la jeune femme.

— Bien sûr, répliqua Andrew. Je ne voulais pas vous interrompre.

Elle le remercia et retourna à sa lecture.

— Reporter, précisa Andrew.

— Je ne veux pas être désagréable, dit la jeune femme, mais je voudrais me concentrer sur ce que j'étudie.

— Pourquoi l'Inde ?

— J'envisage de m'y rendre un jour.

— Vacances ?

— Vous n'allez pas me laisser tranquille, n'est-ce pas ? soupira-t-elle.

— Si, promis, je ne dis plus rien. À partir de maintenant, plus un mot. Croix de bois, croix de fer.

Et il tint promesse. Andrew resta silencieux l'après-midi entier, à peine salua-t-il sa voisine quand elle s'esquiva une heure avant la fermeture.

En partant, Andrew saisit un livre laissé par un lecteur sur le comptoir, glissa un billet de vingt dollars sous la couverture et le tendit au bibliothécaire.

— Je veux juste connaître son nom.

— Baker, chuchota Yacine en serrant l'ouvrage contre lui.

Andrew plongea la main dans la poche de son jean et en ressortit un autre billet à l'effigie de Jackson.

— Son adresse ?

— 65 Morton Street, chuchota Yacine en s'emparant des vingt dollars.

Andrew quitta la bibliothèque. Le trottoir de la Cinquième Avenue était bondé. À cette heure, impossible de trouver un taxi en maraude. Il repéra la jeune femme qui agitait la main au croisement de la 42e Rue, essayant d'attirer l'attention d'un chauffeur.

Une voiture de maître se rangea devant elle et son conducteur se pencha à la vitre pour lui proposer ses services. Andrew s'approcha à distance suffisante pour l'entendre négocier le prix de la course. Elle grimpa à l'arrière de la Crown noire et le véhicule se glissa dans le flot de la circulation.

Andrew courut jusqu'à la Sixième Avenue, s'engouffra dans le métro, prit la ligne D et ressurgit, un quart d'heure plus tard, de la station West 4 th Street. De là, il rejoignit le Henrietta Hudson Bar qu'il connaissait bien pour sa carte de cocktails. Il commanda un ginger ale au barman et alla s'installer sur un tabouret derrière la vitre. Observant le carrefour de Morton et d'Hudson, il se demanda ce qui lui laissait imaginer que la jeune femme en quittant la bibliothèque rentrerait directement chez elle et surtout ce qui l'avait incité à venir jusqu'ici, alors que cela n'avait aucun sens. Après avoir assez longuement considéré la question, il en conclut que l'ennui était en train d'avoir raison de lui. Il régla sa boisson et partit retrouver Simon qui devait s'apprêter à quitter son garage.

Quelques minutes après son départ, la voiture de maître déposait Suzie Baker en bas de chez elle.

*

Le rideau de fer était baissé. Andrew poursuivit son chemin et reconnut la silhouette de Simon, penché sous le capot d'une Studebaker garée un peu plus loin dans la rue.

— Tu tombes bien, dit Simon. Je n'arrive pas à la faire démarrer et, seul, impossible de la pousser

76

dans le garage. Je me rongeais les sangs à l'idée de la laisser toute la nuit dehors.

— J'envie tes inquiétudes, mon vieux.

— C'est mon gagne-pain, alors oui, j'y fais attention.

— Tu ne l'as toujours pas vendue, celle-là ?

— Si, et reprise à un collectionneur qui m'a acheté une Oldsmobile 1950. C'est comme ça qu'on fidélise sa clientèle dans mon métier. Tu m'aides ?

Andrew se positionna à l'arrière de la Studebaker pendant que Simon la poussait, la main, par la vitre baissée, posée sur le volant.

— Qu'est-ce qu'elle a ? demanda Andrew.

— Je n'en sais rien, je verrai avec mon mécano demain.

La voiture à l'abri, ils allèrent dîner chez Mary's Fish Camp.

— Je vais me remettre au boulot, annonça Andrew en s'attablant.

— Il était temps.

— Et je vais rentrer chez moi.

— Rien ne t'y oblige.

— Si, toi.

Andrew passa sa commande auprès de la serveuse.

— Tu as eu de ses nouvelles ?

— De qui ? répondit Simon.

— Tu sais très bien de qui.

— Non, je n'ai eu aucune nouvelle d'elle, et pourquoi en aurais-je ?

— Je ne sais pas, j'espérais, c'est tout.

— Tourne la page, elle ne reviendra pas. Tu lui as fait trop de mal.

— Une soirée d'ivresse et un aveu stupide, tu ne crois pas que j'en ai assez payé le prix ?

— Je n'y suis pour rien, c'est à elle qu'il faut raconter ça.

— Elle a déménagé.

— Je l'ignorais, mais toi, comment le sais-tu, si tu n'as aucune nouvelle d'elle ?

— Il m'arrive de passer en bas de chez elle.

— Comme ça, par hasard ?

— Oui, par hasard.

Andrew regarda par-delà la vitrine les fenêtres éteintes de son appartement de l'autre côté de la rue.

— Je n'y peux rien, c'est plus fort que moi. Il y a des lieux qui réveillent la mémoire. Les instants que j'ai vécus avec elle sont les plus heureux de ma vie. Je vais sous ses fenêtres, je m'installe sur un banc et je me les rappelle. Parfois, je nous vois tous les deux, comme deux ombres du soir, entrant dans son immeuble, les bras chargés des courses que nous étions allés faire à l'épicerie du coin. J'entends son rire, ses railleries, je regarde l'endroit où elle laissait presque toujours tomber un paquet en cherchant ses clés. Parfois, même, je quitte mon banc, comme pour aller le ramasser, avec l'espoir absurde que la porte de l'immeuble s'ouvrira et que la vie reprendra son cours là où tout s'est arrêté. C'est idiot, mais ça me fait un bien fou.

— Et tu fais ça souvent ?

— Il est bon, ton poisson ? répondit Andrew en plantant sa fourchette dans l'assiette de Simon.

— Tu passes en bas de chez elle combien de fois par semaine, Andrew ?

— Le mien est meilleur, tu as fait le mauvais choix.

— Tu ne peux pas continuer à te lamenter sur ton sort. Ça n'a pas marché entre vous, c'est triste, mais ce n'est pas la fin du monde non plus. Tu as la vie devant toi.

— J'en ai entendu des platitudes, mais alors « tu as la vie devant toi », c'est le pompon.

— Tu veux me donner des leçons après ce que tu viens de me raconter ?

Puis Simon l'interrogea sur sa journée, et pour donner le change, Andrew lui confia avoir fait la connaissance d'une lectrice à la bibliothèque.

— Tant que tu ne vas pas l'espionner assis sur un banc en bas de chez elle, je trouve que c'est plutôt une bonne nouvelle.

— Je me suis planqué dans un bar au coin de sa rue.

— Tu as fait quoi ?

— Tu m'as très bien entendu, et ce n'est pas ce que tu crois ; quelque chose m'intrigue chez cette femme, je ne parviens pas encore à savoir quoi.

Andrew régla l'addition. Charles Street était déserte, un vieil homme promenait son labrador, l'animal claudiquait autant que son maître.

— C'est fou, la ressemblance entre les chiens et leurs propriétaires, s'exclama Simon.

— Oui, tu devrais t'acheter un cocker. Allez viens, rentrons, c'est la dernière nuit que je passe sur ton canapé déglingué. Demain, je lève le camp, c'est promis. Et je ne poireauterai plus sous les fenêtres de Valérie, je te le promets également. De toute façon, elle aussi a levé le camp. Tu sais ce qui me tue, c'est quand j'imagine qu'elle est probablement partie pour emménager avec un autre homme.

— C'est pourtant tout le mal que tu pourrais lui souhaiter, non ?

— L'idée que ce soit à un autre qu'elle fasse ses confidences, qu'elle s'occupe de lui, lui demande comment s'est déroulée sa journée, qu'elle partage avec lui les moments qui nous appartenaient... je n'y arrive pas.

— C'est de la jalousie mal placée et elle mérite mieux que ça.

— Ce que tu m'emmerdes avec tes leçons.

— Peut-être, mais il faut bien que quelqu'un te fasse la morale, regarde-toi.

— Possible, mais pas toi Simon, surtout pas toi.

— D'abord, rien ne te dit qu'elle soit avec quelqu'un, rien ne te dit non plus que si c'était le cas, elle soit heureuse avec lui. On peut être avec quelqu'un pour fuir sa solitude, on peut partager son quotidien pour digérer une rupture en continuant d'entretenir le souvenir d'un autre. On peut parler à quelqu'un en écoutant la voix d'un autre, regarder quelqu'un dans les yeux en voyant ceux d'un autre.

— Eh ben tu vois mon Simon, c'est exactement ça que j'avais besoin d'entendre. Et comment tu sais ces choses-là, toi ?

— Parce que ça m'est arrivé, imbécile.

— D'être avec une femme alors que tu pensais à une autre ?

— Non, d'être avec une femme qui en aimait un autre, de jouer les doublures et, quand on est amoureux, c'est très douloureux. On sait, mais on feint d'ignorer,

80

jusqu'au jour où cela vous devient insupportable, ou jusqu'à ce qu'elle vous mette dehors.

La nuit se rafraîchit, Simon eut un frisson, Andrew le prit par l'épaule.

— On est bien tous les deux, souffla Simon. Demain, rien ne t'oblige si tu ne te sens pas tout à fait prêt. Je peux dormir de temps en temps sur le canapé et toi, prendre ma chambre.

— Je sais mon vieux, je sais, mais ça ira, j'en suis sûr maintenant. Cela étant, je suis d'accord pour prendre ton lit ce soir. Ce qui est dit est dit !

Et sur ces mots, ils marchèrent jusqu'à l'appartement de Simon, dans le plus grand silence.

# 5.

L'homme guettait patiemment, adossé à une voiture, en consultant un guide touristique. Lorsque la locataire du troisième étage sortit promener son chien, il jeta le guide et se faufila avant que la porte ne se referme.

Arrivé au dernier étage, il attendit que s'efface le bruit de ses pas et vérifia d'un coup d'œil dans la cage d'escalier que personne ne s'y trouvait. Il repéra la porte 6B, sortit de sa poche un trousseau de crochets et força la serrure.

L'appartement en angle comptait six fenêtres. Les stores étaient baissés, aucun risque qu'un voisin l'aperçoive de l'autre côté de la rue. L'homme vérifia l'heure à sa montre et se mit au travail. Il lacéra l'assise et les dossiers du canapé, retourna le tapis, les cadres photo accrochés aux murs, ouvrit les tiroirs du bureau et, après avoir fait le tour de l'appartement, continua sa fouille dans la chambre à coucher. La literie subit le même sort que le canapé, puis ce fut au tour du fauteuil à l'entrée de la salle de bains, et le contenu de la commode atterrit sur le matelas éventré.

Quand il entendit des bruits de pas sur le palier, l'homme regagna rapidement le salon, serra le manche du couteau qui se trouvait dans sa poche et se plaqua au mur, retenant sa respiration. Derrière la porte, une voix appelait.

L'homme sortit lentement son arme, et se força à rester calme. La voix se tut mais un souffle persista de l'autre côté de la cloison. Enfin, le souffle s'éteignit et les pas s'éloignèrent.

Le silence revenu, l'homme jugea qu'il était trop dangereux d'emprunter l'escalier intérieur. Celui qui avait suspecté sa présence avait peut-être appelé les flics. Le commissariat se trouvait à quelques rues et les rondes étaient fréquentes.

Il attendit encore un instant avant de se décider à sortir de l'appartement. Il repéra la fenêtre entrouverte au bout du couloir et gagna l'escalier d'incendie qui longeait la façade. En décembre, bien que l'hiver tardât à venir, la frondaison des arbres n'était plus qu'un lointain souvenir ; s'il descendait jusqu'à la rue, on finirait par le voir et il était souhaitable pour son commanditaire que personne ne puisse donner son signalement. À l'étage inférieur, il enjamba le garde-corps et se faufila sur l'escalier adjacent. Il regarda par la fenêtre du cinquième, et, d'un coup de coude, en cassa le carreau. Le loquet glissa sans difficulté, le châssis de la fenêtre ne fut guère plus difficile à soulever. L'homme se contorsionna pour entrer dans l'immeuble voisin dont il ressortit sans avoir croisé âme qui vive.

Puis, il bifurqua au croisement de rues et disparut.

*

Andrew avait pris soin de ne pas adresser la parole à sa voisine depuis qu'elle s'était installée en face de lui. Pour tout bonjour, il s'était contenté d'un signe qu'elle lui avait rendu en s'asseyant. Depuis deux heures, chacun était attelé à sa lecture.

Le téléphone portable de Suzie Baker vibra sur la table. Elle prit connaissance du message qui venait de s'afficher et murmura un juron.

— Un problème ? finit par questionner Andrew.

— Oui, je crois, répondit Suzie Baker en le regardant droit dans les yeux.

— Je peux vous aider ?

— J'en doute, à moins que vous ne m'ayez menti et ne soyez de la police, répliqua-t-elle en se levant.

— Je ne sais pas mentir, ou si mal. Qu'est-ce qui vous arrive ?

— La porte de mon appartement est entrouverte, l'intendant de mon immeuble pense qu'il y a quelqu'un à l'intérieur, il n'a pas osé entrer et veut savoir si j'y suis.

— Mais vous n'y êtes pas, dit Andrew, se maudissant aussitôt d'avoir formulé une réponse aussi stupide.

Suzie acquiesça de la tête et s'éloigna vers la sortie, oubliant son livre.

Andrew attrapa l'ouvrage et la suivit. Un petit cahier glissa des pages et tomba par terre. Andrew le ramassa, posa le livre sur le comptoir devant Yacine, accéléra le pas et arriva sur le parvis juste à temps pour voir Suzie Baker s'engouffrer dans un taxi.

— Et maintenant tu fais quoi, gros malin ? jura-t-il dans sa barbe.

La circulation était dense sur la Cinquième Avenue, les voitures roulaient pare-chocs contre pare-chocs, et Andrew était certain que la Septième comme la Neu-

vième ne seraient guère plus fluides. En prenant le
métro, il arriverait avant elle.

— Une ânerie de plus ! conclut-il en s'engouffrant
dans la station.

Lorsqu'il ressurgit à la hauteur de la 4e Rue, il n'eut
de cesse de se demander comment il expliquerait à sa
voisine de table qu'il connaissait son adresse. Aucune
idée ne lui vint.

Alors qu'il arrivait à proximité de l'immeuble, Suzie
Baker descendait de son taxi. Sans réfléchir, il cria un
« Mademoiselle » qui la fit se retourner.

— Qu'est-ce que vous faites là ?

— Vous aviez oublié votre livre, je l'ai rendu à
votre place, et en sortant, je vous ai vue grimper dans
votre taxi. L'idée que vous vous retrouviez seule en
face d'un cambrioleur m'inquiétait. C'est idiot, j'en
conviens. Vous avez certainement appelé la police.
Mais comme je ne vois aucune voiture de patrouille
devant votre porte, je suppose qu'il s'agissait d'une
fausse alerte et qu'ils sont déjà repartis. Je vais faire
de même. Au revoir, mademoiselle, dit Andrew en
tournant les talons.

— Comment avez-vous eu mon adresse ? cria-t-elle
dans son dos.

Andrew se retourna.

— J'ai sauté dans un taxi, je lui ai donné un pourboire pour qu'il vous suive. Je suis arrivé en même
temps que vous.

— À la vitesse à laquelle nous roulions, vous auriez
pu en descendre et monter dans le mien.

— J'y ai pensé, dit Andrew, je n'ai pas osé.

Suzie Baker observa son interlocuteur.

— Je n'ai pas appelé la police, dit-elle sèchement.

— Et votre intendant ?

— Je lui ai envoyé un message pour lui dire que j'étais dans ma salle de bains et que j'avais dû mal refermer ma porte.

— Pourquoi ce mensonge ?

— J'habite ici depuis peu, en sous-location. Une combine pas très légale. La véritable locataire est une amie, partie quelques mois en Europe. À la moindre histoire, le petit billet que je glisse à l'intendant chaque semaine ne suffirait plus à acheter son silence. Je ne peux pas me permettre d'être mise à la rue ; vous savez à quel point il est difficile de dégotter un chez-soi à New York ?

— Ne m'en parlez pas !

Suzie Baker hésita un instant.

— Vous voulez bien m'accompagner ? Je vous mentirais si je vous disais que je suis rassurée. Mais ne vous sentez pas obligé, je ne veux pas vous faire courir de risque.

— Je ne crois pas qu'il y en ait beaucoup. Si votre porte a été fracturée, le cambrioleur a dû se faire la malle depuis belle lurette. Et puis je suis là, alors autant que je serve à quelque chose. Allons-y, dit-il en prenant Suzie par le bras. C'est moi qui entre en premier.

En constatant l'état du salon, Andrew ordonna à Suzie de l'attendre sur le palier. Il regarda autour de lui et sortit le petit Walther TPH qu'il avait acheté à sa sortie de l'hôpital.

Cinq mois plus tôt, il aurait traité d'imbécile quiconque portait une arme. Mais après avoir été attaqué au couteau, s'être vidé de son sang dans une ambulance, et avoir passé deux mois sur un lit d'hôpital, il estimait légitime d'en conserver une dans la poche de son veston. Son assassin courait encore.

Il entra dans l'appartement, repoussa du pied la porte de la chambre et inspecta les lieux.

Il se fit la réflexion que Suzie aurait un choc en découvrant son « chez-soi » sens dessus dessous, et jugea bon d'être à ses côtés quand elle entrerait. Il se retourna, et sursauta en la voyant derrière lui.

— Je vous avais dit de m'attendre dehors !

— Je ne suis pas d'une nature obéissante. Vous pouvez ranger ce truc ? dit-elle en regardant le pistolet.

— Oui, bien sûr, répondit Andrew, gêné de tenir une arme à la main.

— Ils n'y sont pas allés de main morte, soupira Suzie. Quel capharnaüm !

Elle se baissa et commença à ramasser les objets éparpillés, tournant le dos à Andrew qui se sentit gauche à l'observer ainsi.

— Je peux ? dit-il en s'agenouillant pour ramasser un pull-over.

— Oui, mettez ça sur le lit, je ferai le tri plus tard.

— Vous ne vérifiez pas ce qu'on a pu vous voler ?

— Il n'y a rien à voler ici. Ni argent ni bijoux, je n'en porte pas. Vous iriez nous chercher à boire dans la cuisine ? Je vais en profiter pour ranger les choses un peu personnelles, dit-elle en faisant remarquer à Andrew qu'il avait le pied posé sur un soutien-gorge.

— Évidemment, répliqua-t-il.

Il revint quelques instants plus tard avec un verre d'eau que Suzie but d'un trait.

— Celui ou ceux qui ont visité votre appartement ne cherchaient pas d'argent et encore moins des bijoux.

— Qu'est-ce qui vous fait dire ça ?

— Votre cambrioleur n'a pas mis les pieds dans la cuisine. La plupart des gens cachent leurs objets de valeur dans une fausse canette de soda, au fond d'une boîte de céréales ou dans un sachet en plastique planqué derrière les glaçons.

— Il a peut-être été dérangé par l'intendant.

— Il aurait commencé par là, et puis pourquoi s'en prendre à votre canapé et à votre matelas ? L'époque où l'on cousait des pièces d'or dans sa literie est révolue, ce n'est pas là qu'une femme dissimule ses bagues et ses boucles d'oreilles. Ce serait un peu compliqué pour les récupérer avant de sortir le soir.

— Vous êtes cambrioleur à vos heures ?

— Je suis journaliste, on est curieux de tout dans mon métier. Mais je suis presque certain de ce que j'avance. Ce que je vois autour de moi ne correspond pas à un cambriolage. Celui qui a foutu ce bazar cherchait quelque chose de précis.

— Alors il se sera trompé de porte, ou d'immeuble. Ils se ressemblent tous dans cette rue.

— Vous allez devoir racheter un lit et un canapé à votre amie.

— Heureusement qu'elle ne rentre pas tout de suite. Vu l'état de mes finances, ça devra attendre un peu.

— Je connais un endroit dans Chinatown où trouver du mobilier d'occasion pour trois fois rien, je pourrais vous y conduire, si vous le voulez.

— C'est très gentil à vous, répondit Suzie en continuant de ranger. Vous pouvez me laisser seule maintenant, je suppose que vous avez des choses à faire.

— Rien d'urgent.

Suzie lui tournait toujours le dos, son calme et

sa résignation intriguaient Andrew, mais peut-être refusait-elle de montrer ses émotions. Allez savoir où la fierté va se loger. Andrew se serait comporté de la même façon.

Il se rendit dans le salon, ramassa les cadres photo et commença à les remettre à leur place, essayant de reconnaître l'endroit où ils étaient accrochés aux marques laissées sur le mur.

— Elles sont à vous ou à votre amie, ces photos ?

— À moi, cria Suzie depuis la pièce voisine.

— Vous êtes alpiniste ? dit-il en observant un tirage en noir et blanc. C'est bien vous accrochée à cette montagne ?

— Toujours moi, répliqua Suzie.

— Courageux, j'ai le vertige sur un escabeau.

— L'altitude, on s'y fait, c'est une question d'entraînement.

Andrew prit un autre cadre et examina une photographie de Suzie et Shamir au pied d'un rocher.

— Et cet homme à côté de vous ?

— Mon guide.

Mais Andrew remarqua, sur une autre prise de vue, le guide enlaçant Suzie.

Pendant qu'elle rangeait sa chambre, Andrew fit de son mieux pour remettre un peu d'ordre dans le salon. Il retourna à la cuisine, ouvrit les tiroirs et trouva un rouleau de ruban adhésif, celui dont on se sert pour fermer les cartons. Il en recouvrit les lacérations du canapé et contempla le résultat de son travail.

Suzie apparut dans son dos.

— Ce n'est pas parfait, mais vous pourrez vous y asseoir sans passer au travers.

— Je peux vous offrir à déjeuner pour vous remercier ?

— Et vos finances ?

— Je devrais pouvoir vous offrir une salade.

— Je déteste tout ce qui est vert, venez, je vous emmène avaler un steak. Vous avez besoin de prendre des forces.

— Je suis végétarienne.

— Nul n'est parfait, déclara Andrew. Je connais un petit italien près d'ici. Les pâtes c'est végétarien, non ?

La serveuse de Frankie's salua Andrew et lui laissa choisir sa table.

— Vous êtes un habitué ?

— Qu'est-ce que vous faites dans la vie, mademoiselle Baker ?

— Des recherches.

— Quel genre de recherches ?

— Ça vous ennuierait au plus haut point. Et vous, quel genre de journaliste êtes-vous ?

— Un reporter qui aime fourrer son nez dans les affaires des autres.

— Un article récent que j'aurais pu lire ?

— Je n'ai rien écrit depuis trois mois.

— Pourquoi ?

— C'est une longue histoire qui vous ennuierait aussi. Ce type sur la photo, il n'est pas que votre guide, n'est-ce pas ?

Suzie observa Andrew, essayant de deviner les traits de son visage sous sa barbe épaisse.

— Vous étiez comment avant de la laisser pousser ?

— Différent. Vous n'aimez pas ?

— Je ne sais pas, je ne me suis pas posé la question.

— Ça démange un peu, mais on gagne un temps fou le matin, dit Andrew en passant la main sur sa figure.

— Shamir était mon mari.

— Divorcée, vous aussi ?

— Veuve.

— Je suis désolé, je me mêle trop souvent de ce qui ne me regarde pas.

— Votre question n'était pas indiscrète.

— Si, elle l'était. Comment est-ce arrivé ? Je veux dire sa mort.

Andrew fut étonné d'entendre Suzie rire.

— La mort de Shamir n'a rien de drôle, et je n'ai toujours pas fini d'en faire le deuil, mais pour quelqu'un qui redoutait d'être indiscret ! Vous êtes très maladroit, j'aime ça, je crois. Et vous, qu'est-ce qui n'a pas collé dans votre couple ?

— Moi ! Mon mariage doit compter parmi les plus brefs. Unis à midi et séparés à 20 heures.

— Je vous bats. Le mien a duré moins d'une minute.

L'incompréhension se lisait dans les yeux d'Andrew.

— Shamir est mort dans la minute qui a suivi notre échange de vœux.

— Il était gravement malade ?

— Nous étions suspendus dans le vide. Il a coupé la corde qui le retenait à moi, pour me sauver la vie. Mais si vous n'y voyez pas d'inconvénient, je préférerais changer de sujet.

Le regard d'Andrew plongea vers son assiette. Il se tut un instant et releva la tête.

— Ne voyez aucune idée déplacée de ma part dans ce que je vais vous proposer. Vous ne pouvez pas dormir chez vous ce soir. Pas avant d'avoir fait les frais d'une nouvelle serrure. Votre cambrioleur pourrait revenir. Je possède un petit appartement que je n'occupe pas, tout près d'ici. Je peux vous en confier les clés. Je dors depuis trois mois chez un ami. Quelques nuits de plus ne changeront pas grand-chose.

— Pour quelles raisons n'habitez-vous plus chez vous ?

— J'ai peur des fantômes.

— Vous me proposez de séjourner dans un appartement hanté ?

— Le fantôme de mon ex-femme ne rôde que dans ma tête, vous ne craignez rien.

— Pourquoi feriez-vous ça pour moi ?

— C'est pour moi que je le fais, vous me rendriez service en acceptant. Et puis, ce ne serait que pour quelques jours, le temps…

— Que je fasse remplacer ma serrure et que j'achète un autre matelas. D'accord, dit Suzie. Je n'y avais pas réfléchi, mais maintenant que vous m'en parlez, l'idée de dormir chez moi ce soir m'effraie un peu. J'accepte votre hospitalité, deux nuits, pas plus, je vous le promets. Je ferai le nécessaire demain. Et c'est moi qui vous invite à déjeuner, c'est le minimum.

— Si vous voulez, répondit Andrew.

Après le repas, il accompagna Suzie jusqu'au bas de son immeuble et lui confia ses clés.

— C'est au troisième étage. Ce devrait être propre, la femme de ménage vient régulièrement, et comme je n'y ai pas mis les pieds depuis longtemps, elle ne croule pas sous le travail. L'eau chaude met un peu de temps à venir, mais une fois qu'elle arrive, faites attention, elle est brûlante. Vous trouverez des serviettes dans l'armoire de l'entrée. Faites comme chez vous.

— Vous ne me faites pas visiter ?

— Non, je n'y tiens pas.

Andrew salua Suzie.

— Je pourrais avoir votre numéro de téléphone ? Pour vous rendre vos clés…

— Vous me les rendrez à la bibliothèque. J'y suis tous les jours.

*

Suzie inspecta méticuleusement l'appartement d'Andrew, lui trouvant du charme. Elle repéra la photographie de Valérie, dans son cadre posé sur la cheminée.

— C'est toi qui lui as brisé le cœur ? Quelle idiote, je voudrais pouvoir échanger nos rôles. Je te le rendrai, peut-être, mais plus tard, pour l'instant j'ai besoin de lui.

Et Suzie retourna le cadre face contre mur avant d'aller visiter la chambre.

Au milieu de l'après-midi, elle passa chez elle chercher quelques affaires.

En entrant, elle ôta son manteau, alluma et sursauta à la vue de l'homme assis à son bureau.

— J'avais dit « mettre en désordre », pas tout dévaster ! dit-elle en refermant la porte.

— Il vous a confié ses clés. Pour ce qui est d'attirer son attention, c'est plutôt réussi. Vous devriez me remercier.

— Vous me suivez, maintenant ?

— Simple curiosité. Il est rare que l'on fasse appel à mes services pour se cambrioler soi-même, alors forcément, je me pose des questions.

Suzie se rendit dans la cuisine, ouvrit le placard,

attrapa un paquet de céréales sur l'étagère, sortit une liasse de billets cachée au fond de l'emballage et retourna dans le salon.

— Six mille, le solde de ce que vous m'aviez prêté, vous pouvez compter, dit-elle en lui tendant l'argent.

— Qu'est-ce que vous lui voulez à ce type ? s'enquit Arnold Knopf.

— Vous le dire ne fait pas partie de notre petit arrangement.

— Notre petit arrangement tire à sa fin. J'ai fait ce que vous m'aviez demandé. Et j'ai passé plus d'heures à la bibliothèque au cours de ces derniers jours que tout au long de ma vie, même si j'apprécie la lecture d'un bon livre. N'eût été le respect que je portais à votre grand-père, je ne serais jamais sorti de ma retraite.

— Ce n'est pas une question de respect, mais de dettes, combien de fois mon grand-père vous a-t-il tiré d'affaire ?

— Mademoiselle Baker, vous ignorez tant de choses.

— Quand j'étais gamine, vous m'appeliez Suzie.

— Mais vous avez grandi.

— Je vous en prie Arnold, depuis quand prend-on sa retraite dans votre métier ? Et ne me dites pas que c'est en jardinant que vous réussissez à entretenir une telle forme à votre âge.

Arnold Knopf leva les yeux au ciel.

— Pourquoi l'avoir choisi lui plutôt qu'un autre ?

— Sa tête dans le journal, elle m'a plu, je me fie toujours à mon instinct.

— Vous êtes plus retorse que cela. C'est parce qu'il a frôlé la mort, vous croyez que cela a fait de lui une tête brûlée que vous pourrez manipuler à votre guise.

— Non, pas tout à fait. C'est parce qu'il l'a frôlée pour aller jusqu'au bout de son enquête et que rien ne l'aurait fait renoncer. Il recommencera, ce n'est qu'une question de temps. La quête de la vérité est sa came, nous sommes pareils.

— En ce qui le concerne, je n'en sais rien, vous avez peut-être raison, mais vous vous surestimez, Suzie. Et votre quête obsessive vous a déjà coûté beaucoup. Vous auriez pu y passer vous aussi. Vous n'avez pas oublié ce qui est arrivé à celui que vous avez entraîné dans votre projet ?

— Fichez le camp, Arnold. Vous avez votre argent, nous sommes quittes.

— J'ai promis à votre grand-père de veiller sur vous. Nous serons quittes le jour où je ne serai plus. Au revoir, Suzie.

Et Arnold Knopf s'en alla.

*

Le matin suivant, Andrew arriva pile à l'heure en conférence de rédaction. Il y prit même quelques notes, ce qui n'échappa pas à sa rédactrice en chef.

Au sortir de la réunion, elle s'arrangea pour emprunter l'ascenseur avec lui.

— Vous êtes sur un coup, Stilman ?

— Je vous demande pardon ?

— Ce matin en réunion, j'ai croisé le regard de quelqu'un que je n'avais plus vu depuis longtemps.

— J'en suis ravi pour vous, de qui s'agit-il ?

— Sur quoi travaillez-vous ? Et ne me reparlez pas de l'Afrique du Sud, je n'y crois pas une seconde.

— Je vous le dirai en temps voulu, répondit Andrew.

Les portes de la cabine s'ouvrirent. Andrew se dirigea vers son bureau, attendit qu'Olivia Stern s'éloigne et fit demi-tour pour redescendre au sous-sol par l'escalier de secours.

Il passa la matinée à la salle d'archives. Il trouva trace d'une Suzie Baker, notaire à Dexter, d'une Suzie Baker professeur de psychologie à l'université James Madison en Virginie, d'une Suzie Baker artiste peintre, d'une Suzie Baker professeur de yoga, d'une Suzie Baker administratrice à l'université de Warwick, et de vingt autres Suzie Baker. Mais après avoir consulté tous les moteurs de recherche imaginables, il fut incapable de glaner la moindre information sur la Suzie Baker qu'il avait rencontrée à la bibliothèque. Et ceci l'intrigua bien plus que s'il avait découvert quoi que ce soit à son sujet. À l'heure des réseaux sociaux, il était impossible qu'une personne n'eût laissé aucune trace de sa vie sur Internet.

Andrew songea à passer un coup de fil à l'un de ses contacts dans la police, mais il se rappela que sa voisine de bibliothèque sous-louait son appartement. Il n'y avait aucune raison que l'électricité ou le gaz fussent à son nom. Sans pièce administrative, impossible d'en apprendre plus. La Suzie Baker à qui il avait confié les clés de son appartement restait dans un anonymat complet ; quelque chose clochait là-dedans et Andrew savait que lorsque ses sens étaient en alerte, il se trompait rarement.

L'un de ses copains de collège travaillait au service des impôts municipaux. Il décrocha son téléphone et apprit par lui que l'appartement 6B au 65 Morton Street était la propriété d'une société norvégienne. Drôle d'identité pour une prétendue amie partie quelques mois en Europe. Andrew se leva pour se dégourdir les jambes et réfléchir.

— Qui êtes-vous, Suzie Baker ? grommela-t-il en reprenant place devant son écran d'ordinateur.

Il pianota « Accident mont Blanc » sur le clavier et trouva une liste de drames survenus en montagne.

Un entrefilet sur le site d'un quotidien français relatait l'intervention d'une équipe de secours qui avait récupéré en janvier dernier une alpiniste qui avait passé deux nuits bloquée par une tempête à 4 600 mètres. La victime, qui souffrait d'engelures et d'hypothermie, avait été évacuée vers le centre hospitalier de Chamonix. Andrew jeta un coup d'œil à la pendule murale. Il était 11 heures du matin à New York, 17 heures en France. Il attendit de longues minutes au téléphone avant de réussir à joindre la rédaction du *Dauphiné*, mais il ne comprit pas un mot de ce que son correspondant lui disait, bien que ce dernier eût fait l'effort de s'adresser à lui dans sa langue. Il passa un autre appel, au centre hospitalier de Chamonix et souhaita parler au directeur, se présentant pour ce qu'il était, c'est-à-dire un journaliste du *New York Times*. On le fit patienter, la personne au bout du fil nota le numéro auquel on pouvait le rappeler et elle raccrocha. Andrew était persuadé que sa demande resterait lettre morte et qu'il lui faudrait harceler l'hôpital avant qu'on veuille bien le renseigner. Mais son téléphone sonna trente minutes plus tard. Edgar Hardouin, directeur du CHU, voulait savoir en quoi il pouvait lui être utile.

Andrew lui parla de Suzie Baker, déclarant qu'il écrivait un papier sur les soins prodigués aux touristes américains voyageant en Europe. Le directeur ne se souvenait pas de ce cas. À sa décharge, expliqua-t-il, son hôpital accueillait un nombre important de blessés en montagne, mais il promit de consulter les dossiers et de le joindre le lendemain.

Après avoir raccroché, Andrew se rendit à la bibliothèque.

*

En arrivant en salle de lecture, Suzie trouva la place de son voisin inoccupée. Elle posa son ouvrage et se rendit à la cafétéria. Andrew buvait un café en lisant son journal, à une table près de la fenêtre.

— Les boissons sont interdites là-bas, et j'ai besoin de caféine ce matin.

— Mal dormi ?

— Sur un lit... J'en avais perdu l'habitude. Et vous ?

— Le vôtre est très confortable.

— Qu'est-ce qu'elle a, cette main droite pour que vous la cachiez toujours dans votre poche ?

— Je suis gauchère, je m'en sers peu.

Suzie hésita un instant.

— C'est plutôt ce qu'elle n'a plus, dit-elle en présentant sa main.

L'index et le majeur étaient sectionnés au niveau de la deuxième phalange.

— Dette de jeu ? demanda Andrew.

— Non, dit Suzie en riant, engelures. Le plus étrange, c'est qu'on continue de les sentir, comme si l'amputation n'avait jamais eu lieu. Parfois la douleur se réveille. Il paraît que ça passe au bout de quelques années.

— Quand est-ce arrivé ?

— L'hiver dernier, nous escaladions le mont Blanc, nous sommes tombés dans une crevasse.

— C'est au cours de cette expédition que votre ami s'est donné la mort ?

— Il ne s'est pas donné la mort, je l'ai tué.

Andrew fut stupéfié par cet aveu.

— Mon imprudence et mon entêtement lui ont coûté la vie, ajouta Suzie.

— Il était votre guide, c'était à lui que revenait d'apprécier le danger.

— Il m'en avait avertie, je n'ai pas voulu l'entendre, j'ai continué à grimper, il m'a suivie.

— Je peux comprendre ce que vous ressentez. Moi aussi, je suis responsable de la mort d'un homme.

— Qui ?

— Le garde du corps d'un type que je traquais. On avait jeté de la ferraille sur une route pour crever les pneus de leur voiture et les forcer à s'arrêter. Ça a mal tourné, la bagnole a fait un tonneau et le passager avant a été tué.

— Vous n'y allez pas par quatre chemins dans vos enquêtes ! siffla Suzie.

— C'est drôle, je n'en ai jamais parlé à personne, pas même à mon meilleur ami.

— Alors, pourquoi me l'avoir dit ?

— Pour témoigner que les choses se passent rarement comme prévu, que les accidents existent. Qu'est-ce que vous fichiez sur le mont Blanc en plein hiver ? Je n'y connais rien en alpinisme, mais j'imagine que ce n'est pas la meilleure saison pour aller faire de la grimpette en montagne.

— C'était une date anniversaire.

— Vous fêtiez quoi ?

— Le crash d'un avion qui s'est abîmé sur les rochers de la Tournette.

— C'est sympathique de faire la fête avec vous.

— Moi aussi, je viens de vous faire une confidence. Je crois même vous en avoir dit plus que je ne le voulais.

— Si c'était de la provocation, c'est réussi.

— Aucunement, répondit Suzie. Restez ce gentleman qui a confié les clés de son appartement à une inconnue et changeons de sujet.

— Vous avez raison, après tout, cela ne me regarde pas.

— Je m'excuse, je ne voulais pas être brutale.

— Pourquoi alliez-vous célébrer l'anniversaire d'un accident d'avion à 4 600 mètres d'altitude ? Un de vos proches se trouvait à bord ? Vous vouliez lui rendre un dernier hommage ?

— Quelque chose comme ça, répliqua Suzie.

— Je peux comprendre aussi. C'est difficile de faire le deuil de quelqu'un sans pouvoir se recueillir sur une tombe. Mais entreprendre ce genre de pèlerinage et perdre votre compagnon, c'est d'une cruauté sans nom.

— La montagne est cruelle, la vie aussi, non ?

— Que savez-vous de moi exactement, mademoiselle Baker ?

— Que vous êtes reporter au *New York Times*, vous me l'avez dit hier.

— Et c'est tout ?

— Vous êtes divorcé, et vous avez une addiction

à l'alcool, mais est-ce que les deux sont liés, vous ne me l'avez pas dit.

— Non, je ne vous l'ai pas dit.

— Ma mère buvait, je sais reconnaître quelqu'un qui picole à cent mètres.

— Si loin que ça ?

— Oui, comme tous les enfants d'alcoolique, et j'en garde de très mauvais souvenirs.

— J'ai arrêté, longtemps, repris, et…

— … vous arrêterez à nouveau et replongerez à chaque coup dur.

— Vous savez choisir vos mots.

— On me l'a souvent reproché.

— On a eu tort. J'aime les gens qui n'ont pas peur d'être directs, dit Andrew.

— C'est votre cas ?

— Je crois, oui. Mais j'ai du travail et vous aussi. Nous nous verrons peut-être demain.

— Certainement, je vous rendrai vos clés. J'ai écouté vos conseils et cassé ma tirelire. Je me suis commandé une nouvelle literie.

— Et une serrure ?

— À quoi bon, si quelqu'un voulait encore la forcer, vieille ou neuve, ça ne changerait pas grand-chose. À demain, monsieur Stilman, je retourne en salle de lecture.

Suzie se leva et emporta son plateau. Andrew la suivit du regard, décidé à en apprendre plus sur cette femme au comportement déroutant.

Il quitta la cafétéria et se fit déposer en taxi devant le 65 Morton Street.

*

Il sonna à chaque interphone et attendit que quelqu'un finisse par lui ouvrir. Il croisa une femme sur le palier du second étage et lui annonça très naturellement qu'il venait livrer un pli à Mlle Baker. En arrivant devant la porte du 6B, il lui suffit d'un petit coup d'épaule pour l'ouvrir. Une fois à l'intérieur de l'appartement, il regarda autour de lui, s'approcha du bureau, et fouilla les tiroirs.

Ils ne contenaient que quelques stylos et un bloc-notes. La première page comportait une série de chiffres incompréhensible. Sur la deuxième on pouvait distinguer l'empreinte d'un message rédigé sur une feuille qui avait dû être arrachée. Les marques étaient suffisamment formées pour rester lisibles.

« Je ne plaisantais pas en vous mettant en garde, Suzie. Faites attention, ce jeu est dangereux. Vous savez comment me joindre, n'hésitez pas en cas de besoin. »

Le reste du carnet était vierge. Andrew photographia les deux premiers feuillets avec son téléphone portable. Il alla inspecter la chambre à coucher et la salle de bains. De retour dans le salon, alors qu'il examinait attentivement les photographies au mur et redressait un cadre, il entendit la voix de sa conscience lui demander à quoi il jouait, qu'imaginerait-il comme excuse si quelqu'un entrait ? Et la même petite voix l'incita à quitter les lieux sur-le-champ.

\*

Quand Simon rentra chez lui, il trouva Andrew assis au petit bureau de sa chambre, le nez collé sur son ordinateur portable, un verre de Fernet-Coca à moitié vide en main.

— Je peux savoir ce que tu fais ?

— Je bosse.

— Tu en as bu combien ?

— Deux, peut-être trois.

— Trois ou quatre ? s'enquit Simon en lui confisquant le verre.

— Tu m'emmerdes, Simon.

— Tant que tu dors sous mon toit, accepte la seule chose que je te demande en contrepartie. Le Coca sans Fernet, c'est si difficile que ça ?

— Plus que tu ne le penses. Ça m'aide à réfléchir.

— Parle-moi de ce qui te tracasse, on ne sait jamais, un vieil ami pourrait rivaliser avec une boisson amère.

— Quelque chose ne tourne pas rond chez cette fille.

— Celle de la bibliothèque ?

Simon s'allongea sur le lit, bras derrière la nuque.

— Je t'écoute.

— Elle m'a menti.

— À quel sujet ?

— Elle prétend avoir emménagé il y a peu dans cet appartement de Morton Street, mais c'est faux.

— Tu en es certain ?

— L'air de New York est pollué, mais pas au point que des cadres photo laissent des marques aux murs en quelques semaines. Maintenant, la question est pourquoi ce bobard ?

— Pour que, justement, tu n'ailles pas fouiner dans sa vie. Tu as dîné ? questionna Simon.

— Oui, répliqua Andrew en montrant le verre que Simon lui avait confisqué.

— Mets ta veste !

La nuit approchait, les rues du West Village étaient de nouveau fréquentées. Andrew s'arrêta sur le trottoir en face de son immeuble et leva les yeux vers les fenêtres du troisième étage qui venaient de s'éteindre.

— C'est une couche-tôt, ta locataire, dit Simon.

Andrew regarda sa montre. La porte de l'immeuble s'ouvrit. Suzie Baker remonta la rue, sans les avoir aperçus.

— Si l'envie de la suivre te traversait l'esprit, c'est sans moi, chuchota Simon.

— Viens, répondit Andrew en l'empoignant par le bras.

Ils s'engagèrent sur West 4 th Street dans les pas de Suzie. La jeune femme entra chez Ali, l'épicier qui connaissait tous les gens du quartier. Elle en ressortit à peine entrée, et se dirigea droit vers Andrew.

— Quelles piles faut-il mettre dans la télécommande ? J'adore m'endormir devant la télé, dit-elle à Andrew en ignorant Simon.

— Des doubles A, je crois, bafouilla Andrew.

— Des doubles A, répéta-t-elle en retournant à l'intérieur de l'épicerie.

Andrew dévisagea Simon et lui fit signe de venir. Ils retrouvèrent Suzie devant la caisse. Andrew tendit un billet de dix dollars à Ali pour les piles.

— Je préfère quand vous me suivez de plus près, c'est moins inquiétant, dit Suzie.

— Je ne vous suivais pas. Nous allions dîner au

café Cluny, à deux rues d'ici, si le cœur vous en dit, vous pouvez vous joindre à nous.

— Je me rendais à une exposition de photos dans le Meatpacking, accompagnez-moi, nous irons ensuite dîner tous ensemble.

Les deux compères échangèrent un coup d'œil et acceptèrent.

— Je vous assure que nous ne vous suivions pas, insista Simon.

— J'en suis convaincue !

*

La galerie était immense et la hauteur sous plafond vertigineuse. Suzie regarda les aspérités sur les murs en béton architectonique.

— Ce doit être assez amusant de grimper au plafond ici, dit-elle rieuse.

— Mademoiselle est alpiniste à ses heures, précisa Andrew à l'attention de Simon qui restait bouche bée.

Suzie s'approcha d'une photographie reproduite sur une toile de quatre mètres par trois. Deux alpinistes faisant face à un vent dont les spirales de neige laissaient imaginer l'intensité plantaient un fanion au sommet de l'Himalaya.

— Le toit du monde, dit Suzie rêveuse. Le but ultime de tout grimpeur. Hélas, cette grande dame est souillée par trop de touristes.

— L'escalader fait partie de vos projets ? demanda Andrew.

— Un jour peut-être, qui sait.

Puis Suzie se dirigea vers un autre cliché pris depuis

la moraine d'un glacier. Des sommets inquiétants se découpaient dans un ciel bleu nuit.

— C'est la Siula Grande, au Pérou, dit Suzie, 6 344 mètres. Seuls deux alpinistes ont réussi à la dompter. Des Anglais, en 1985, Joe Simpson et Simon Yates. L'un d'eux s'est brisé la jambe en dévissant sur le chemin du retour. Deux jours durant, son compagnon de cordée l'a aidé à redescendre. Et puis le long d'une falaise, Joe a heurté la paroi. Simon ne pouvait pas le voir. Il ne sentait que ses quatre-vingts kilos au bout de la corde. Il est resté la nuit entière, dans le froid, les pieds ancrés dans la glace à retenir son camarade, au bout de cette corde qui l'entraînait, centimètre par centimètre, vers le gouffre. Au matin, la corde était immobile, Joe, en gesticulant, l'avait coincée dans une anfractuosité. Convaincu que son compagnon était mort, Simon s'est résolu à faire la seule chose qui pouvait lui sauver la vie, il a tranché la corde. Joe a fait une chute de dix mètres, la croûte neigeuse a craqué sous le poids de son corps et il a été englouti dans une crevasse.

« Mais Joe était toujours en vie. Incapable de remonter avec sa blessure, il a eu le courage fou de descendre vers le fond de la crevasse. La Siula Grande ne devait pas vouloir de lui, car il a découvert un passage, et, en dépit de sa jambe cassée, il a réussi à sortir. Ce qu'il a fait ensuite pour se traîner jusqu'à la moraine dépasse l'entendement tant l'effort nécessaire était surhumain. L'histoire de Joe et Simon est entrée dans la légende de l'alpinisme. Personne n'a réussi à renouveler l'exploit. La Siula Grande a retrouvé sa pureté.

— Impressionnant, siffla Andrew. C'est à se demander s'il faut du courage ou de l'inconscience pour aller s'aventurer sur de tels sommets.

— Le courage, ce n'est qu'un sentiment plus fort que la peur, dit Suzie. On va dîner ?

\*

Simon avait succombé au charme de Suzie, Suzie s'en rendait compte sans rien en faire paraître et en jouait, ce qui fascinait Andrew. Qu'elle le fasse boire et feigne d'être intéressée par sa conversation sur les voitures de collection l'amusait beaucoup. Andrew profita de ce moment pour l'observer, parlant peu, jusqu'à ce qu'elle demande à Simon quel genre de reporter était Andrew.

— Le plus têtu que je connaisse, répondit Simon, un des meilleurs, aussi.

— Mais tu n'en connais qu'un, intervint Andrew.

— Je lis le journal, mon vieux.

— Ne l'écoutez pas, il est ivre.

— Quel était le sujet de votre dernière enquête ? questionna Suzie en se tournant vers lui.

— Vous êtes née à New York ? interrompit Simon.

— À Boston, je me suis installée ici depuis peu.

— Pourquoi Manhattan ?

— J'ai fui mon passé et Boston avec.

— Une histoire d'amour qui s'est mal terminée ?

— Arrête, Simon !

— Oui, on peut voir les choses sous cet angle, lâcha Suzie impassible. Et vous Simon, vous êtes célibataire ?

— Non, dit Simon, un œil fixé sur Andrew.

*

À la fin du dîner, Andrew et Simon raccompagnè-
rent Suzie.

La porte de l'immeuble refermée, elle prit son portable qui n'avait cessé de vibrer dans sa poche au
cours du repas.

Elle lut le message et leva les yeux au ciel alors
que le téléphone vibrait de nouveau.

— Quoi encore, Knopf ?

— Chez Ali, répliqua son interlocuteur avant de
raccrocher.

Suzie se mordilla la lèvre, rangea le téléphone dans
son sac et ressortit de l'immeuble. Elle parcourut les
quelques mètres qui la séparaient de l'épicerie et se
dirigea vers le fond du magasin. Ali somnolait sur sa
chaise, bercé par le son du petit poste de radio posé
sur le comptoir.

Arnold Knopf, lunettes sur le nez, étudiait la com-
position d'une boîte d'aliments pour chat qu'il reposa
sur l'étagère avant d'en choisir une autre.

— Il s'est rendu à votre appartement cet après-midi,
dit-il à voix basse.

— Vous en êtes sûr ?... Oui, vous en êtes sûr,
enchaîna Suzie.

— Vous n'aviez pas laissé traîner mon petit mot,
j'espère ?

— Ne soyez pas idiot. Il est vraiment entré chez
moi ?

— En se donnant moins de mal que moi, ma chère,
c'en est presque vexant.

— Au moins, ça prouve que j'ai raison.

— Suzie, écoutez-moi bien. Votre projet est resté confidentiel jusque-là, parce que vous étiez seule à le mener, aussi parce que votre amateurisme vous protégeait du pire, d'une certaine façon. Si vous lancez un type comme ce Stilman sur cette affaire, il remuera ciel et terre. Et je doute que vous demeuriez longtemps dans l'ombre de votre marionnette.

— C'est un risque à prendre, et je vous en prie, Arnold, arrêtez de vous ronger les sangs pour moi, vous l'avez dit vous-même, j'ai grandi, je sais ce que je fais.

— Mais vous ne savez ni quoi ni où chercher.

— C'est bien pour cela que j'ai besoin de lui.

— Je ne vous ferai pas changer d'avis, n'est-ce pas ?

— Je n'y connais rien en pâtée pour chat, mais la boîte rose a l'air plus appétissante, dit-elle en la prenant sur l'étagère avant de la donner à Knopf.

— Alors, suivez au moins ce conseil. Puisque nous parlons de chat, cessez de jouer à la souris avec lui, briefez-le, dites-lui le peu que vous savez.

— C'est trop tôt, je sais comment fonctionne ce type, personne ne peut lui imposer son sujet. Il faut que ça vienne de lui, sinon, ça ne marchera pas.

— La pomme ne tombe vraiment pas loin de l'arbre, soupira Knopf.

— Qu'est-ce que vous suggérez par là ?

— Vous m'avez très bien compris. Au revoir, Suzie.


Knopf emporta la boîte de pâtée pour chat à la caisse, déposa trois dollars sur le comptoir d'Ali et sortit de l'épicerie.

Cinq minutes plus tard, Suzie en sortit à son tour et fila dans la nuit vers l'appartement d'Andrew.

*

— Et si elle nous avait vus, râla Simon, tu lui aurais dit quoi ? Qu'on promenait le chien ?

— Elle est vraiment bizarre.

— Qu'est-ce qu'elle a de bizarre ? Elle aime s'endormir devant la télévision, tu t'es gouré sur le modèle des piles, elle est retournée en acheter.

— Peut-être.

— On peut y aller maintenant ?

Andrew jeta un dernier regard vers l'épicerie et se mit en marche.

— D'accord, admettons qu'elle ait menti sur sa date d'arrivée à New York, ce n'est pas très grave. Elle doit avoir ses raisons.

— Il n'y a pas qu'elle qui ait menti ce soir. Depuis quand tu n'es plus célibataire ?

— C'est pour toi que j'ai fait ce mensonge. J'ai bien vu que je lui avais tapé dans l'œil, mais cette femme, c'est ton genre à toi. Je vous observais assis côte à côte et c'était comme une évidence. Tu veux que je te dise le fond de ma pensée ?

— Pas sûr, non.

— La paranoïa que tu entretiens à son sujet, c'est parce qu'elle te plaît et tu te cherches mille raisons de ne pas te l'avouer.

— Je savais que j'aurais préféré ne pas entendre ça.

— Lequel de vous deux a engagé la conversation avec l'autre la première fois que vous vous êtes parlé ?

Andrew ne répondit pas.

— Ben tiens ! s'exclama Simon en écartant grand les bras.

Et avançant dans les rues du West Village, Andrew se demanda si son meilleur ami était loin de la vérité. Puis il repensa à cet homme qui était sorti de chez Ali, peu de temps avant Suzie. Il aurait juré l'avoir aperçu à la bibliothèque.

*

Le lendemain, alors qu'Andrew arrivait à la bibliothèque, il reçut un appel du professeur Hardouin.

— J'ai effectué les recherches que vous m'aviez demandées, dit-il. Mais elles ne sont pas très concluantes.

— Je vous écoute.

— Nous avons bien admis au début de l'année une jeune femme de nationalité américaine victime d'un accident sur le mont Blanc. D'après l'une de nos infirmières, la patiente souffrait d'hypothermie et d'engelures sérieuses. Elle devait subir une amputation le lendemain.

— Que devait-on lui amputer ?

— Des doigts, c'est classique dans ce genre de cas, mais je ne sais pas à quelle main.

— Vos dossiers médicaux n'ont pas l'air d'être bien renseignés, soupira Andrew.

— Ils le sont parfaitement, mais nous n'arrivons pas à retrouver celui de cette patiente. L'hiver fut rude, entre les skieurs, les randonneurs et les accidentés de la route, nous étions débordés et en sous-effectif, je l'avoue. Son dossier administratif a dû être emporté par mégarde avec son dossier médical lors de son transfert.

— Quel transfert ?

— Toujours d'après notre infirmière, un proche de la victime s'est présenté quelques heures avant l'intervention et l'a emmenée à bord d'une ambulance médicalisée qu'il avait affrétée. Ils sont partis à Genève où un avion les attendait en vue d'un rapatriement aux États-Unis. Marie-Josée m'a confié s'être opposée à ce départ, car l'amputation devait être réalisée sans délai, le risque de gangrène était sérieux. Mais la jeune femme avait repris connaissance et elle tenait à ce que l'intervention soit pratiquée dans son pays. Nous n'avons pas pu nous opposer à sa volonté.

— Donc, si je comprends bien, vous n'avez aucune idée de son identité ?

— Hélas, non.

— Et vous ne trouvez pas ça bizarre ?

— Si, enfin non, je vous l'ai dit, dans la précipitation…

— Le dossier de la patiente s'est envolé avec elle, oui vous me l'avez dit. Les soins vous ont été réglés tout de même. Qui les a payés ?

— Cette information se trouvait aussi dans le dossier, avec le bon de sortie.

— Vous n'avez pas de caméras de surveillance à l'entrée de votre hôpital ? Question idiote, à quoi servirait une caméra à l'entrée d'un moulin…

— Je vous demande pardon ?

— Rien, et l'équipe qui lui a porté secours en montagne ? Ils ont bien dû trouver des papiers sur elle ?

— Figurez-vous que je me suis fait la même réflexion. J'ai même pris l'initiative de téléphoner à la gendarmerie, mais ce sont des guides de montagne qui l'ont repérée. Compte tenu de son état, ils l'ont

évacuée sans perdre de temps. Dites-moi, vous enquê-
tez sur la qualité de nos soins hospitaliers ou sur le
sort de cette femme ?

— À votre avis ?

— Dans ce cas, vous m'excuserez, mais j'ai un
hôpital à gérer.

— Et vous avez du boulot, apparemment !

Andrew n'eut pas le loisir de remercier Edgar Hardouin, qui venait de lui raccrocher au nez.

Préoccupé par sa conversation, Andrew rebroussa
chemin sur les grands escaliers de la bibliothèque.
Suzie, qui l'observait depuis la dernière marche, le
vit s'éloigner vers la 42$^e$ Rue.

## 6.

Andrew passait une sale nuit. Léviter sur sa stèle à contempler l'autoroute en plein désarroi, jusqu'à ce que Valérie vienne lui rendre une visite et qu'il finisse par se réveiller en sueur, n'avait rien de plaisant.

Ce qui le troublait, c'était de connaître par cœur le déroulement de ce cauchemar, et de se laisser pourtant surprendre chaque fois, lorsqu'il la voyait descendre de son break et avancer vers lui.

Pourquoi son esprit tordu le laissait-il ignorer tout de la suite alors qu'à son réveil il était hanté par ce qu'elle était venue faire sur sa tombe ?

Les ressorts du canapé lui meurtrissaient le dos et il finit par s'avouer qu'il était peut-être temps de rentrer chez lui.

En prêtant sa chambre à cette Suzie Baker, il avait espéré que son passage viendrait troubler la mémoire du lieu, que son odeur s'y imprégnerait, en effaçant une autre. Il aurait été incapable de formuler précisément ce qu'il avait en tête, mais cela ressemblait à quelque chose comme cela.

Il entendit Simon ronfler de l'autre côté de la cloison. Il se leva sans bruit et récupéra la bouteille de Fernet qu'il avait cachée dans un vase. La porte du réfrigérateur grinçait à réveiller un mort, alors il renonça au Coca, et but de longues gorgées au goulot. La boisson avait un goût encore plus amer, mais l'alcool lui fit du bien.

Il alla s'asseoir sur le rebord de la fenêtre et réfléchit. Quelque chose le préoccupait.

Son carnet se trouvait sur le bureau de Simon. Il entrouvrit la porte et attendit que ses yeux s'accommodent à la pénombre.

Simon marmonnait dans son sommeil. Andrew avança à pas de loup. Alors qu'il approchait du secrétaire, il entendit son ami murmurer nettement : « Je t'aimerai toujours, Kathy Steinbeck. »

Et Andrew dut se mordre la langue pour ne pas rire.

Il chercha le carnet à tâtons, l'attrapa du bout des doigts et ressortit aussi furtivement qu'il était entré.

De retour dans le salon, il relut attentivement ses notes et comprit enfin ce qui lui avait échappé. Quel était cet avion dont lui avait parlé Suzie Baker et comment se procurer le manifeste de ses passagers ?

Sachant qu'il ne dormirait plus, il s'habilla, rédigea un mot à Simon qu'il posa sur le comptoir de la cuisine et s'en alla.

Le nordet soufflait sur la ville, raflant dans ses assauts glacials les fumerolles de vapeurs qui s'échappaient des bouches d'égout. Andrew remonta son col et se mit en marche dans une nuit polaire. Il héla un taxi sur Hudson et se fit déposer devant le journal.

Le bouclage de la première édition du matin était achevé depuis longtemps, laissant la salle de rédaction déserte. Andrew présenta son badge au veilleur de nuit et monta à l'étage. Il avançait vers son bureau quand il vit la carte de presse de Freddy Olson, coincée sous une roulette de fauteuil. Elle avait dû tomber de sa poche arrière. Andrew la ramassa et la glissa illico dans le destructeur de documents. Il appuya sur le bouton et la regarda disparaître dans la fente avec un petit bruit de déchirure qui le ravit. Puis il s'assit devant son écran d'ordinateur.

Andrew découvrit rapidement l'identité des deux avions qui s'étaient abîmés sur la montagne et la similitude des accidents l'interpella. Suzie lui avait confié avoir entrepris son ascension en janvier, en raison d'une date anniversaire. Andrew inscrivit le nom du *Kanchenjunga* sur son carnet et la destination finale que l'avion n'avait jamais atteinte. Puis il rédigea une demande en bonne et due forme auprès de la compagnie aérienne afin d'obtenir la liste des passagers et de l'équipage.

Il était 5 heures du matin à New York, 15 h 30 à New Delhi. Quelques instants plus tard, il reçut une réponse le priant de bien vouloir communiquer une copie de sa carte de presse et la raison de sa requête, ce qu'il fit sur-le-champ. Andrew attendit devant son écran, mais son interlocuteur avait dû aller solliciter une autorisation de sa hiérarchie. Il regarda sa montre, hésita et finit par décrocher son téléphone.

Dolorès Salazar ne sembla pas plus surprise que cela d'être réveillée par un appel d'Andrew à une heure si matinale.

— Comment va Filofax ?

— Vous me téléphonez à 5 h 30 pour prendre des

nouvelles de mon chat, Stilman ? Que puis-je faire pour vous ? répondit Dolorès Salazar, en bâillant.

— Ce que vous faites mieux que personne.

— Vous vous êtes remis au boulot ?

— Peut-être, ça dépendra de ce que vous me trouverez.

— Commencez par me dire ce que vous cherchez.

— Un manifeste de passagers.

— J'ai un contact à la FAA, je peux toujours essayer. Quel vol, et quelle date ?

— Air India 101, 24 janvier 1966, Delhi-Londres, l'avion s'est écrasé au-dessus de la France avant d'arriver à son escale à Genève. Je cherche à savoir si quelqu'un a embarqué sous le nom de Baker.

— Vous ne voulez pas que je vous trouve le nom du chef cuistot du *Titanic* pendant que vous y êtes ?

— Ça veut dire que vous acceptez de me donner un coup de main ?

Dolorès avait déjà raccroché. Andrew verrouilla son ordinateur et descendit à la cafétéria.

*

Dolorès Salazar rappela Andrew trois heures plus tard, l'invitant à venir la voir à son bureau.

— Vous l'avez obtenue ?

— Je vous ai déjà déçu, Stilman ? dit-elle en lui tendant un dossier.

— Comment avez-vous fait en si peu de temps ?

— Les rapports du Bureau d'enquêtes accident sont publics, celui qui concerne votre avion a été publié au *Journal officiel* français du 8 mars 1968. Il était accessible depuis n'importe quel ordinateur. Vous auriez

118

pu trouver ça tout seul si vous aviez encore les yeux en face des trous.

— Je ne sais comment vous remercier, Dolorès, répliqua Andrew en commençant à consulter la liste des noms.

— Ne vous fatiguez pas, j'ai épluché la liste, aucun Baker à bord.

— Alors je suis dans l'impasse, soupira Andrew.

— Si vous me disiez ce que vous cherchez vraiment au lieu de faire cette tête de cent pieds de long.

— À percer la véritable identité de quelqu'un.

— Je peux savoir pourquoi ?

Andrew continua de parcourir les pages du dossier.

— Question idiote…, râla Dolorès en fixant son écran. Vous perdez votre temps, quatre-vingt-huit pages sans la moindre zone d'ombre. Je l'ai lu dans le métro et relu en arrivant ici. Rien d'insolite. Si vous vous intéressez à la théorie du complot qui a plané autour de ce drame, j'ai potassé la question pour vous, mais elle me semble tout ce qu'il y a de plus fumeuse.

— Quelle théorie ?

— Parmi les passagers se trouvait un responsable du programme nucléaire indien. On a parlé de missile tiré depuis la montagne, de malédiction aussi, parce qu'un autre avion de cette compagnie avait connu un sort identique seize ans plus tôt, et au même endroit.

— Oui, j'ai lu ça. Je dois dire que la coïncidence des deux crashs est troublante.

— Les lois statistiques le sont parfois. Qu'un type gagne deux fois à la loterie et les paris seront truqués, il a pourtant la même chance qu'un autre à chaque tirage, non ? En ce qui concerne le vol Air India 101, tout ce qui a pu être avancé ne tient pas la route. La météo était mauvaise, si on avait voulu la peau de cet ingénieur, il y avait plus simple que d'aller abattre un avion en pleine tempête de neige.

— Il y avait d'autres passagers intéressants à bord ?

— Définissez-moi ce que vous appelez intéressant ?

— Je n'en ai pas la moindre idée.

— Aucun Américain. Des Indiens, des Anglais, un diplomate, des gens comme vous et moi qui ne sont jamais arrivés à destination. Bon, Stilman, vous me dites qui est ce Baker ou vous me laissez bosser pour vos collègues journalistes qui ont des travaux sérieux à me confier ? Votre ami Olson par exemple, il a besoin de mes services.

— Vous dites ça juste pour m'emmerder, Dolorès ?

— C'est possible.

— Suzie Baker.

— Elle était à bord ?

— Non, mais quelqu'un de sa famille devait s'y trouver.

— Elle est jolie, votre Suzie Baker ?

— Je ne sais pas, peut-être.

— Non, mais je rêve ! Monsieur joue le bon Samaritain, mais il ne sait pas. Si elle me ressemblait, vous auriez réveillé une collègue au petit matin ?

— Sans la moindre hésitation, et puis vous êtes bourrée de charme, Dolorès.

— Je suis moche, et je m'en fiche, j'ai d'autres atouts dans la vie. Mon boulot, par exemple. Je suis l'une des meilleures recherchistes du pays. Vous ne m'avez pas tirée du lit à l'aube pour m'apporter des croissants, n'est-ce pas ? Les filles comme moi ne sont pas votre genre.

— Enfin Dolorès, arrêtez de dire n'importe quoi, vous êtes ravissante.

— Oui, comme un plat de spaghettis à la bolognaise. Vous savez pourquoi je vous aime bien, Stilman ? Parce que vous ne savez pas mentir et je trouve ça craquant. Maintenant, fichez-moi le camp, j'ai du travail. Ah, une dernière chose, vous me demandiez tout à l'heure comment vous pouviez me remercier ?

— Tout ce qui vous fera plaisir.

— Retournez aux réunions de Perry Street, vous en avez besoin, votre foie aussi.

— Vous y allez toujours ?

— Une fois par semaine. Je n'ai pas touché à une goutte d'alcool depuis trois mois.

— Ne me dites surtout pas que vous avez fait vœu de sobriété sur mon lit d'hôpital.

— Quelle drôle d'idée ! Je suis contente que vous vous en soyez tiré, Stilman, et encore plus d'avoir pu retravailler avec vous, même si ce fut court. Je suis impatiente que vous vous atteliez à un vrai sujet. Alors à samedi, Perry Street ?

Andrew emporta le dossier et referma la porte du bureau de Dolorès Salazar sans ajouter un mot.

*

Une heure plus tard, un employé de la cafétéria déposa un panier de viennoiseries sur le bureau de Dolorès. Il n'y avait aucun mot l'accompagnant, mais la recherchiste n'eut aucun doute sur sa provenance.

*

En fin de matinée Andrew reçut un message sur son téléphone portable.

« Je ne vous ai pas vu à la bibliothèque hier ni ce matin. Toujours en ville ? Si oui, midi et demi chez Frankie's, j'ai vos clés. »

Et Andrew répondit « 13 heures, chez Mary's », par pur esprit de contradiction.

*

Andrew accrocha son manteau à la patère. Suzie l'attendait au comptoir. Le serveur les guida jusqu'à leur table. Andrew y posa en évidence le dossier que Dolorès lui avait confié.

— Désolé de vous avoir fait attendre, dit-il en s'asseyant.

— Je viens d'arriver, vous venez souvent ici ?

— C'est ma cantine.

— Vous êtes un homme d'habitudes, c'est étrange pour un reporter.

— Quand je ne voyage pas, j'ai besoin de stabilité.

— J'en doute, mais c'est amusant. Ainsi, il y aurait donc deux Stilman, le rat des villes et le rat des champs ?

— Merci de la comparaison. Vous vouliez me voir pour me parler de mes habitudes alimentaires ?

— Je voulais vous voir pour le plaisir de votre compagnie, vous remercier de votre générosité et vous rendre vos clés. Mais rien ne nous oblige à déjeuner, vous m'avez l'air de bien mauvaise humeur.

— J'ai peu dormi.

— Raison de plus pour réintégrer votre appartement, dit-elle en lui en tendant la clé.

— Ma literie est si bonne que ça ?

— Je n'en sais rien, j'ai dormi par terre.

— Vous avez peur des acariens ?

— Je dors à même le sol depuis que je suis gosse, j'ai toujours eu horreur des lits. Ça rendait ma mère folle. Le divan du psy coûtait trop cher, elle a fini par fermer les yeux.

— Pourquoi cette phobie des lits ?

— Je me sens plus en sécurité en dormant au pied de ma fenêtre.

— Vous êtes une étrange personne, mademoiselle Baker. Et votre guide, il dormait aussi par terre à côté de vous ?

Suzie regarda Andrew et encaissa le coup sans rien dire.

— Avec Shamir, tout était différent, je n'avais plus peur, dit-elle en baissant les yeux.

— Qu'est-ce qui vous terrorise à l'idée de dormir au-dessus du sol ? Quoique, à bien y réfléchir, si je vous racontais mes cauchemars…

— Et vous, qu'est-ce qui vous terrorise au point que vous portiez une arme à feu sur vous ?

— On m'a lardé comme un cochon. J'y ai laissé un rein, et mon mariage. Les deux à cause de la même personne.

— Votre assassin court toujours ?

— Je ne suis pas mort, comme vous pouvez le constater. Oui, celle qui a fait ça est en liberté, en attendant une extradition qui n'aura jamais lieu. Insuffisance de preuves, je suis le seul témoin à pouvoir la confondre. Et si procès il y avait, n'importe quel avocat mettrait ma parole en doute et m'accuserait de l'avoir persécutée.

— Quels étaient ses motifs ?

— J'ai traqué son père, qui finira ses jours en prison, et j'ai déshonoré son nom.

— Alors, je peux la comprendre, l'honneur d'une famille, c'est sacré. Même si Ortiz était une ordure, pour une fille, un père aussi c'est sacré.

— Je ne vous ai pas donné son nom à ce que je sache.

— Un inconnu me prête les clés de son appartement, vous ne m'en voudrez pas de vous avoir googlisé ? J'ai lu votre article et ce qui vous était arrivé, ça fait froid dans le dos.

— Votre esprit d'à-propos est d'une délicatesse confondante. À quoi bon toutes ces questions si vous saviez déjà tout ?

— Pour entendre l'histoire à sa source. Ce n'est pas ce que font les journalistes ?

— Puisque nous en sommes aux confidences, dit Andrew en poussant un dossier devant Suzie, qui était ce passager auquel vous alliez rendre hommage à 4 677 mètres d'altitude en plein mois de janvier ?

Suzie ouvrit le rabat et commença à parcourir le manifeste de bord, sans rien montrer de son étonnement.

— Je prête mon appartement à une inconnue, vous n'allez pas m'en vouloir d'avoir fait quelques recherches ?

— Balle au centre, accorda-t-elle en souriant.

— Vous n'avez pas répondu à ma question, insista Andrew, quel était le passager ?

— Lui, répliqua Suzie en pointant du doigt le nom du diplomate indien.

— Alors, ce pèlerinage, c'était votre compagnon qui l'entreprenait ?

— L'idée ne vous avait pas effleuré l'esprit ?

— C'est vous qui m'avez parlé d'une date anniversaire.

— Difficile pour Shamir de vous en parler lui-même, non ?

— Je suis vraiment désolé, soupira Andrew.

— Eu égard à Shamir ou à votre intuition défaillante ?

— Les deux, et croyez bien que je suis sincère en disant cela. A-t-il au moins pu lui rendre hommage avant de…

— … couper la corde ? Oui, d'une certaine façon. En posant le pied sur cette maudite montagne, c'était chose faite.

— Et vous, vous le suiviez par amour ?

— Monsieur Stilman, je vous suis infiniment reconnaissante, voici vos clés, restons-en là.

— Vous avez changé de nom, mademoiselle Baker ?

Suzie sembla désarçonnée par la question d'Andrew.

— Procédons autrement, reprit Andrew. Si je vous demandais dans quel collège vous avez étudié, quelle université, ou ne serait-ce que l'endroit où vous avez obtenu votre permis de conduire, vous auriez une réponse à me fournir ?

— Emerson College à Boston, puis Fort Kent, dans le Maine, votre curiosité est satisfaite ?

— Quel cursus ?

— Vous êtes flic ou journaliste ? dit Suzie d'un ton pince-sans-rire. J'ai étudié la criminologie. Et ce n'est pas du tout ce que vous imaginez. Ni superflic ni inspecteur en blouse blanche dans des laboratoires high-tech. La criminologie est une discipline tout à fait différente.

— Qu'est-ce qui vous a incitée à choisir cette voie ?

— Un intérêt précoce pour l'étude des comportements criminels, l'envie de savoir comment fonctionnait notre système judiciaire et correctionnel, d'y voir clair dans les rouages qui lient justice, police et agences gouvernementales. Celles de notre pays forment une gigantesque nébuleuse, il est très compliqué de comprendre qui fait quoi.

— Vous vous êtes réveillée un matin en vous disant « Tiens, je voudrais vraiment connaître les liens entre la CIA, la NSA, le FBI et mon commissariat de quartier » ?

— Quelque chose dans ce genre, oui.

— C'est dans le cadre de vos études que vous étudiez la cryptographie ? questionna-t-il en rendant à Suzie le cahier échappé de l'ouvrage qu'elle avait oublié la veille sur sa table de travail à la bibliothèque.

Suzie s'en saisit et le rangea dans son sac.

— Pourquoi n'ai-je rien trouvé de tout cela sur Internet ? reprit Andrew.

— Et pourquoi avez-vous fouillé mon passé sur Internet ?

— Parce que vous êtes moche !

— Je vous demande pardon ?

— Parce que vous m'intriguiez.

— Et maintenant que je vous ai répondu, je ne vous intrigue plus ?

— Vous avez pratiqué la criminologie à la fin de vos études ?

— Mon Dieu, il est infatigable ! soupira Suzie.

— Laissez Dieu là où il est.

126

— À des fins privées, uniquement.

— Une affaire en particulier ?

— Une affaire de famille et qui ne concerne que ma famille.

— C'est bon, j'arrête de vous ennuyer. Je me suis fourvoyé, Dolorès a raison, il est temps que je m'occupe de moi.

— C'est drôle, en regardant sa photo sur votre cheminée, je ne l'imaginais pas s'appeler Dolorès.

— Vous n'y êtes pas du tout, rétorqua Andrew en partant dans un grand éclat de rire.

— Quoi qu'il en soit, vous pouvez rentrer chez vous, je lui ai collé le nez au mur, elle ne vous regardera plus. Et je me suis permis de vous acheter une paire de draps neufs, j'en ai profité pour refaire votre lit.

— C'est très gentil, mais ce n'était pas nécessaire.

— Je voulais vous remercier de votre hospitalité.

Et tandis que Suzie parlait, Andrew l'imagina, dans un magasin, lui choisissant une parure de draps ; et cette image, sans qu'il puisse se l'expliquer, le toucha.

— Vous serez à la bibliothèque demain ?

— Peut-être, répliqua Suzie.

— Alors, peut-être à demain, répondit Andrew en se levant.

*

En sortant du restaurant, Andrew trouva un courriel sur son mobile.

Cher Monsieur,

Bien que vous ne me soyez pas sympathique, ma fibre patriotique exacerbée par vos propos m'a poussé à vous prouver que nous vivons de ce côté de l'Atlantique dans le même siècle que vous, et parfois même avec une longueur d'avance. La médecine que nous pratiquons en France, comme notre système de santé, en est un parfait exemple qui pourrait inspirer l'un de vos articles. La sécurité de nos hôpitaux n'a elle non plus rien à envier à la vôtre, vous en conviendrez certainement puisque je joins à ce courrier des photographies prises par nos systèmes de surveillance aux abords de notre établissement. Celles-ci furent prises au matin de la sortie de la patiente dont vous vous inquiétiez. Vous en apprécierez certainement la netteté et le fait que nous les conservions une année pleine.
Cordialement.

Pr Hardouin

Andrew ouvrit les pièces jointes et attendit qu'elles s'affichent.

Il reconnut Suzie allongée sur une civière que quelqu'un guidait vers l'intérieur d'une ambulance. Il zooma sur la photographie et reconnut aussi le visage de l'homme qu'il avait vu sortir de l'épicerie d'Ali.

Andrew sourit à l'idée que Suzie ait un esprit au moins aussi retors que le sien, et il fut certain qu'elle serait à la bibliothèque le lendemain.

*

Il héla un taxi, appela Dolorès en chemin et se fit déposer au journal.

Elle l'attendait à son bureau et avait déjà commencé d'étudier les photos qu'Andrew lui avait transférées.

— Vous allez me dire de quoi il s'agit, Stilman, ou je vais mourir idiote ?

— Vous avez pu en tirer quelque chose ?

— Une plaque d'immatriculation et le nom de la compagnie d'ambulances qui sont parfaitement visibles.

— Vous l'avez contactée ?

— C'est dingue que vous me demandiez encore ce genre de choses après toutes ces années.

Andrew savait à l'attitude de Dolorès qu'elle avait obtenu des informations et qu'elle prenait un plaisir fou à le faire mariner.

— C'est une société norvégienne qui leur a commandé le transfert. Le patron à qui j'ai parlé assurait le convoiement, il se souvient très bien de ces deux clients. Ce n'est pas tous les jours qu'il emmène une patiente américaine à l'aéroport de Genève. La fille était absolument ravissante, m'a-t-il confié. Au moins en voilà un qui n'aura pas besoin de se faire prescrire des lunettes, ce qui n'est pas le cas de tout le monde ! Le type qui accompagnait votre Cendrillon se prénomme Arnold, c'est tout du moins comme cela qu'elle s'adressait à lui. Mais elle n'a jamais prononcé son nom de famille.

Andrew se pencha sur l'écran d'ordinateur, la photographie visible dans de meilleures proportions que sur son téléphone portable lui permettait de voir plus en détail le visage de cet homme. Non seulement ses traits lui étaient familiers, mais son prénom ne lui était pas étranger. Soudain, Andrew reconnut son voisin de cimetière.

— Vous faites une de ces têtes, on dirait que vous avez vu un fantôme.

— Vous ne croyez pas si bien dire. Arnold Knopf !

— Vous le connaissez ?

— Je serais incapable de vous dire pourquoi, mais c'est fort probable puisqu'il apparaît dans mes cauchemars chaque nuit.

— Alors, c'est un soûlard avec qui vous avez picolé une nuit !

— Non, et arrêtez avec ça, Dolorès !

— Pas tant que vous ne retournerez pas aux réunions des Alcooliques anonymes.

— Pas si anonymes que ça puisque nous nous y retrouvions.

— Mais personne au journal ne le sait, vous n'avez donc aucune excuse. Creusez-vous les méninges, vous l'avez forcément rencontré quelque part.

— Vous avez fait du bon boulot. Comment avez-vous réussi à faire parler le patron de cette compagnie d'ambulances ?

— Je vous en pose des questions, moi, sur la façon dont vous rédigez vos papiers ? Je me suis fait passer pour une pauvre employée de compagnie d'assurances qui avait perdu un dossier et qui allait aussi perdre son travail si elle n'arrivait pas à le reconstituer avant que son directeur ne s'en rende compte. J'ai larmoyé au téléphone en lui disant que j'enchaînais une deuxième nuit blanche. Les Français sont très sensibles vous savez… Non, vous n'en savez rien.

Andrew souleva délicatement le poignet de Dolorès et lui fit un baisemain.

— Vous me connaissez mal, dit-il.

Andrew prit les photos imprimées par Dolorès et se retira.

— Vous avez vraiment la tête dans le potage, mon pauvre vieux, dit Dolorès en le rappelant.

— Qu'est-ce que j'ai encore fait ?

— Vous croyez vraiment que je me suis arrêtée là ?

— Vous avez autre chose ?

— Une fois arrivée à Genève, vous pensez que les ambulanciers l'ont jetée dans une poubelle, votre Suzie Baker ?

— Non, mais je connais la suite, elle a été rapatriée chez nous.

— Sur quelle compagnie, vers quelle ville et dans quel hôpital a-t-elle été traitée ? Vous savez tout ça, monsieur le reporter ?

Andrew tira l'unique chaise du bureau de Dolorès Salazar et s'y assit.

— Un avion privé, et pas des moindres, Genève-Boston sans escale.

— Pour quelqu'un qui prétend ne pas avoir de quoi se racheter un matelas, elle a les moyens, siffla Andrew.

— Qu'est-ce que vous avez fait à son matelas ?

— Mais rien du tout, Dolorès.

— Et puis après tout, ça ne me regarde pas. Son billet n'a pas dû lui coûter très cher, l'appareil appartient à la NSA. Pourquoi voyageait-elle à bord d'un avion affrété par une agence gouvernementale ? Je n'en sais encore rien et c'est au-dessus de mes compétences. J'ai aussi contacté tous les hôpitaux de Boston et de ses environs, aucune trace d'une Suzie Baker dans leurs fichiers. Maintenant, à vous de jouer, mon vieux. Et surtout quand vous voudrez bien éclairer ma lanterne, ne vous privez pas, l'interrupteur se trouve à l'entrée de mon bureau.

Andrew sortit troublé de sa conversation avec Dolorès. Il se rendit à son bureau et remit au lendemain son projet de réemménager chez lui. Peu lui importait, il passerait probablement la nuit au journal.

# 7.

*Washington Square, 20 heures*

Arnold Knopf avança dans l'allée principale, scrutant du coin de l'œil tous ceux qu'il croisait sur son chemin. Un clochard dormait sur un coin de pelouse, emmitouflé dans une vieille couverture ; un trompettiste répétait ses gammes au pied d'un arbre ; des promeneurs de chien croisaient des fumeurs esseulés ; un couple d'étudiants s'embrassait, assis sur le rebord de la fontaine ; un peintre devant son chevalet composait un monde de couleurs à la lueur d'un réverbère et un homme, bras au ciel, interpellait le Seigneur.

Suzie l'attendait sur un banc, le regard dans le vide.

— J'avais cru comprendre que vous vouliez que je vous fiche la paix ? dit Arnold Knopf en prenant place à côté d'elle.

— Vous croyez aux malédictions, Arnold ?

— Avec tout ce que j'ai pu voir dans ma carrière, j'ai déjà du mal à croire en Dieu.

— Moi, je crois aux deux. Et tout, autour de moi, semble maudit. Ma famille comme ceux qui s'en approchent.

— Vous avez pris des risques inconsidérés, vous en avez payé les conséquences. Ce qui me fascine, c'est que vous vous entêtiez. Qu'est-ce que c'est que ce regard ? Ne me dites pas que vous vous inquiétez pour votre journaliste ?

— J'ai besoin de lui, de sa détermination, de son savoir-faire, mais je ne veux pas le mettre en danger.

— Je vois. Vous espérez chasser seule, mais vous servir de lui pour qu'il débusque le gibier. Il y a trente ans, vous auriez trouvé votre place au sein de mon équipe, mais c'était il y a trente ans, ajouta Knopf en ricanant.

— Ce cynisme vous vieillit, Arnold.

— J'ai soixante-dix-sept ans et je suis sûr que si nous piquions un petit sprint jusqu'à la grille, j'arriverais le premier.

— Je vous aurais fait un croche-patte avant.

Knopf et Suzie se turent. Knopf inspira profondément et fixa l'orée du square.

— Comment vous dissuader ? Vous êtes si innocente, ma pauvre Suzie.

— J'ai perdu mon innocence l'année de mes onze ans. Le jour où l'épicier chez qui nous allions acheter nos friandises a appelé la police, pour deux barres de chocolat. On m'a emmenée au poste.

— Je m'en souviens très bien, je suis venu vous y chercher.

— Vous étiez arrivé trop tard, Arnold. J'avais dit au policier qui m'interrogeait ce qui s'était vraiment passé. L'épicier reluquait les jeunes filles du collège, il m'avait forcée à le toucher, il avait inventé ce vol lorsque je l'avais menacé de le dénoncer. L'inspecteur m'a giflée en me traitant de petite perverse et de sale menteuse. En rentrant, mon grand-père m'en a collé une autre. L'épicier Figerton était un homme irréprochable qui ne manquait jamais la messe du dimanche. Moi, je n'étais qu'une gamine effrontée, au comportement scandaleux. Grand-père m'a ramenée sur les lieux du crime, il m'a forcée à m'excuser, à avouer que j'avais tout inventé. Il a dédommagé Figerton et nous sommes partis. Je n'ai jamais pu oublier son sourire quand je suis remontée dans la voiture, joues en feu.

— Pourquoi ne m'avoir rien dit ?

— Vous m'auriez crue ?

Knopf ne répondit pas.

— Le soir, je me suis enfermée dans ma chambre, je ne voulais plus voir ni parler à personne, je ne voulais plus exister. Mathilde est rentrée deux jours plus tard. J'étais toujours cloîtrée. J'ai entendu des hurlements entre elle et mon grand-père. Il leur arrivait de se disputer souvent, mais comme cela, jamais. Plus tard dans la nuit, elle est venue s'asseoir au pied de mon lit. Pour m'apaiser, elle m'a parlé d'autres injustices et, pour la première fois, m'a révélé ce qui était arrivé à sa propre mère, ce que l'on avait fait subir à notre famille. Cette nuit-là, j'ai fait le serment de venger ma grand-mère. Je tiendrai cette promesse.

— Votre grand-mère est morte en 1966, vous ne l'avez même pas connue.

— Assassinée en 1966 !

— Elle avait trahi son pays, les temps étaient différents. La guerre froide était une guerre d'un autre genre, mais une vraie guerre.

— Elle était innocente.

— Vous n'en savez rien.

— Mathilde n'en a jamais douté.

— Votre mère était une ivrogne.

— Elle l'est devenue à cause d'eux.

— Votre mère était jeune à l'époque, elle avait toute la vie devant elle.

— Quelle vie ? Mathilde a tout perdu, jusqu'à son nom, le droit de poursuivre ses études, tout espoir de carrière. Elle avait dix-neuf ans quand ils ont descendu sa mère.

— Nous n'avons jamais su dans quelles circonstances…

— Elle a été abattue ? C'est le mot juste, Arnold, n'est-ce pas ?

Knopf sortit une boîte de pastilles à la menthe et en offrit une à Suzie.

— Et quand bien même vous l'innocenteriez aujourd'hui par je ne sais quel prodige, à quoi cela servirait ? reprit-il en mâchonnant sa pastille mentholée.

— À la réhabiliter, à me permettre de retrouver mon nom, à contraindre l'État à nous rendre ce qui nous a été confisqué.

— Baker, ça ne vous plaît plus ?

— Je suis née sous un nom d'emprunt, pour ne pas avoir à subir les humiliations endurées par Mathilde. Pour que les portes ne se referment pas sur moi, comme on les lui claquait au nez dès qu'elle déclinait son identité. Ne me dites pas que l'honneur ne compte pas plus que cela pour vous.

— Vous m'avez demandé de vous rejoindre ici dans quel but ? questionna Knopf.

— Acceptez d'être mon complice.

— La réponse est non, je ne ferai pas partie de vos petits projets. J'ai promis à votre grand-père…

— … de veiller à ma sécurité, si vous ne me l'avez pas dit cent fois…

— Et je m'y tiendrai. Vous aider dans cette entreprise serait faire exactement l'inverse.

— Mais comme je ne changerai pas d'avis, ne pas m'aider me fera courir encore plus de risques.

— N'essayez pas de me manipuler, moi aussi. Vous n'avez aucune chance à ce petit jeu.

— Qu'avait-elle vraiment fait, pour qu'ils l'exécutent ?

— C'est drôle comme vous aimez que je vous répète certaines choses et d'autres pas. Elle s'apprêtait à vendre des secrets d'État. Elle a été interceptée avant de commettre l'irréparable. Elle a tenté de fuir, les choses ont mal tourné. Ce qu'elle faisait était extrêmement grave. Ceux qui ont agi n'avaient aucun autre moyen pour protéger les intérêts de notre pays et des personnes qu'elle allait dénoncer.

— Vous vous entendez parler, Arnold ? On se croirait dans un roman d'espionnage.

— C'était bien pire que ça.

— C'est grotesque, Lilly était brillante et cultivée, une femme avant-gardiste et humaniste qui n'aurait causé de mal à personne et encore moins trahi les siens.

— Qu'en savez-vous ?

— Mathilde ne se livrait pas seulement durant ses soirs d'ivresse. Dès que nous étions seules, elle me parlait de sa mère. Je n'ai jamais eu la chance que ma grand-mère me tienne sur ses genoux, mais je connais tout d'elle. Le parfum qu'elle portait, la façon dont elle s'habillait, ses lectures, ses coups de gueule, ses fameux éclats de rire.

— Oui, elle était en avance sur son temps, je vous le concède, et elle avait aussi son caractère.

— Elle vous appréciait, je crois.

— C'est un grand mot. Votre grand-mère n'aimait guère la compagnie des hommes qui gravitaient autour de son mari, ou plutôt de son pouvoir, leur complaisance et encore moins leurs flatteries. Elle appréciait ma discrétion. En réalité, j'affichais cette réserve devant elle parce qu'elle m'impressionnait beaucoup.

— Elle était belle, n'est-ce pas ?

— Vous lui ressemblez, et pas seulement physiquement, c'est bien ce qui m'inquiète d'ailleurs.

— Mathilde me disait que vous étiez l'un des rares à qui Lilly faisait confiance.

— Elle ne faisait confiance à personne et ça vous arracherait la bouche d'appeler votre mère « maman », comme tout le monde ?

— Mathilde n'a jamais été une mère « comme tout le monde », et puis c'est elle qui aimait que je l'appelle par son prénom. Qui a dénoncé Lilly ?

— Elle s'est grillée toute seule et votre grand-père n'a rien pu faire pour la sauver.

— Le pouvoir comptait plus que tout pour mon grand-père. Mais il aurait dû la protéger. C'était sa femme, la mère de sa fille, il en avait les moyens.

— Je vous interdis de porter de tels jugements, Suzie ! dit Knopf en s'emportant. Lilly était allée trop loin, là où personne ne pouvait plus rien pour elle. Si elle avait été arrêtée, sa trahison l'aurait conduite à la chaise électrique. Quant à votre grand-père, il fut la première victime de cette affaire. Il y a laissé sa carrière, sa fortune et son honneur. Son parti le destinait au poste de vice-président aux côtés de Johnson.

— Johnson ne s'est pas représenté. Carrière, fortune et honneur, quel triste ordre d'importance vous avez déterminé en disant cela. Vous étiez tous formatés, tous ceux qui travaillaient dans ces sinistres agences gouvernementales. Vous ne pensiez qu'à gagner vos guerres intestines et cueillir des étoiles à épingler sur vos plastrons.

— Petite sotte, ceux qui sont tombés pour que vous viviez dans un monde libre sont tous anonymes. Ces hommes de l'ombre servaient leur pays.

— Et combien de ces ombres formaient le contingent qui a tiré sur ma grand-mère ? Combien étaient-ils, ces vaillants serviteurs de la patrie, pour abattre une femme sans défense qui tentait de leur échapper ?

— J'en ai assez entendu, dit Knopf en se levant. Si votre grand-père vous a écoutée ce soir, il a dû se retourner dans sa tombe.

— Eh bien je l'aurai remis à l'endroit puisqu'il vous aura aussi entendu prendre la défense des assassins de sa femme !

Arnold Knopf s'éloigna dans l'allée. Suzie le rejoignit en courant.

— Aidez-moi à blanchir son nom, c'est tout ce que je vous demande.

Knopf se retourna vers Suzie et l'observa longuement.

— Une bonne leçon d'humilité vous ferait le plus grand bien. Et pour ça, il n'y a rien de mieux que d'être confronté à la réalité du terrain, murmura-t-il.

— Qu'est-ce que vous marmonnez ?

— Rien, je pensais à voix haute, dit Knopf en s'éloignant vers LaGuardia Place.

Les phares d'une voiture s'allumèrent, il s'installa à l'arrière et disparut pour de bon.

*

À 22 heures, Andrew s'apprêtait à quitter l'appartement de Simon.

— Tu veux vraiment rentrer chez toi ce soir ?

— C'est la cinquième fois que tu me poses la question, Simon.

— Je voulais juste m'en assurer.

— Je croyais que tu serais ravi que je libère le plancher, dit Andrew en refermant sa valise. Je passerai demain chercher le reste.

— Tu sais que si tu changes d'avis, tu peux revenir.

— Je ne changerai pas d'avis.

— Alors, je t'accompagne.

— Non, reste. Je t'appellerai en arrivant, c'est promis.

— Si je n'ai pas de tes nouvelles dans une demi-heure, je viens.

— Tout ira bien, je t'assure.

— Je sais que tout ira bien, et puis tu vas dormir dans des draps neufs !

— Exactement.

— Et tu m'as promis d'inviter à dîner celle qui te les a offerts !

— Aussi. À ce sujet, tu n'as jamais pensé à rappeler cette Kathy Steinbeck ?

— Quelle étrange idée, pourquoi me parles-tu d'elle ?

— Pour rien, ça m'est venu comme ça, mais songes-y.

140

Simon regarda son ami, perplexe.

Andrew empoigna son bagage et quitta l'appartement.


En arrivant au pied de son petit immeuble, il releva la tête vers ses fenêtres, les rideaux étaient tirés. Il inspira profondément avant d'entrer.

La cage d'escalier était plongée dans le noir jusqu'au troisième étage. Parvenu sur son palier, Andrew posa sa valise pour chercher ses clés.

La porte de son appartement s'ouvrit brusquement sur un homme qui le repoussa d'un violent coup porté à la poitrine. Andrew partit en arrière et heurta la rambarde. Le temps se figea alors que son corps basculait. Son assaillant le rattrapa par le col et le projeta à terre avant de se précipiter vers l'escalier. Andrew se rua sur lui et réussit à lui agripper l'épaule, mais l'agresseur se retourna en lui assenant un direct du droit. Il crut que son œil s'était enfoncé dans son crâne, il résista à la douleur et essaya de retenir son adversaire. Un uppercut aux côtes, suivi d'un autre au foie, le fit renoncer. Il se plia en deux et accepta l'issue du combat.

L'homme dévala les marches, la porte qui donnait sur la rue se referma en grinçant.


Andrew attendit de reprendre son souffle. Il se releva, récupéra sa valise et rentra chez lui.

— Bienvenue à la maison, grommela-t-il dans sa barbe.


L'appartement était sens dessus dessous, les tiroirs

de son bureau ouverts et ses dossiers éparpillés sur le sol.

Andrew se rendit dans la cuisine, ouvrit le congélateur, mit des glaçons dans un torchon et se l'appliqua sur la paupière. Puis il alla constater l'étendue des dégâts dans le miroir de la salle de bains.

*

Il remettait de l'ordre depuis une heure lorsqu'on sonna. Andrew attrapa son veston et chercha son revolver dans la poche. Il le glissa dans son dos, sous la ceinture du pantalon et entrebâilla la porte.

— Qu'est-ce que tu fichais ? Je t'ai appelé dix fois, demanda Simon.

Puis il regarda Andrew.

— Tu t'es battu ?

— Je me suis fait dérouiller, plutôt.

Andrew fit entrer Simon.

— Tu as vu celui qui t'a fait ça ?

— Il avait ma taille, brun, je crois. Tout s'est passé très vite, la cage d'escalier était peu éclairée.

— Qu'est-ce qu'on t'a volé ?

— Qu'est-ce que tu veux qu'on vole ici ?

— Tu as vérifié si d'autres appartements avaient été cambriolés dans l'immeuble ?

— Je n'y ai pas pensé.

— Tu as appelé les flics ?

— Pas encore.

— Je vais voir si d'autres portes ont été fracturées, dit Simon. Je reviens tout de suite.

Pendant que Simon inspectait les paliers, Andrew

alla remettre son arme à sa place et ramassa en chemin le cadre photo tombé au pied de la cheminée.

— Tu as vu ce qui s'est passé, toi ? Que cherchait ce type ? murmura-t-il en regardant le visage souriant de son ex-femme.

Simon arriva dans son dos.

— Allez viens, on va chez moi, lui dit-il en lui ôtant la photographie des mains.

— Non, je finis de ranger et je me couche.

— Tu veux que je reste ?

— Ça va aller, répondit Andrew en reprenant le cadre.

Il le remit en place et raccompagna Simon à la porte.

— Je t'appelle demain, c'est promis.

— J'ai trouvé ça sur les marches, dit Simon en tendant à Andrew une enveloppe froissée, c'est peut-être tombé de la poche de ton cambrioleur. J'ai fait bien attention à la tenir du bout des doigts et dans le coin… pour ne pas fausser les empreintes.

Andrew leva les yeux au ciel, l'air consterné. Il attrapa l'enveloppe à pleine main et découvrit sous le rabat une photographie de Suzie et lui, au bas de l'immeuble, le soir où il lui avait confié ses clés. L'image était sombre, la prise de vue avait été réalisée sans flash.

— Qu'est-ce que c'est ? demanda Simon.

— Un prospectus, répliqua Andrew en rangeant l'enveloppe dans sa poche.

Après le départ de Simon, il s'installa à son bureau pour étudier le cliché de plus près. Celui qui avait pris cette photo les avait épiés depuis l'angle de Perry et de West 4 th. Il retourna la photographie et vit au dos trois traits de marqueur noir. En l'approchant de la lampe, il essaya de deviner ce que l'on avait biffé, mais en vain.

L'envie d'alcool se fit plus pressante que jamais. Andrew ouvrit tous les placards de la cuisine. La femme de ménage avait bien fait son travail et il n'y trouva que de la vaisselle. Le caviste le plus proche se situait au coin de Christopher Street, mais à minuit passé, son rideau de fer serait baissé.

Il se sentait incapable de s'endormir sans avoir bu quelque chose. Il ouvrit machinalement le réfrigérateur et trouva une bouteille de vodka accompagnée d'un petit mot suspendu au goulot.

« Que votre première nuit soit belle. Merci pour tout. Suzie. »

Andrew ne raffolait pas de la vodka, mais c'était mieux que rien. Il s'en servit un grand verre et s'installa dans le canapé du salon.

*

Le lendemain matin, assis au pied d'une colonne, en haut des grands escaliers de la bibliothèque, un café à la main et un journal posé sur les genoux, Andrew levait la tête à intervalles réguliers pour observer les alentours.

Lorsqu'il vit Suzie Baker grimper les marches, il s'avança vers elle. Il la fit sursauter en la prenant par le bras.

— Désolé, je ne voulais pas vous faire peur.

— Qu'est-ce qui s'est passé ? lui demanda-t-elle en voyant les ecchymoses sur son visage.

— J'allais précisément vous poser la question.

Suzie fronça les sourcils alors qu'Andrew l'entraînait vers la rue.

— Il est interdit de parler en salle de lecture et
nous avons des choses à nous dire. J'ai besoin d'avaler
quelque chose, il y a un vendeur de hot-dogs là-bas,
dit-il en désignant le carrefour.

— À cette heure-ci ?

— Pourquoi, ils sont moins bons à 9 heures du
matin qu'à midi ?

— C'est une question de goût.

Andrew s'acheta un Jumbo nappé de condiments
et en proposa un à Suzie qui se contenta d'un café.

— Une petite marche dans Central Park, ça vous
dirait ? suggéra Andrew.

— J'ai du travail, mais je suppose que ça va
attendre un peu.

Andrew et Suzie remontèrent la Cinquième Avenue.
Un crachin d'hiver se mit à tomber. Suzie releva le
col de son manteau.

— Ce n'est vraiment pas le temps idéal pour une
promenade, dit-elle en arrivant aux abords du parc.

— Je vous aurais bien offert un petit déjeuner au
Plaza, mais je n'ai plus faim. C'est drôle, ça fait des
années que je vis à New York et je n'ai encore jamais
emprunté l'une de ses calèches, dit Andrew en désignant les cochers affairés près de leurs chevaux de
trait. Venez, nous serons à l'abri.

— De la pluie ? J'en doute.

— Des oreilles indiscrètes, répondit Andrew en
traversant la 59ᵉ Rue.

Le cocher aida Suzie à prendre place sur la banquette et déploya dès qu'Andrew l'eut rejointe une

145

grande couverture sur leurs genoux avant de grimper sur son siège.

Le fouet claqua et le cabriolet s'ébranla.

— Un hot-dog au petit déjeuner suivi d'une promenade digestive en landau, après tout pourquoi pas, lâcha Suzie.

— Vous croyez aux coïncidences, mademoiselle Baker ?

— Non.

— Moi non plus. Même si le nombre de larcins commis chaque jour dans Manhattan n'interdit en rien que nous soyons tous les deux victimes d'une effraction au cours de la même semaine.

— Vous avez été cambriolé ?

— Vous pensiez que je m'étais cogné sur ma table de nuit ?

— J'ai imaginé que vous vous étiez battu.

— Il m'arrive parfois de prendre un verre de trop le soir, mais je n'ai jamais été un pochetron.

— Ce n'est pas ce que j'ai suggéré.

— Je vous laisse commenter ces coïncidences, dit Andrew en lui tendant une enveloppe.

Suzie regarda la photographie qui se trouvait à l'intérieur.

— Qui vous a envoyé ça ?

— Le type qui m'a passé à tabac l'a perdue dans la bagarre.

— Je ne sais pas quoi vous dire, bredouilla-t-elle.

— Faites un petit effort.

Mais Suzie resta silencieuse.

— Bien, je vais vous aider, à deux c'est toujours plus facile. Le hasard fait que vous vous retrouvez assise en face de moi à la bibliothèque. Quatre cents tables dans la grande salle de lecture et c'est moi qui tire le gros lot. On vous prévient que vous venez d'être cambriolée, et le hasard encore fait que je me trouve à vos côtés à ce moment-là. Vous rentrez à votre domicile, n'appelez pas la police à cause de l'intendant et de votre situation précaire. À peine êtes-vous partie de chez moi, que je me fais cambrioler, comme vous. Comme nous ne sommes plus à un hasard près, les méthodes d'effraction sont similaires et nos appartements sont mis à sac sans que rien n'y soit volé. Sacrément joueur, ce hasard. Je continue ?

— C'est le hasard qui vous a demandé de m'aborder à la bibliothèque ? Lui encore qui vous a suggéré de me suivre jusqu'en bas de chez moi ? Toujours lui qui vous a demandé de fouiner dans mon passé, de m'inviter à déjeuner et de me prêter votre appartement ?

— Non, de tout cela, je suis seul responsable, répliqua Andrew, embarrassé.

— Alors, qu'est-ce que vous insinuez ?

— Pour tout vous dire, je n'en sais trop rien.

— Je ne vous ai rien demandé que je sache. Faites arrêter cette calèche qui pue le cheval mouillé, laissez-moi partir et fichez-moi la paix.

— J'aime bien l'odeur des chevaux, avant je les craignais, mais plus maintenant. J'ai payé pour un tour complet, et si d'ici là vous n'avez pas répondu à mes questions, on s'en offrira un second, j'ai tout mon temps.

— À la vitesse à laquelle on se traîne, je peux descendre en marche, vous savez.

— Vous avez vraiment un sale caractère !

— C'est de famille.

— D'accord, reprenons à zéro cette conversation mal engagée.

— La faute à qui ?

— J'ai un œil à moitié fermé, vous voulez que je vous présente mes excuses ?

— Ce n'est pas moi qui vous ai frappé, tout de même !

— Non, mais vous n'allez pas me dire que cette photo n'est pas sans rapport avec vous ?

Suzie Baker rendit la photographie à Andrew en souriant.

— Vous aviez meilleure mine !

— J'avais mieux dormi la veille, et sans compresse sur la figure.

— Ça fait mal ? interrogea Suzie en posant doucement la main sur l'arcade sourcilière d'Andrew.

— Quand vous appuyez, oui.

Andrew écarta la main de son visage.

— Dans quelle histoire êtes-vous allée vous fourrer, mademoiselle Baker ? Qui nous épie et nous cambriole ?

— Cela ne vous concerne pas, je suis désolée de ce qui vous est arrivé. Demain, je demanderai à changer de table à la bibliothèque. Gardez vos distances et vous serez tranquille. Maintenant, dites à ce cocher de me laisser descendre.

— Qui était l'homme sorti juste avant vous de l'épicerie, le soir où nous nous y sommes croisés ?

— Je ne sais pas de qui vous parlez.

— De lui, rétorqua Andrew en sortant de sa poche les clichés qu'il avait reçus de France.

Suzie les étudia attentivement et son expression s'assombrit.

— Pour qui travaillez-vous, monsieur Stilman ? questionna-t-elle.

— Pour le *New York Times*, mademoiselle Baker, bien qu'actuellement je m'accorde un congé maladie prolongé.

— Alors, tenez-vous-en à vos articles, lui dit-elle avant d'ordonner au cocher de faire stopper sa carriole.

Suzie sauta à terre et remonta l'allée principale à pied. Le cocher se retourna vers son passager, guettant ses instructions.

— Soyez gentil, lui dit Andrew, demandez-moi dans quel bourbier je vais encore aller m'empêtrer. J'ai besoin de me l'entendre dire.

— Je vous demande pardon, monsieur ? répondit le cocher qui ne comprenait rien à ce que son client lui disait.

— Pour vingt dollars de plus, vous feriez faire demi-tour à votre bourrin ?

— Pour trente, je peux même rattraper la jeune dame.

— Vingt-cinq !

— Affaire conclue !

Le cocher manœuvra et la calèche repartit à bon trot, elle ralentit en arrivant à la hauteur de Suzie.

— Montez ! dit Andrew.

— Laissez-moi, Stilman, je porte la poisse.

— Je ne risque rien, je suis né avec. Montez je vous dis, vous allez être trempée.

— Je le suis déjà.

— Alors raison de plus, venez vous abriter sous la couverture, vous allez attraper froid.

Suzie grelottait, elle se hissa sur le marchepied, prit place sur la banquette et se blottit sous le plaid.

— Après votre accident, vous avez été rapatriée dans un avion d'une compagnie un peu spéciale. On n'achète pas ce genre de billet à un comptoir d'aéroport, n'est-ce pas ?

— Puisque vous le dites.

— Qui est Arnold Knopf ?

— L'homme de confiance de ma famille ; je n'ai pas connu mon père, Knopf a été une sorte de parrain pour moi.

— Qui êtes-vous exactement, mademoiselle Baker ?

— La petite-fille de feu le sénateur Walker.

— Son nom devrait me dire quelque chose ?

— Il était l'un des plus proches conseillers du président Johnson.

— Lyndon Baines Johnson, qui a succédé à Kennedy ?

— En personne.

— Quel rapport entre ce grand-père sénateur et ce qui vous concerne ?

— C'est bizarre pour un reporter, vous ne lisez pas la presse ?

— L'élection de Johnson remonte à 1964. Je ne lisais pas le journal dans les burettes de mon père.

— Ma famille a fait l'objet d'un scandale national. Mon grand-père a dû renoncer à sa carrière.

— Maîtresse, détournement de fonds publics, ou les deux ?

— Sa femme fut accusée de haute trahison et assassinée alors qu'elle tentait de fuir.

— En effet, ce n'est pas banal. Quel rapport avec vous, vous n'étiez même pas née ?

— Ma grand-mère était innocente, je me suis juré d'en apporter la preuve.

— Pourquoi pas. Et quarante-six ans plus tard, cela nuirait toujours à certains ?

— Il semblerait que oui.

— Quel genre de trahison ?

— On prétend qu'elle s'apprêtait à vendre des secrets militaires aux Soviétiques et aux Chinois. Nous étions en pleine guerre du Vietnam, elle était l'épouse d'un haut conseiller du gouvernement, elle entendait beaucoup de choses se dire sous son toit.

— Votre grand-mère était communiste ?

— Je ne l'ai jamais cru. Elle était farouchement opposée à la guerre et militait contre les inégalités sociales. Elle avait aussi une certaine autorité sur son mari, mais cela n'a rien de criminel.

— Tout dépend aux yeux de qui, répondit Andrew. Vous pensez que c'était un coup monté à cause de l'influence qu'elle exerçait sur votre grand-père ?

— Mathilde en était convaincue.

— Mathilde ?

— Leur fille, ma mère.

— Mettons de côté les certitudes de votre mère, qu'est-ce que vous avez de concret ?

— Quelques papiers ayant appartenu à Lilly et le dernier message qu'elle a laissé avant de fuir. C'est un mot manuscrit auquel je n'ai jamais rien compris.

— Ce n'est pas ce que j'appellerai des preuves tangibles.

— Monsieur Stilman, je dois vous faire un aveu. Je vous ai menti sur une chose.

— Une seule ?

— Mon ascension du mont Blanc n'était en rien un pèlerinage, encore moins pour Shamir. Mathilde buvait beaucoup, je vous l'ai dit. Je ne peux compter le nombre de fois où j'allais la chercher dans ces bars où elle s'endormait au comptoir, quand ce n'était pas dans sa voiture au beau milieu d'un parking. Lorsqu'elle touchait le fond, c'est moi qu'elle appelait toujours à son secours. Dans ces moments-là, elle se mettait à me parler de ma grand-mère. La plupart du temps ses phrases étaient décousues et ses propos incompréhensibles. Une nuit où elle était plus saoule que d'habitude, elle a voulu prendre un bain dans le port de Boston. À 3 heures du matin, en plein mois de janvier, le 24 pour être précise. Une patrouille passait par là, un policier l'a repêchée *in extremis*.

— Elle était ivre ou elle tentait de mettre fin à ses jours ?

— Les deux.

— Pourquoi ce soir-là ?

— Justement, pourquoi ce soir-là ? Je lui ai posé la question, elle m'a répondu que c'était le quarantième anniversaire du dernier espoir.

— Ce qui voulait dire ?

— La seule preuve qui aurait pu innocenter sa mère se trouvait à bord d'un avion qui s'était écrasé sur le mont Blanc le 24 janvier 1966. Après la tentative de suicide de ma mère, j'ai commencé à faire des recherches.

— Vous êtes partie escalader le mont Blanc pour retrouver quarante-six ans après le crash d'un avion une preuve qui se trouvait à bord ? C'est un peu gros.

— J'ai étudié ce crash pendant des années et recueilli plus de documentation que quiconque à ce sujet. J'ai répertorié les mouvements du glacier mois par mois, inventorié chaque débris qu'il a recraché.

— Un avion qui percute une montagne, que voulez-vous qu'il en reste ?

— Le *Kanchenjunga* a laissé une traînée linéaire de huit cents mètres sur le flanc de la montagne. Il ne l'a pas frappé de plein fouet. En apercevant la cime, le pilote a dû cabrer son appareil. C'est la queue qui a touché en premier. Parmi les milliers de débris retrouvés au cours des quarante dernières années, aucun ne provenait du cockpit, aucun ! Au moment de l'impact, l'avant s'était forcément séparé du reste de la carlingue, et j'ai compris qu'il avait fini sa glissade au fond d'un gouffre, sous les rochers de la Tournette. Après des années de lectures de rapports, de témoignages, d'analyses et de photographies, j'étais quasi certaine d'en avoir localisé l'entrée. Ce que je n'avais pas prévu, c'était que nous y tomberions aussi.

— Admettons, dit Andrew incrédule. Vous l'avez retrouvé, le cockpit du *Kanchenjunga* ?

— Oui, nous l'avons trouvé, ainsi que la cabine des premières classes, presque intacte. Malheureusement, la preuve que je cherchais ne s'est pas révélée aussi parlante que je l'avais espéré.

— De quoi s'agit-il ?

— D'une lettre voyageant dans l'attaché-case du diplomate indien qui figurait sur votre liste.

— Vous lisez l'hindi ?

— Elle était écrite en anglais.

— Et vous pensez que c'est cette lettre que notre visiteur indélicat est venu chercher chez vous ? Il l'a trouvée ?

— Je l'ai planquée dans votre appartement.

— Je vous demande pardon ?

— J'ai préféré la mettre en lieu sûr. Elle est cachée

derrière votre réfrigérateur, c'est vous qui m'avez donné l'idée. Je ne savais pas que j'étais suivie et encore moins que vous le seriez aussi.

— Mademoiselle Baker, je ne suis pas détective privé, mais reporter, et je ne suis pas au mieux de ma forme. Pour une fois, je vais écouter cette petite voix qui m'invite à m'occuper de mes affaires et à vous laisser à vos histoires de famille.

La calèche sortit de Central Park et se rangea le long de la 59e Rue. Andrew aida Suzie à en descendre et fit signe à un taxi.

— La lettre, dit-elle, en saluant Andrew, il faut que je la récupère.

— Je vous la restituerai demain à la bibliothèque.

— Alors à demain, dit Suzie en refermant la portière du taxi.

Andrew resta sur le trottoir, perdu dans ses pensées, et ses pensées tournaient en rond. Il regarda le taxi de Suzie s'éloigner et appela Dolorès Salazar.

# 8.

Andrew passa récupérer son courrier au journal. Freddy Olson était à quatre pattes sous son bureau, tortillant du postérieur.

— Tu te prends pour un caniche, Olson ? demanda Andrew en ouvrant une enveloppe.

— Tu n'aurais pas vu ma carte de presse, Stilman, au lieu de dire des conneries ?

— Je ne savais même pas que tu en avais une. Tu veux que j'aille t'acheter des croquettes ?

— Tu me fais chier, Stilman. Je la cherche partout depuis deux jours.

— Ça fait deux jours que tu es sous ton bureau ? Élargis le périmètre.

Andrew prit le reste de son courrier – deux prospectus et la lettre d'un illuminé se proposant de lui fournir des preuves que la fin du monde se produirait avant la fin du mois – et le glissa dans la fente du destructeur de documents.

— J'ai un scoop pour toi, Olson, si tu veux bien te relever.

Olson se redressa et se cogna la tête.

— C'est quoi ton scoop ?

— Un crétin vient de se cogner le crâne. Bonne journée, Olson.

Andrew se dirigea vers les ascenseurs en sifflotant. Olivia entra dans la cabine derrière lui.

— Qu'est-ce qui vous met de si bonne humeur, Stilman ? demanda-t-elle.

— Vous ne pourriez pas comprendre.

— Vous vous rendez aux archives ?

— Non. Je mourais d'envie de vérifier le numéro de série de la chaudière, c'est pour ça que je descends au sous-sol.

— Stilman, toute ma vie je me sentirai coupable de ce qui vous est arrivé, mais n'en abusez pas quand même. Sur quoi travaillez-vous ?

— Qui vous dit que je travaille, Olivia ?

— Vous avez l'air d'être à jeun, c'est plutôt bon signe. Écoutez-moi bien, Andrew. Soit vous passez me voir aujourd'hui pour me parler de votre enquête, soit je vous en confie une d'office avec une échéance à la clé.

— Une source fiable aurait des informations sur la fin du monde, dit Andrew d'un ton très sérieux.

La rédactrice en chef lança un regard incendiaire à son journaliste, puis ses traits se déridèrent et elle éclata de rire.

— Vous êtes…

— Irrécupérable, je sais Olivia. Donnez-moi huit jours et je vous expliquerai, c'est promis.

— À dans huit jours, Andrew.

Andrew la laissa sortir et attendit qu'elle s'éloigne pour filer vers le bureau de Dolorès.

— Alors ? dit-il en refermant la porte.

— Quelque chose me chiffonne au sujet de votre

petite protégée, Stilman. Je ne trouve rien sur elle. Comme si quelqu'un s'était efforcé d'effacer chaque pas qu'elle fait. Cette femme n'a pas de passé.

— Je crois savoir qui aurait pu faire ça.

— Qui que ce soit, c'est quelqu'un qui a le bras long. Je n'ai rien vu de tel en vingt ans de recherches. J'ai même appelé Fort Kent, l'université dont vous m'aviez parlé. Impossible d'obtenir la moindre information sur Suzie Baker.

— Et sur le sénateur Walker ?

— Je vous ai préparé un dossier. Je ne connaissais pas cette affaire, mais quand on lit la presse de l'époque, on se rend compte qu'elle a fait un sacré bruit. Enfin, pendant quelques jours, et puis soudain, plus rien, pas le moindre entrefilet. Black-out absolu. Washington devait être sur les dents pour obtenir un tel silence.

— C'était une autre époque, Internet n'existait pas. Vous me le donnez ce dossier, Dolorès ?

— Il est devant vous, vous n'avez qu'à le prendre.

Andrew attrapa le dossier et commença à le parcourir.

— Merci, mon chien, souffla Dolorès.

— Si vous aviez vu Olson, vous ne me diriez pas ça. Merci, Dolorès.

Andrew quitta le journal.

De retour chez lui, il se rendit dans la cuisine et déplaça le réfrigérateur, se demandant comment Suzie avait réussi seule. Dès que l'écart fut assez large, il glissa la main derrière et trouva la pochette.

Elle contenait une lettre en assez mauvais état qu'il déplia avec précaution.

*Cher Edward,*

*Ce qui devait être fait fut accompli et j'en ressens un profond chagrin pour vous. Tout danger est désormais écarté. La cause se trouve dans un lieu où personne ne pourra accéder. Sauf si parole n'était pas tenue. Je vous en adresserai les coordonnées précises par deux autres courriers séparés qui prendront le même transport.*

*J'imagine le profond désarroi dans lequel cette issue dramatique vous a plongé, mais si cela peut apaiser votre conscience, sachez qu'en pareilles circonstances je n'aurais pas agi différemment. La raison d'État prévaut et les hommes tels que nous n'ont d'autre choix que de servir leur patrie, dussent-ils lui sacrifier ce qu'ils ont de plus cher.*

*Nous ne nous reverrons pas et je le regrette. Jamais je n'oublierai nos escapades de 1956 à 1959 à Berlin et particulièrement ce 29 juillet où vous m'avez sauvé la vie. Nous sommes quittes.*

*Vous pourrez, en cas d'extrême urgence, m'écrire au 79, Juli 37 Gate, appartement 71, à Oslo. J'y resterai quelque temps.*

*Détruisez ce courrier après en avoir pris connaissance, je compte sur votre discrétion afin que rien ne subsiste de ce dernier échange.*

*Votre dévoué*

*Ashton*


Andrew retourna dans le salon étudier le dossier que Dolorès avait assemblé pour lui.

Il y trouva des liasses de coupures de presse, toutes datées de la mi-janvier 1966.

« La femme du sénateur Walker soupçonnée de haute trahison », titrait le *Washington Post*.

« Scandale dans la maison Walker », écrivait en une le *Los Angeles Times*. « La femme traître », annonçait celle du *Daily News*. « Coupable ! » clamait le *Denver Post*. « L'espionne qui trompait son mari et son pays », surenchérissait le *New York Post*.

Plus de trente quotidiens à travers la nation publiaient la même une, à quelques variantes près. Tous relataient dans leurs colonnes l'histoire de Liliane Walker, épouse du sénateur démocrate Edward Walker et mère d'une fille de dix-neuf ans, accusée d'espionnage pour le compte du KGB. Selon le *Chicago Tribune*, les agents venus procéder à son arrestation avaient trouvé dans sa chambre des pièces à charge confondantes, sa culpabilité ne faisait aucun doute. L'épouse du sénateur notait les conversations qu'elle entendait dans le bureau de son mari et avait subtilisé la clé de son coffre-fort pour photographier des documents qu'elle s'apprêtait à revendre aux communistes. Le *Dallas Morning News* affirmait que sans l'intervention du FBI nombre d'installations militaires et de contingents de soldats engagés au Vietnam auraient été victimes de la haute trahison de Liliane Walker. Prévenue par des complices selon les uns, par un agent double, selon d'autres, elle avait pris la fuite, échappant *in extremis* à ceux qui venaient l'interpeller.

Chaque jour, les journaux faisaient leurs choux gras de cette trahison, autant que de ses conséquences. Le 18 janvier, le sénateur Walker démissionnait et annonçait son retrait définitif de la vie politique. Le 19 janvier, la presse nationale rapportait l'interpellation de Liliane alors qu'elle tentait de franchir la frontière au nord de la Suède pour atteindre l'URSS en passant par la Norvège. Mais à compter du 20 janvier, comme l'avait remarqué Dolorès, les journaux n'avaient plus publié une ligne sur l'affaire Walker.

Sauf une référence dans un article paru le 21 dans le cahier politique du *New York Times*, signé par un certain Ben Morton, qui avait conclu son papier en posant la question « À qui profite la chute du sénateur Walker ? ».

Andrew gardait le souvenir de cet homme au caractère bien trempé, un vieux brisquard de la profession qu'il avait croisé jadis dans les couloirs du journal lorsque lui-même faisait ses armes au service de nécrologie. À l'époque, Andrew n'appartenait pas encore à la caste des reporters et il n'avait jamais pu lui adresser la parole.

Andrew appela le préposé au courrier et lui demanda l'adresse où il réexpédiait celui de Ben Morton. Figera lui apprit qu'il ne le faisait plus depuis longtemps, seuls des prospectus publicitaires arrivaient encore pour lui au journal et Ben Morton lui avait ordonné de les jeter. Devant l'insistance d'Andrew, Figera finit par lui confier que le journaliste s'était retiré du monde dans un petit hameau, à Turnbridge dans le Vermont, il n'avait pas d'adresse plus précise, juste un numéro de poste restante.

Andrew étudia la carte, il n'y avait d'autre moyen de transport que la voiture pour se rendre à Turnbridge. Il ne s'était plus servi de sa Datsun depuis le jour où un lecteur mécontent l'avait endommagée à coups de batte de baseball dans un parking souterrain. Mauvais souvenir. La Datsun avait été remise en état dans les ateliers de Simon et s'y trouvait encore. Andrew ne doutait pas un instant qu'elle démarrerait au quart de tour, il fallait bien que la maniaquerie de son meilleur ami ait, en de rares occasions, quelques avantages.

Il emporta son dossier, des vêtements chauds, se prépara un thermos de café et se rendit à pied au garage.

*

— Bien sûr qu'elle est en état de marche, soupira Simon, où va-t-on ?

— Je vais me promener seul, cette fois.

— Ça ne me dit pas où tu te rends, répondit Simon, en faisant mauvaise figure.

— Dans le Vermont. Je peux avoir mes clés ?

— Tu vas rencontrer de la neige et, avec ta Datsun, tu te ficheras dans le décor au premier virage, encore plus si tu roules de nuit, dit Simon en ouvrant le tiroir de son bureau. Je vais te confier une Chevy station wagon 1954, cent dix chevaux sous le capot développés par son six cylindres. Je te conseille de me la rendre en parfait état, elle a été entièrement restaurée par nos soins et uniquement avec des pièces d'origine.

— Je n'aurais pas imaginé le contraire.

— C'était ironique ?

— Simon, il faut que j'y aille.

— Tu rentres quand ?

— Par moments, je me demande si tu n'es pas la réincarnation de ma mère.

— Ton humour ne me fait pas rire du tout. Appelle-moi pour me dire que tu es bien arrivé.

Andrew promit et s'installa à bord. Les sièges sentaient la vieille moleskine, mais le volant et le tableau de bord en bakélite avaient belle allure.

161

— J'en prendrai soin comme si c'était la mienne, jura Andrew.

— Prends-en plutôt soin comme si c'était la mienne, rétorqua Simon.

Andrew quitta New York par le nord. La banlieue s'effaça rapidement, avec son anarchie de tours d'habitation, de zones industrielles, d'entrepôts et de dépôts de carburant. Lui succédèrent de petites villes qui devinrent des villages à la tombée du jour.

Le rythme de l'humanité se calmait peu à peu. Les maisons firent place à des champs, et seules les lumières aux fenêtres de quelques fermes rappelaient qu'ici vivaient des hommes.

Turnbridge n'était rien d'autre qu'une portion de route éclairée par cinq réverbères flanqués à dix mètres les uns des autres. Cinq lampadaires occis par la rouille qui éclairaient piteusement une épicerie, une quincaillerie et une station-service, seule encore ouverte. Andrew se rangea le long de l'unique pompe à essence ; les roues de la Chevy, en passant sur un câble, firent tinter une sonnerie. Un homme presque aussi vieux que son garage en sortit. Andrew descendit de la voiture.

— Vous pouvez me faire le plein ? demanda-t-il au garagiste.

— Des comme celle-là, je n'en ai pas vu depuis longtemps, répondit celui-ci en sifflant entre les rares chicots plantés dans ses mâchoires. Le carburateur est modifié ? On a plus que du sans-plomb ici.

— Je suppose, répliqua Andrew. C'est grave sinon ?

— Grave, non, mais si vous voulez poursuivre votre

route, il vaudrait mieux le savoir. Ouvrez-moi le capot, je vais déjà vérifier vos niveaux.

— Ne vous donnez pas cette peine, elle sort de révision.

— Elle a fait combien de miles depuis ?

— Environ trois cents.

— Alors ouvrez-moi ce capot, ces vieilles dames sont gourmandes d'huile, et puis, ce n'est pas comme si j'étais débordé. La dernière personne que j'ai servie est passée hier matin.

— Pourquoi rester ouvert si tard ? questionna Andrew en se frictionnant les épaules pendant que le garagiste remplissait le réservoir de la Chevy.

— La chaise là-bas, derrière la vitre, ça fait cinquante ans que je m'y assieds, c'est le seul endroit où j'aime poser mes fesses. Cette station-service, je la tiens depuis que mon père y est mort, en 1960. C'est lui qui l'avait construite. Quand j'étais gosse, on servait de la Gulf, mais la marque a disparu avant nous. Ma chambre est à l'étage. Je suis insomniaque, alors je reste ouvert jusqu'à ce que mes yeux se ferment. Que voulez-vous que je fasse d'autre ? Et puis, on ne sait jamais, si un type comme vous venait s'égarer par ici, ce serait dommage de rater un client. Vous allez jusqu'où ?

— Je suis arrivé à destination. Vous connaissez un certain Ben Morton ?

— J'aurais préféré vous dire le contraire, mais oui, je le connais.

— Vous savez où il vit ?

— Vous avez passé une bonne journée ?

— Oui, pourquoi ?

— Eh bien, faites demi-tour, sinon vous allez vous la foutre en l'air.

— J'ai roulé depuis New York pour le rencontrer.

— Vous arriveriez de Miami que je vous dirais pareil. Morton est un vieux con qu'il vaut mieux éviter.

— J'en ai fréquenté beaucoup, je suis rodé.

— Pas des comme lui ! s'exclama le garagiste en remettant le pistolet de la pompe dans son logement. Voilà, ça fait quatre-vingts dollars, tout rond, les centimes sont pour la maison.

Andrew donna cinq coupures de vingt dollars au vieil homme. Le garagiste recompta les billets et sourit.

— Le pourboire d'usage, c'est deux dollars. Dix-huit de plus pour obtenir l'adresse de ce vieux schnock, ce serait de l'escroquerie ; j'ai assez de cambouis sur les mains, pas la peine de me graisser la patte. Je vais vous chercher votre monnaie. Vous n'avez qu'à me suivre, j'ai du café au chaud à l'intérieur.

Andrew entra dans la station-service.

— Qu'est-ce que vous lui voulez, à cet abruti ? demanda le garagiste en tendant une tasse à Andrew.

— Qu'est-ce qu'il vous a fait, pour que vous l'appréciiez autant ?

— Citez-moi le nom d'une personne qui s'entende avec cet ours et je vous offre votre plein d'essence.

— À ce point-là ?

— Il vit en ermite dans son cabanon. Monsieur se fait livrer son ravitaillement à l'entrée de son chemin, interdit d'aller jusqu'à sa bicoque. Même ma station essence est trop loin pour Sa Seigneurie.

Le café du garagiste avait la couleur et l'amertume du réglisse, mais Andrew avait froid et il le but sans rechigner.

164

— Vous comptez aller le déranger cette nuit ? Ça me ferait bien marrer qu'il vous ouvre sa porte.

— À combien de miles se trouve le plus proche motel ?

— À plus de cinquante et il est fermé en cette saison. Je vous aurais bien offert un toit pour la nuit, mais la remise n'est pas chauffée. Le cabanon de Morton est au sud, vous l'avez dépassé. Retournez sur vos pas ; après Russel Road, vous verrez une piste en terre sur votre droite, il habite au bout, vous ne pouvez pas le louper.

Andrew remercia le garagiste et s'avança vers la porte.

— Pour votre moteur, allez-y doucement. S'il chauffe un peu trop avec le carburant que je vous ai mis, vous risquez d'endommager les soupapes.

La Chevy reprit la route, pleins phares dans la nuit noire avant de s'engager sur un chemin rocailleux.

Les deux fenêtres qui encadraient la porte du cabanon en rondins de bois étaient encore éclairées. Andrew coupa son moteur et alla frapper.

Andrew eut du mal à reconnaître le reporter qu'il avait admiré dans les traits du vieil homme qui venait de lui ouvrir et qui le regardait calmement.

— Fichez-moi le camp, dit celui-ci à travers sa barbe épaisse.

— Monsieur Morton, j'ai parcouru une longue route pour venir vous rencontrer.

— Eh bien reprenez-la en sens inverse, elle vous paraîtra moins longue maintenant que vous la connaissez.

— J'ai besoin de vous parler.

— Pas moi, déguerpissez, je n'ai besoin de rien.

— Votre article sur l'affaire Walker.

— Quelle affaire Walker ?

— 1966, la femme d'un sénateur accusée de trahison.

— Vous aimez les nouvelles fraîches, vous. Qu'est-ce qu'il a mon article ?

— Je suis journaliste au *New York Times*, comme vous. Nous nous sommes croisés plusieurs fois, il y a longtemps, mais je n'ai jamais eu l'occasion de vous parler.

— J'ai pris ma retraite depuis longtemps, on ne vous l'a pas dit ? Vous êtes du genre à faire des recherches approfondies à ce que je vois.

— Je vous ai trouvé, n'est-ce pas ? Vous ne figurez pas vraiment dans l'annuaire.

Ben Morton observa Andrew un long moment avant de lui faire signe d'entrer.

— Approchez-vous de la cheminée, vous avez les lèvres bleues. On est loin de la ville, ici.

Andrew se frictionna les mains devant l'âtre. Morton ouvrit une bouteille de merlot et en servit deux verres.

— Tenez, dit-il à Andrew, c'est plus efficace qu'un feu de bois. Montrez-moi votre carte de presse.

— La confiance règne, dit Andrew en ouvrant son portefeuille.

— Il n'y a que les couillons qui sont confiants. Et dans votre métier, si vous l'êtes, c'est que vous êtes mauvais. Vous vous réchauffez cinq minutes et vous repartez, c'est clair ?

— Je viens de lire une bonne centaine d'articles sur l'affaire Walker, vous êtes le seul à avoir émis une réserve sur la culpabilité de Liliane Walker. Esquis-

166

sée sous la forme d'une question, mais c'était tout de même une réserve.

— Et alors ? C'est du passé tout ça.

— La presse s'est totalement désintéressée du sujet à compter du 20 janvier, sauf vous, qui avez publié votre papier le 21.

— J'étais jeune et effronté, sourit Morton en buvant son verre de vin d'un trait.

— Donc, vous vous en souvenez.

— Je suis vieux, pas sénile ! En quoi cette vieille histoire vous intéresse-t-elle ?

— Je me suis toujours méfié du cor qui sonne la curée.

— Moi aussi, répondit Morton, c'est pour cette raison que j'ai écrit cet article. Enfin, écrit est un grand mot. Nous avions reçu l'ordre de ne plus publier une ligne sur le sénateur Walker et sa femme. Il faut vous mettre dans le contexte de l'époque. La liberté de la presse s'arrêtait là où le pouvoir politique traçait une ligne à ne pas franchir. Je me suis arrangé pour l'outrepasser.

— Comment ?

— Une vieille astuce que nous connaissions tous. On faisait valider notre papier en comité de rédaction, et pour qu'il soit publié tel qu'on le voulait, il suffisait de rester tard au journal. À l'heure où les types de la compo montaient le journal, on allait les voir avec les lignes à corriger d'urgence. À cette heure-là, il n'y avait plus personne pour fliquer notre travail. La plupart du temps, ça passait inaperçu, parfois pas. Mais les gens qui ont le pouvoir sont incapables d'admettre que vous les avez bernés. Ça chatouille leur ego. Je me suis fait piquer sur ce coup-là, mais le lendemain, personne n'a pipé mot au journal. Le comité de direction m'a fait payer mon insubordination dans les mois qui suivirent.

— Vous ne croyiez pas à la culpabilité de la femme de Walker ?

— Ce que je croyais ou pas n'avait aucune importance. Ce que je savais, c'est que ni moi ni aucun de mes collègues n'avions eu accès aux preuves accablantes dont on nous parlait. Et ce qui me dérangeait, c'est que personne ne s'en souciait. Le temps du maccarthysme était révolu depuis douze ans, et cette affaire en avait pourtant des relents. Vos cinq minutes sont passées, je n'ai pas besoin de vous montrer la porte ?

— Je ne suis pas en état de reprendre la route, vous n'auriez pas une chambre d'ami ?

— Je n'ai pas d'ami. Il y a un motel au nord du village.

— Le garagiste m'a dit que le plus proche se trouvait à cinquante miles d'ici et qu'il était fermé en hiver.

— Il ment comme un arracheur de dents, c'est lui qui vous a indiqué le chemin de ma maison ?

— Je ne donne pas mes sources.

Morton resservit un verre de vin à Andrew.

— Je vous prête mon canapé, mais je veux vous voir parti avant de m'être levé demain matin.

— J'ai d'autres questions à vous poser sur Liliane Walker.

— Et moi, je n'ai rien à vous dire de plus parce que je vais dormir.

Ben Morton ouvrit un placard et lança une couverture à Andrew.

— Je ne vous dis pas à demain puisque vous ne serez plus là à mon réveil.

Il éteignit la lumière et monta l'escalier qui menait à la mezzanine. La porte de sa chambre se referma.

La pièce unique qui composait le rez-de-chaussée du cabanon n'était plus éclairée qu'à la lueur des flammes. Andrew attendit que Morton se couche et s'approcha du petit bureau situé près de la fenêtre.

Il tira doucement la chaise et s'y installa. Il regarda une photo de Ben Morton, prise à ses vingt ans à côté d'un homme qui devait être son père.

— Ne fouille pas dans mes affaires ou je te fous à la porte ! entendit-il crier depuis l'étage.

Andrew sourit et retourna se coucher. Il étendit la couverture et se laissa bercer par le crépitement du bois qui se consumait.

*

Quelqu'un le secouait par les épaules. Andrew ouvrit les yeux et vit le visage de Morton, penché sur lui.

— Tu en fais des cauchemars pour un type de ton âge ! Tu es pourtant trop jeune pour avoir connu le Vietnam.

Andrew se redressa. Bien que la température dans la pièce ait considérablement chuté, il était en nage.

— Ça ne laisse pas indemne de se faire planter, hein, reprit Morton. Tu crois que je ne sais pas qui tu es, que Figera ne m'avait pas prévenu de ta visite ? Si tu veux devenir un jour un bon journaliste, il faudrait que je t'apprenne deux-trois ficelles sur le métier. Je vais remettre une bûche dans le feu et tu vas essayer de finir ta nuit sans me réveiller avec tes gémissements.

— Je ne me rendormirai pas. Je vais reprendre la route.

169

— Mais qui m'a envoyé un empoté pareil ? s'emporta Morton. Tu es venu de New York pour me questionner et tu veux déjà repartir ? Quand tu franchis les portes du journal, tu ne regardes jamais l'inscription « New York Times » sur la façade, ça ne te fait pas un peu frissonner ?

— Si, tous les jours.

— Alors essaie d'en être digne, bon sang ! Tu lèveras le camp lorsque je t'aurai tellement ennuyé avec mes histoires que tu pourras roupiller sans faire de cauchemar, ou parce que je t'aurai mis dehors à coups de pompe dans le derrière, mais pas comme un tocard qui n'a pas accompli le quart de son boulot. Maintenant, demande-moi ce que tu veux savoir au sujet de la femme du sénateur Walker.

— Ce qui vous faisait douter de sa culpabilité ?

— Elle était un peu trop coupable, à mon goût. Mais ce n'était qu'une impression.

— Pourquoi ne pas l'avoir écrit dans votre article ?

— Lorsque la direction nous priait poliment de renoncer à un sujet, il était recommandé de ne pas s'entêter. Dans les années 1960, le clavier de nos machines à écrire n'était pas relié au reste du monde. Quant à l'affaire Walker, nous avions reçu ordre de ne plus en parler. Je n'avais rien de concret pour publier ce que je pensais, j'avais pris assez de risques comme ça. Dès que le jour sera levé, nous irons faire un tour dans mon garage. Je regarderai ce que je peux trouver dans mes archives. Ce n'est pas que je perde la mémoire, mais ça date tout de même.

— À votre avis, quel genre de documents Liliane Walker avait en sa possession ?

— C'est la zone d'ombre de cette affaire. Personne

ne l'a jamais su. Le gouvernement nous disait qu'il s'agissait d'informations stratégiques concernant nos positions au Vietnam. Et c'est ce qui me chiffonnait. Cette femme était une mère. Au nom de quelle idéologie l'épouse d'un sénateur aurait-elle voulu envoyer nos jeunes soldats à la mort ? Je me suis souvent demandé si ce n'était pas lui qui était visé. Walker était très à droite pour un démocrate, il adoptait parfois des positions éloignées de la ligne de son parti et l'amitié qu'il entretenait avec Johnson suscitait beaucoup de jalousies.

— Vous pensez que ça pouvait être un coup monté ?

— Je ne dis pas que je le pensais, mais que ce n'était pas impossible. Qui aurait cru au Watergate ? Maintenant, à moi de te poser une question. Qu'est-ce qui t'a mis sur ce dossier vieux de plusieurs décennies et en quoi il t'intéresse ?

— La petite-fille de Liliane Walker est une connaissance, elle s'est fait une religion de prouver l'innocence de sa grand-mère et ce qui me turlupine, c'est que cela semble gêner encore certaines personnes.

Andrew présenta à Morton une retranscription de la lettre trouvée dans l'avion et lui parla des deux cambriolages.

— Elle était en très mauvais état, j'ai recopié ce que j'ai pu, dit Andrew.

— Ce bout de papier ne raconte pas grand-chose, répondit le vieux journaliste en la parcourant. Tu m'as dit que tu avais lu plus de cent articles sur cette affaire, n'est-ce pas ?

— Tout ce qui a été publié sur Walker.

— Quelque chose sur un déplacement à l'étranger ?

— Non, rien de tel, pourquoi ?

— Mets ton manteau. Je voudrais aller vérifier quelque chose dans ma grange.

Morton attrapa une lampe torche sur l'étagère du réduit qui lui servait de cuisine et fit signe à Andrew de le suivre.

Ils traversèrent un potager recouvert de givre et entrèrent dans une remise qui parut à Andrew plus grande que le cabanon où vivait le vieux journaliste. Derrière une Jeep et un empilement de bois coupé étaient alignés une dizaine de caissons métalliques.

— Toute ma carrière tient dans ces boîtes, ce n'est pas grand-chose une vie quand on regarde ça. Quand je pense au nombre de nuits blanches passées à écrire ces articles qui n'ont plus la moindre valeur, soupira Ben Morton.

Il ouvrit plusieurs tiroirs, demanda à Andrew de l'éclairer avec la lampe et finit par sortir un dossier qu'il emporta vers la maison.

Les deux hommes s'installèrent autour de la table. Morton avait ravivé le feu et parcourait ses notes.

— Rends-toi utile, et cherche-moi la bio du sénateur Walker, je n'arrive pas à remettre la main dessus.

Andrew s'attela à la tâche, mais l'écriture de Morton n'était pas facile à déchiffrer. Il réussit à trouver le document et le tendit à Morton.

— Je ne suis pas si rouillé que ça, s'exclama le vieux journaliste, ravi.

— De quoi parlez-vous ?

— Un truc qui cloche dans la lettre que tu m'as montrée. En 1956, Walker était député, et un député ne se rendait pas à Berlin en pleine guerre froide, sauf s'il y allait en mission diplomatique, ce qui ne serait pas passé inaperçu. Mais si tu avais fait ton boulot et étudié la bio de Walker comme je viens de le faire, tu aurais appris qu'il n'a jamais étudié l'allemand. Alors pourquoi aurait-il été faire plusieurs escapades avec son ami entre 56 et 59 ?

Andrew se sentit vexé que cette idée ne lui eût pas traversé l'esprit.

Morton se leva et alla regarder le lever du jour à la fenêtre.

— Il va neiger, dit-il en observant le ciel. Si tu veux rentrer à New York, tu ferais bien de ne pas traîner. Dans cette région, quand ça tombe, ce n'est pas de la blague, et tu pourrais te retrouver coincé plusieurs jours. Emporte mon dossier, il ne contient pas grand-chose, mais si ça peut t'aider. Moi, il ne me sert plus à rien.

Morton lui prépara un sandwich et lui offrit de remplir son thermos de café chaud.

— Vous n'êtes pas cet homme dont le garagiste m'avait fait le portrait.

— Si c'est ta façon de me remercier de mon hospitalité, tu as de drôles de manières, mon garçon. Je suis né dans ce bled. J'ai grandi ici et je suis revenu y terminer mes jours. Quand on a parcouru le monde et vu plus de choses que tu ne peux l'imaginer, on ressent l'envie de retourner à la source. L'année de nos dix-sept ans, cet imbécile de garagiste s'est persuadé que j'avais couché avec sa sœur. Je n'ai pas trop cherché à le convaincre du contraire, question d'amour-propre. Elle était vachement délurée, la sœur du garagiste, la plupart des garçons du coin en profitaient, mais pas moi. Il en veut à tous les hommes du patelin et des environs.

173

Morton accompagna Andrew à sa voiture.

— Prends soin des papiers que je t'ai confiés, étudie-les et je compte sur toi pour me les réexpédier quand tu n'en auras plus besoin.

Andrew promit et s'installa derrière le volant.

— Fais attention à toi, Stilman. Si on t'a cambriolé, c'est que cette affaire n'est pas encore enterrée. Il est possible que certaines personnes ne souhaitent pas que l'on s'intéresse au passé de Liliane Walker.

— Mais pourquoi ? Vous l'avez dit vous-même, c'est si vieux tout ça.

— J'ai connu des procureurs généraux sachant très bien que des types qui attendaient leur tour dans le couloir de la mort n'avaient pas commis les crimes pour lesquels on allait les exécuter. Mais ces procureurs préféraient s'opposer à la réouverture d'enquêtes bâclées et voir ces gars griller sur la chaise électrique plutôt que de reconnaître leur incompétence ou leur compromission. Une femme de sénateur injustement abattue, même quarante ans après, ça pourrait déranger encore beaucoup de monde.

— Comment avez-vous su ? La presse n'a jamais parlé de ce qu'elle était devenue.

— Un tel silence laissait peu de doutes quant à son sort, répondit Morton. En tout cas, si tu as besoin d'un coup de main, tu peux toujours me téléphoner, je t'ai écrit mon numéro sur l'emballage de ton casse-croûte. Appelle le soir, je suis rarement là dans la journée.

— Une dernière chose et je vous laisse pour de bon, dit Andrew, c'est moi qui ai suggéré à Figera de vous prévenir que j'allais débarquer chez vous. Je ne suis pas aussi mauvais reporter que vous le pensez.

Andrew reprit la route alors que les premiers flocons de neige commençaient à tomber.

Dès que la voiture eut disparu du chemin de terre, Morton rentra dans son cabanon et décrocha son téléphone.

— Il vient de partir, dit-il à son interlocuteur.

— Qu'est-ce qu'il sait ?

— Pas grand-chose encore, mais c'est un bon journaliste, même s'il savait, il ne se confierait pas si facilement.

— Vous avez pu prendre connaissance de la lettre ?

— Oui, il me l'a montrée.

— Vous avez pu en recopier le contenu ?

— C'est vous qui allez le copier, ce n'était pas très dur à mémoriser.

Et il dicta le texte suivant :

*Cher Edward,*

*J'imagine le profond désarroi dans lequel cette issue dramatique vous a plongé, mais si cela peut apaiser votre conscience, sachez qu'en pareilles circonstances je n'aurais pas agi différemment. La raison d'État prévaut et les hommes tels que nous n'ont d'autre choix que de servir leur patrie, dussent-ils lui sacrifier ce qu'ils ont de plus cher.*

*Nous ne nous reverrons pas et je le regrette. Jamais je n'oublierai nos escapades de 1956 à 1959 à Berlin et particulièrement ce 29 juillet où vous m'avez sauvé la vie. Nous sommes quittes.*

— Elle n'était pas signée ?

— Pas sur la retranscription qu'il m'a présentée. Il

paraît que l'original était en très mauvais état. Après avoir passé près de cinquante ans au fond d'une crevasse, c'est plausible.

— Vous lui avez remis le dossier ?

— Il est reparti avec. Je n'ai pas jugé bon de l'aiguiller plus. Ce Stilman est un fouineur, il doit trouver par lui-même. J'ai suivi vos instructions, mais je ne vous comprends pas. Nous avons tout fait pour que ces documents disparaissent et voilà que maintenant vous œuvrez à les faire ressurgir.

— Personne, depuis sa mort, n'a su trouver où elle les avait cachés.

— Parce que comme en témoignait le rapport, ils ont été détruits. C'est ce que l'agence voulait, non ? Qu'ils se volatilisent avec elle.

— Je n'ai jamais cru aux conclusions de ce rapport. Liliane était trop intelligente pour les brûler avant son arrestation. Si elle voulait les rendre publics, elle n'aurait jamais fait ça.

— C'est votre interprétation des choses. Et quand bien même les conclusions du rapport seraient fausses, après toutes ces années, nous-mêmes n'avons su les localiser, alors quel est le risque ?

— L'honneur d'une famille se défend de génération en génération, c'est ainsi que se perpétuent les guerres claniques. Nous avons bénéficié d'un répit. La fille de Liliane Walker était incapable de quoi que ce soit, mais sa petite-fille est d'une autre engeance. Et si elle ne réussit pas à réhabiliter son nom, ses enfants prendront la relève et ainsi de suite. C'est à nous qu'il appartient de protéger l'honneur de la Nation et nous ne sommes pas éternels. Avec l'aide de ce reporter, Suzie finira peut-être par atteindre son but.

Alors, nous interviendrons et réglerons définitivement cette affaire.

— En lui réservant le même sort qu'à sa grand-mère ?

— J'espère sincèrement le contraire. Tout dépendra des circonstances, nous verrons en temps utile. À ce sujet, qu'avez-vous fait du vrai Morton ?

— Vous m'aviez dit qu'il avait choisi de venir s'enterrer dans ce trou perdu, j'ai respecté ses dernières volontés à la lettre. Il dort sous ses rosiers. Que souhaitez-vous que je fasse maintenant ?

— Restez chez Morton jusqu'à nouvel ordre.

— Pas trop longtemps j'espère, ce n'est pas très réjouissant comme endroit.

— Je vous rappellerai d'ici quelques jours, en attendant, tâchez de ne pas vous faire voir des gens du coin.

— Aucun risque, ce cabanon est vraiment au bout du monde, soupira l'homme.

Mais Arnold Knopf avait déjà raccroché.

L'homme remonta à la mezzanine. Il entra dans la pièce d'eau, contempla son reflet dans le miroir et tira délicatement sur les extrémités de sa barbe et de sa chevelure blanche. Quand le postiche fut ôté, il parut vingt ans de moins.

# 9.

— Vous en savez beaucoup plus sur le passé de votre grand-mère que ce que vous avez voulu m'en dire, annonça Andrew en s'asseyant à côté de Suzie dans la salle de lecture de la bibliothèque.

— Si j'ai changé de place, ce n'était pas pour que vous veniez vous installer ici.

— Ça reste à prouver.

— Vous ne m'aviez rien demandé.

— Alors je vais le faire maintenant. Qu'est-ce que vous ne m'avez pas encore appris sur Liliane Walker ?

— En quoi cela vous concerne ?

— En rien. Je suis peut-être un soûlard à mes heures, j'ai un caractère de cochon, mais mon métier est le seul domaine dans lequel j'excelle. Vous voulez de mon aide, oui ou non ?

— Quelles sont vos conditions ?

— Je vous consacre quelques semaines ; à supposer que l'on réussisse à prouver l'innocence de votre grand-mère, et que ça représente un intérêt quelconque, je veux l'exclusivité du sujet et le droit de publier sans relecture de votre part.

Suzie emporta ses affaires et se leva sans dire un mot.

— Vous plaisantez, j'espère, protesta Andrew en la rejoignant. Vous n'allez pas prétendre négocier mes conditions ?

— Il est interdit de parler en salle de lecture, suivez-moi à la cafétéria et taisez-vous.

Suzie alla chercher une pâtisserie et rejoignit Andrew à la table où il s'était assis.

— Vous mangez autre chose que du sucré ?

— Vous buvez autre chose que de l'alcool ? répondit-elle du tac au tac. J'accepte vos conditions, à un détail près. Je ne vous demande pas le droit de corriger votre papier, mais de le lire avant qu'il paraisse.

— Bien, dit Andrew. Est-ce que votre grand-père vous a parlé de ses voyages à Berlin ?

— Mon grand-père m'adressait à peine la parole. Pourquoi me posez-vous cette question ?

— Parce qu'il n'y a probablement jamais mis les pieds. Ce qui nous amène à essayer de comprendre ce que signifie la phrase de cet Ashton. Vous êtes plutôt douée en cryptologie, alors au boulot.

— Je me suis efforcée de comprendre le sens de cette lettre depuis que j'en ai pris connaissance. Que croyez-vous que je fasse tous les jours ici ? J'ai tourné les mots en tous sens, soustrait et additionné les consonnes et les voyelles, j'ai même utilisé un logiciel, et pour l'instant je n'ai rien trouvé.

— Vous m'aviez parlé d'un message que votre grand-mère avait laissé, je peux le voir ?

Suzie ouvrit sa sacoche, et sortit un classeur. Elle libéra les attaches et tendit une page à Andrew où était écrit de la main de Liliane :

« WOODIN ROBERT WETMORE
TAYLOR FISHER STONE »

— Qui sont ces quatre hommes ? demanda Andrew.

— Trois hommes, William Woodin était secrétaire du Trésor sous Roosevelt. Je n'ai rien trouvé sur Robert Wetmore, il y en a tellement ! Si vous connaissiez seulement le nombre de toubibs qui s'appellent Robert Wetmore, c'est sidérant. Quant au tailleur de Fisher Stone...

— Où se trouve Fisher Stone ?

— Je n'en ai pas la moindre idée. J'ai vérifié toutes les petites villes côtières, à l'est et à l'ouest du pays, aucune ne porte ce nom-là. J'ai étendu mes recherches au Canada, sans meilleur résultat.

— Vous avez essayé en Norvège et en Finlande ?

— Pas plus concluant.

— Je vais demander à Dolorès de nous aider. Si un patelin porte ce nom, qu'il se situe dans la banlieue de Zanzibar ou sur la plus petite île du monde, elle le trouvera. Que contient votre classeur qui puisse nous indiquer quoi chercher ?

— À part ce message incompréhensible de ma grand-mère, des photos d'elle et une phrase qu'elle avait écrite à Mathilde, pas grand-chose.

— Quelle phrase ?

— « Ni la neige ni la pluie, pas plus que la chaleur ou l'obscurité de la nuit, n'empêcheront ces messagers d'accomplir la ronde qui leur a été confiée. »

— Votre grand-mère avait le goût du mystère ! râla Andrew.

— Mettez-vous à sa place.

— Parlez-moi de cet homme que j'ai vu sortir de l'épicerie.

— Je vous l'ai dit, Knopf était un ami de mon grand-père.

— Pas tout à fait du même âge, si je ne me trompe.

— Non, Knopf était plus jeune que lui.

— À part être très lié à votre grand-père, qu'est-ce qu'il faisait dans la vie ?

— Il a fait carrière à la CIA.

— C'est lui qui passe son temps à effacer toute trace de votre passé ?

— Il me protège depuis que je suis gosse. Il en avait fait la promesse à mon grand-père. C'est un homme de parole.

— Agent de la CIA et ami de votre famille, cette situation n'a pas dû être facile à gérer pour lui. Il avait le cul entre deux chaises.

— Mathilde pensait que c'était lui qui avait averti Liliane qu'elle allait être arrêtée. Knopf m'a toujours assuré du contraire. Pourtant, ce jour-là, ma grand-mère n'est pas rentrée à la maison. Maman ne l'a plus jamais revue.

Andrew sortit le dossier que Morton lui avait remis.

— Nous ne serons pas trop de deux pour en venir à bout.

— Qui vous a confié ça ? demanda Suzie en parcourant les coupures de presse.

— Un vieux collègue à la retraite qui avait en son temps émis quelques réserves sur l'affaire Walker. Laissez tomber les articles, ils disent tous à peu près la même chose. Et bien que ceux-ci soient des originaux, je doute qu'il en manque un dans la compilation que m'avait préparée Dolorès. Étudions plutôt les notes de Morton, elles sont d'époque, elles aussi, et écrites dans le feu de l'action.

Andrew et Suzie passèrent le reste de l'après-midi en salle de lecture. Ils se quittèrent en fin de journée sur les grandes marches de la bibliothèque. Andrew espérait que Dolorès serait encore au journal, mais quand il y arriva, la recherchiste était déjà partie.

Il regagna son bureau et profita de ce que l'étage était désert pour se remettre au travail. Il étala ses notes devant lui et s'efforça pendant un long moment de relier entre elles les pièces d'un puzzle dont la vision d'ensemble lui échappait encore.

Freddy Olson sortit des sanitaires et s'avança dans sa direction.

— Ne me regarde pas comme ça, Stilman, j'étais juste aux toilettes.

— Je te regarde le moins souvent possible, Olson, répondit Andrew les yeux braqués sur ses notes.

— Alors tu t'es vraiment remis au boulot ! Quel sera donc le sujet du prochain article du grand reporter Stilman ? demanda Olson en s'asseyant sur le coin du bureau d'Andrew.

— Tu ne te fatigues jamais ? rétorqua Andrew.

— Si je peux t'aider, je le ferais de bonne grâce.

— Retourne à ta place, Freddy, j'ai horreur qu'on lise par-dessus mon épaule.

— Tu t'intéresses à la poste centrale ? Je sais combien tu méprises mon travail, mais j'ai publié il y a deux ans un grand papier sur la poste Farley.

— De quoi tu parles ?

— De l'annexion de ses sous-sols pour les transfor-

183

mer en gare. Le projet avait été proposé par le sénateur de l'État au début des années 1990. Il aura mis vingt ans à voir le jour. La première phase des travaux a démarré il y a deux ans et devrait se terminer dans quatre. Les sous-sols de la poste Farley vont devenir une extension de Penn Station avec une connexion qui passera sous la Huitième Avenue.

— Merci pour ce cours d'urbanisme, Olson.

— Pourquoi tu te méfies toujours de moi, Stilman ? Toi qui te prends pour un plus grand journaliste que nous tous ici, tu ne vas pas me dire que tu as peur que je te pique ton sujet ? Surtout quand je l'ai déjà traité. Mais si tu voulais faire l'effort de descendre de ton piédestal, je te passerais mes notes, tu pourrais même les utiliser, je ne dirais rien, c'est promis.

— Mais qu'est-ce que j'en ai à foutre de ta poste centrale ?

— « Ni la neige ni la pluie, pas plus que la chaleur ou l'obscurité de la nuit, n'empêcheront ces messagers d'accomplir la ronde qui leur a été confiée. » Tu me prends pour un imbécile ? Cette phrase est gravée sur toute la longueur du frontispice de la poste, elle doit faire cent mètres de long. Tu l'as recopiée parce que tu la trouvais poétique ?

— Je l'ignorais, je te le jure, répondit Andrew.

— Lève la tête de temps en temps quand tu marches, Stilman, tu te rendras compte que tu habites à New York. Et le gratte-ciel pointu dont le sommet change de couleur s'appelle l'Empire State Building, au cas où tu te poses un jour la question.

Andrew, perplexe, réunit ses affaires et quitta le journal. Pourquoi Liliane Walker avait-elle recopié une phrase figurant sur le frontispice de la poste centrale, et qu'est-ce que cette citation pouvait indiquer ?

*

Le givre recouvrait les ronces et les bruyères des marais. La plaine était entièrement blanche et les étangs glacés. Le ciel hésitait entre craie et fusain selon l'humeur du vent qui tirait les nuages sur une lune presque pleine. À l'horizon, elle aperçut une lumière vacillante. Elle prit appui sur ses mains et se leva d'un bond, courant de toutes ses forces. Le cri d'un corbeau lui fit relever la tête. Il la fixait de ses yeux noirs, attendant patiemment son repas fait de la chair d'un mort.

— Pas encore, dit-elle, en reprenant sa course.

Sur sa gauche, des talus formaient un rempart, elle bifurqua pour tenter de les gagner. Derrière eux, elle serait hors de portée.

Elle accéléra, mais la nuit devint claire. Trois coups de feu claquèrent. Elle sentit une brûlure dans son dos, son souffle se coupa, ses jambes fléchirent et son corps bascula en avant.

Le contact de la neige sur sa bouche l'apaisa. Mourir n'était finalement pas si terrible que cela. C'était si bon de ne plus lutter.

Elle entendit la terre gelée craquer sous les pas des hommes qui se rapprochaient et elle souhaita mourir avant d'avoir vu leurs visages. Ne garder pour dernier souvenir que les yeux de Mathilde. Elle voulait juste trouver encore la force d'articuler un pardon à sa fille. Pardon d'avoir été égoïste au point de la priver de sa mère.

Comment se résigner à quitter son enfant, à ne plus jamais pouvoir le serrer contre soi, ne plus jamais sentir son souffle quand il vous murmure un secret à l'oreille, ne plus entendre ses éclats de rire qui vous arrachent à vos tracas d'adulte, à tout ce qui vous entraînait si loin de lui ? Mourir en soi n'est rien, ne plus voir les siens est bien pire que l'enfer.

Son cœur battait à toute vitesse, elle tenta de se relever, mais la terre s'ouvrit devant elle et elle vit le visage de Mathilde surgir de l'abîme dans un roulement de tambour.

Suzie était en sueur. Ce cauchemar, récurrent depuis l'enfance, la mettait toujours en colère à son réveil.

On tambourinait à la porte. Elle repoussa ses draps, traversa le salon et demanda qui était là.

— C'est Andrew Stilman, cria la voix qui provenait du palier.

Elle ouvrit.

— Vous faisiez votre gymnastique ? questionna-t-il en entrant.

Il détourna son regard de la poitrine qui apparaissait sous le tee-shirt humide. Pour la première fois depuis longtemps, il ressentait du désir.

— Quelle heure est-il ? répondit Suzie.

— Sept heures et demie. Je vous ai apporté un café et une brioche. Allez vous doucher et habillez-vous.

— Vous êtes tombé du lit, Stilman ?

— Moi non. Vous n'auriez pas un peignoir ou quelque chose de plus décent à vous mettre ?

Suzie lui prit le café des mains et mordit dans la brioche.

— Que me vaut le plaisir de ce petit déjeuner servi à domicile ?

— J'ai pris connaissance d'une information importante cette nuit grâce à l'un de mes collègues.

— Votre Dolorès, maintenant l'un de vos collègues, c'est toute la rédaction du *New York Times* qui s'intéresse au sort de ma grand-mère ? Si nous voulions être discrets, avec vous, ça va être compliqué.

— Olson n'est au courant de rien et épargnez-moi vos leçons. Vous allez vous habiller oui ou non ?

— Qu'avez-vous appris ? s'enquit Suzie en retournant vers sa chambre.

— Vous verrez sur place, rétorqua Andrew en la suivant.

— Si ça ne vous dérange pas, je vais aller prendre ma douche toute seule.

Andrew piqua un fard et se dirigea vers la fenêtre du salon.

Suzie réapparut dix minutes plus tard, vêtue d'un jean, d'un pull à grosses mailles et coiffée d'un bonnet assorti au pull-over.

— On y va ?

— Passez mon manteau, ordonna Andrew en lui tendant son caban. Et enfoncez-moi ce bonnet jusqu'aux yeux. Vous allez sortir seule. Remontez la rue. Sur le trottoir d'en face, vous verrez une allée un peu plus haut, empruntez-la, la grille est toujours ouverte. Vous déboucherez sur Leroy. Courez jusqu'à la Septième Avenue et sautez dans un taxi. Faites-vous déposer à l'entrée de Penn Station au croisement de la Huitième et de la 31e Rue. Je vous y retrouverai.

— Vous ne croyez pas qu'il est un peu tôt pour un jeu de pistes ? À quoi ça rime ?

— Il y a un taxi garé en bas de chez vous. Depuis que vous êtes allée vous doucher, il n'a pas bougé d'un mètre, dit Andrew en regardant par la fenêtre.

— Et alors, le chauffeur est allé prendre un café ?

— Vous connaissez un endroit où on sert du café dans le coin ? Le chauffeur est derrière son volant et ne cesse de reluquer les fenêtres de votre appartement, alors faites ce que je vous dis.

Suzie enfila le manteau. Andrew ajusta le bonnet sur son visage et l'observa.

— Ça devrait donner le change. Ne me regardez pas comme ça, ce n'est pas moi qu'on surveille.

— Et vous pensez qu'on me prendra pour vous, dans cet accoutrement ?

— Ce qui compte, c'est qu'on ne vous prenne pas pour vous.

Andrew retourna à son poste d'observation. Le taxi ne quitta pas son emplacement lorsque Suzie sortit de l'immeuble.

Andrew attendit quelques minutes et s'en alla.

\*

Elle l'attendait sur le trottoir, devant le kiosque à journaux.

— Qui planquait en bas de chez moi ?

— J'ai relevé le numéro de la plaque, j'essaierai d'en savoir plus.

— Nous prenons le train ? interrogea Suzie en se retournant vers Penn Station.

— Non, répondit calmement Andrew. C'est de l'autre côté de la rue qu'il faut regarder.

Elle pivota sur elle-même.

— Vous avez du courrier à poster ?

— Cessez de faire la maline et lisez ce qui est écrit là-haut, dit Andrew.

Suzie écarquilla les yeux en découvrant le texte sur le frontispice de la poste Farley.

— Maintenant, j'aimerais comprendre pourquoi votre grand-mère s'était donné la peine de recopier cette phrase.

— Mathilde me parlait d'un coffre où Lilly aurait laissé des documents. Il devait s'agir d'une boîte postale.

— Si c'est ça, c'est une mauvaise nouvelle. Je doute qu'elle soit restée attribuée à sa locataire aussi longtemps, et puis comment la trouver ?

Ils traversèrent la rue et entrèrent dans le hall. Le bâtiment avait des proportions immenses. Andrew demanda à un guichetier où se trouvaient les boîtes postales. L'homme pointa du doigt un couloir sur leur droite.

Suzie ôta son bonnet, et Andrew fut troublé par sa nuque dénudée.

— Nous ne la trouverons jamais, il y en a plus de mille ici, soupira-t-elle en regardant le mur de boîtes aux lettres qui occupait toute la longueur du corridor.

— Votre grand-mère voulait que quelqu'un accède à cette boîte. Quelle que soit cette personne, il lui fallait comme à nous une indication supplémentaire.

Andrew appela le journal.

— J'ai besoin d'un coup de main, Olson.

— Passez-moi le vrai Andrew Stilman, riposta Freddy, vous l'imitez très bien, mais ce que je viens d'entendre lui arracherait la gueule.

— Je suis sérieux, rejoins-moi devant l'entrée principale de la poste Farley, Freddy.

— Ah, je comprends mieux. Qu'est-ce que j'y gagnerai, à te rendre service, Stilman ?

— Ma considération, et l'assurance que tu pourras compter sur moi le jour où tu en auras besoin.

— D'accord, répondit Olson après un temps de réflexion.

*

Andrew et Suzie attendaient Olson sur les marches. Il descendit d'un taxi et tendit le reçu à Andrew.

— Je n'avais pas envie de marcher, tu me dois dix dollars. Qu'est-ce que tu lui veux à la poste Farley ?

— Que tu me racontes tout ce que tu sais de cet endroit.

Olson ne quittait pas Suzie des yeux et l'insistance de son regard en devint presque gênante.

— Je suis une amie de l'ex-femme d'Andrew, lui dit Suzie qui avait cerné le personnage. Je termine mes études d'urbanisme. Je me suis fait prendre à recopier sur Internet tout un chapitre qui avait enrichi ma thèse. Mon professeur a accepté de fermer les yeux à condition que je le remplace par un autre sur l'importance de l'architecture 1900 dans le développement du paysage urbain new-yorkais. Ce prof est un vicelard de premier ordre. J'ai jusqu'à lundi, c'est irréalisable en si peu de temps, mais je n'ai pas le choix, je dois réussir. Cette poste compte parmi les constructions les plus représentatives de cette époque. Andrew m'a assurée que vous la connaissiez mieux que l'architecte qui l'a construite.

— Mieux que James Wetmore, vous me flattez mademoiselle, mais il est vrai que j'en connais un bout sur cet endroit. J'ai publié un excellent article à ce sujet, vous devriez commencer par le lire. Si vous me donnez votre adresse, je peux vous en apporter une copie dès ce soir...

— Quel nom avez-vous prononcé ?

— Celui de l'architecte qui a supervisé les travaux. Vous l'ignoriez ?

— Je l'avais oublié, répliqua Suzie, pensive. Et Fisher Stone, ça vous dit quelque chose ? Est-ce un endroit particulier dans cette poste ?

— Quel genre d'étudiante en urbanisme êtes-vous exactement ?

— Plutôt cancre, avoua Suzie.

— C'est ce qui me semblait. Suivez-moi, grommela Olson.

Il accompagna Suzie et Andrew vers un mur et les fit s'arrêter en face d'une plaque qui commémorait l'inauguration de la poste centrale et où l'on pouvait lire :

William H. WOODIN
Secrétaire du Trésor
Laurence W. ROBERT Jr
Secrétaire assistant
James A. WETMORE
Architecte superviseur
TAYLOR & FISHER
William F. STONE Jr
Architectes associés

1933

— Nous avons le numéro de la boîte postale, murmura Andrew à l'oreille de Suzie.

— Alors, par où voulez-vous la commencer, cette visite ? questionna Olson, fier de son effet.

— Vous êtes notre guide, répondit Suzie.

Et durant les deux heures qui suivirent, Olson se comporta en parfait conférencier. Ses connaissances finirent même par surprendre Andrew. À chaque pas, il s'immobilisait pour expliquer à Suzie l'origine d'une frise, lui apprendre quel sculpteur avait taillé un bas-relief, quels artisans avaient menuisé les plafonds à caissons, d'où provenaient les marbres dont étaient recouverts les sols. Suzie prit plaisir à découvrir l'histoire des lieux, allant jusqu'à interroger parfois Olson, ce qui avait pour conséquence immédiate d'exaspérer Andrew.

De retour devant les boîtes à lettres de la poste restante, Suzie et Andrew constatèrent qu'aucune ne portait le numéro 1933.

— Lorsque le système de tri automatisé du courrier fut implanté au début des années 1980, reprit Olson, toute la partie souterraine fut fermée au public.

— Il y avait d'autres boîtes postales dans les soussols ? demanda Suzie.

— Oui sûrement, mais ce fut sans conséquence, les gens les utilisaient de moins en moins, la plupart de celles que vous voyez ici ne sont plus que décoratives. Les étages aussi sont inaccessibles, mais j'ai gardé de bonnes relations avec l'un des responsables de la poste. Si vous souhaitez les visiter, je vous organiserai cela dans les prochains jours. Nous pourrions même déjeuner avant, ou dîner après ?

— C'est une très bonne idée, répondit Suzie.

Elle remercia Freddy Olson du temps qu'il leur avait consacré et annonça qu'elle rentrait chez elle compléter son mémoire avec ce qu'il lui avait appris.

Olson recopia son numéro de téléphone sur une feuille de son bloc-notes et l'assura de son entière disponibilité.

Suzie, après avoir rendu son manteau à Andrew, laissa les deux hommes seuls. Olson attendit qu'elle s'éloigne.

— Dis-moi Stilman, tu fais toujours le deuil de ton mariage, n'est-ce pas ? dit Freddy en lorgnant Suzie qui traversait la Huitième Avenue.

— En quoi cela te concerne ?

— C'est bien ce qui me semblait. Dans ce cas, tu ne verras pas d'inconvénient à ce que je propose à ton amie de dîner un soir ? Je peux me tromper, mais j'ai eu l'impression de ne pas lui déplaire.

— Si tu as eu l'impression de ne pas déplaire à quelqu'un, ne laisse surtout pas passer une telle occasion.

— Il faut toujours que tu aies un petit mot gentil à mon égard, Stilman.

— C'est une femme libre, fais ce que tu veux, Freddy.

\*

En entrant chez Frankie's, Andrew trouva Suzie installée à sa table, au fond du restaurant.

— J'ai dit à la serveuse que je dînais avec vous.

— Je vois ça, répondit Andrew en s'asseyant.

— Vous avez réussi à vous débarrasser de votre collègue ?

— Pas grâce à vous, en tout cas.

— Que faisons-nous maintenant ?

— Nous dînons. Ensuite, nous irons faire une connerie en espérant ne pas la regretter plus tard.

— Quel genre de connerie ? demanda Suzie en adoptant une posture provocatrice.

Andrew leva les yeux au ciel et fouilla sa sacoche. Il en sortit une lampe torche et la posa sur la table. Suzie l'alluma et la dirigea vers le plafond.

— On joue à celui qui imite le mieux la statue de la Liberté ! s'exclama-t-elle avant de braquer le faisceau sur les yeux d'Andrew. Dites-moi tout ce que vous savez, monsieur Stilman ! ajouta-t-elle en prenant un air de flic coriace.

— Au cirque, j'aurais trouvé mon maître. Je suis content que ça vous amuse.

— Bon, qu'est-ce qu'on fait avec cette lampe ?

— On va chercher une boîte postale dans les sous-sols de la poste Farley.

— Sérieusement ?

— Silencieusement.

— J'adore cette idée !

— Tant mieux, moi, c'est tout le contraire.

Andrew déplia un plan devant Suzie.

— Dolorès l'a obtenu auprès des services de la mairie. Il faisait partie des pièces présentées en consultation publique. D'anciennes postes restantes ont été murées dans cette zone que vous voyez ici, ajouta-t-il, en pointant du doigt une ligne noire. Et j'ai déniché le moyen d'y accéder.

— Vous êtes passe-muraille ?

— Ces traits, plus fins sur le plan, ce sont des cloisons en plâtre. Mais puisque tout ça vous fait rigoler, je vais rentrer chez moi regarder la télévision, ce sera plus reposant et moins risqué que d'aller marauder dans les sous-sols de la poste.

Suzie posa sa main sur celle d'Andrew.

— Je voulais juste vous faire sourire. Je ne vous ai encore jamais vu sourire.

Andrew se força d'une grimace.

— On dirait Nicholson dans le rôle du Joker.

— Eh bien voilà, je suis le type qui ne sourit pas, marmonna Andrew en repliant le plan. Finissez vos pâtes, je vous expliquerai sur place, dit-il en retirant sa main.

Suzie demanda à la serveuse de lui resserver un verre de vin. Andrew lui fit signe de lui apporter l'addition.

— Comment avez-vous connu votre femme ?

— Nous nous sommes rencontrés au collège. Nous avons tous les deux grandi à Poughkeepsie.

— Vous étiez ensemble depuis l'adolescence ?

— Avec un interlude d'une vingtaine d'années. Nous nous sommes croisés à New York, à la sortie d'un bar. Valérie était devenue une femme, et quelle femme ! Mais ce soir-là, c'était la jeune fille de mon enfance que je revoyais. Les sentiments ne vieillissent pas toujours.

— Pourquoi vous êtes-vous séparés ?

— La première fois, c'est elle qui est partie. Nous avions chacun nos rêves de gosse, elle n'avait pas le temps de m'attendre. L'adolescence est impatiente.

— Et la seconde fois ?

— Je n'ai jamais su mentir.

— Vous l'aviez trompée ?

— Même pas.

— Vous êtes un drôle de type, Stilman.

— Qui ne sait pas sourire.

— Vous l'aimez toujours ?

— Qu'est-ce que ça change ?

— Elle est en vie, ça change beaucoup de choses.

— Shamir vous aimait et vous l'aimiez. D'une certaine façon, vous êtes toujours ensemble. Moi, je suis seul.

Suzie se pencha sur la table et embrassa Andrew. Ce fut un baiser volé, mêlé de tristesse et de peur, un baiser d'abandon, pour l'un comme pour l'autre.

— On va le faire, ce casse ? dit-elle en lui caressant la joue.

Andrew prit la main de Suzie et arrêta son regard sur les doigts aux phalanges absentes. Il l'embrassa au creux de la paume.

— Oui, allons faire ce casse, dit-il en se levant.


Les rues du West Village firent place à celles de Chelsea, d'Hell's Kitchen et leur taxi bifurqua vers l'est. Andrew se retourna plusieurs fois pour regarder par la lunette arrière.

— Ne soyez pas paranoïaque, soupira Suzie.

— Le taxi en bas de chez vous était une voiture banalisée de la police.

— Son chauffeur est passé aux aveux ? répondit-elle d'un ton moqueur.

— Olson n'est pas le seul qui ait des relations. Lui avec un postier, moi avec un ancien inspecteur de notre commissariat de quartier. Je lui ai téléphoné cet après-midi, l'immatriculation de ce taxi correspond à une voiture de flic.

— Un criminel rôde près de chez moi, cela pourrait expliquer nos deux cambriolages.

— J'aimerais que ce soit le cas. L'inspecteur Pilguez n'est pas du genre à me laisser sans réponse, mais cette fois… Je lui avais demandé d'essayer de savoir qui la police espionnait. Ses anciens collègues l'ont assuré qu'il n'y avait personne en planque sur Hudson Street aujourd'hui.

— Je ne comprends pas, c'était une voiture de flic ou pas ?

— C'était un véhicule deux fois banalisé. Il n'y a qu'une agence gouvernementale pour faire ce genre de chose, vous comprenez mieux maintenant ?

*

Andrew guida Suzie à travers Penn Station. Un grand escalator les conduisit vers les quais situés au sous-sol. À cette heure tardive, la gare était presque déserte. Le couloir dans lequel ils s'étaient aventurés s'assombrissait de plus en plus. Après avoir passé un coude, ils aboutirent devant une palissade sur laquelle étaient apposés des permis de construire.

— C'est là que commence le chantier, annonça Andrew en sortant une visseuse de sa sacoche.

Il s'occupa des deux charnières d'une porte en bois qu'il réussit à ouvrir sans grande difficulté.

— Vous vous y connaissez plutôt bien, lâcha Suzie.

— Mon père était bricoleur.

S'ouvrait devant eux un passage souterrain faiblement éclairé par quelques ampoules pendant à un câble accroché à la voûte. Andrew alluma sa lampe torche et invita Suzie à le suivre.

— Nous sommes sous la Huitième Avenue ? demanda-t-elle.

197

— Oui, et si mon plan est juste, ce tunnel nous mènera dans les sous-sols de la poste Farley.

La pièce dans laquelle ils débouchèrent était plongée dans une obscurité totale. Andrew tendit sa lampe de poche à Suzie et la pria d'en diriger le faisceau sur le croquis qu'il tenait d'une main.

— À droite, dit-il en avançant.

Leurs pas résonnaient. Andrew fit signe à Suzie de s'arrêter et de rester silencieuse. Il éteignit la lampe et attendit quelques instants.

— Qu'est-ce qu'il y a ? chuchota-t-elle.

— Nous ne sommes pas seuls.

— Ce sont les rats, répondit-elle. Cet endroit doit en être truffé.

— Les rats ne portent pas de chaussures, rétorqua Andrew, j'ai entendu des bruits de pas.

— Alors, fichons le camp.

— Je vous croyais plus téméraire. Suivez-moi, après tout, c'était peut-être des rats, je n'entends plus rien.

Andrew ralluma la lampe.

Ils arrivèrent dans une ancienne salle de tri. De vieux bureaux en bois surplombés de casiers métalliques où les postiers répartissaient jadis le courrier apparurent sous une couche de poussière. Ils traversèrent ensuite le réfectoire d'une vieille cantine, un vestiaire et une enfilade de bureaux en piteux état. Andrew avait l'impression de visiter une épave.

Il consulta de nouveau son plan et revint sur ses pas.

— Nous aurions dû trouver un escalier en colimaçon, quelque part sur notre gauche. Les anciennes boîtes postales sont juste au-dessus de nous, mais je ne sais pas comment les atteindre.

Andrew repéra un empilement de caisses. Il tendit

la lampe à Suzie et les déplaça, découvrant derrière elles la rambarde corrodée d'un escalier bringuebalant qui disparaissait dans la trémie du plafond.

— Voilà notre passage, dit Andrew en s'époussetant.

Il grimpa le premier, s'assurant qu'aucune marche ne céderait quand Suzie le suivrait, mais elle était alpiniste, songea-t-il, et un vieil escalier ne devait pas lui faire peur.

Suzie le rejoignit sur la mezzanine. Andrew balaya les lieux de sa lampe, éclairant une enfilade de boîtes postales enchâssées dans un mur. Leurs serrures étaient serties d'une étoile en étain. Leurs numéros, peints à la feuille d'or, apparaissaient sur un fond cérulé.

Suzie s'approcha de la boîte 1933. Andrew reprit sa visseuse en main et perça le canon de la serrure.

— À vous l'honneur, dit-il après avoir ouvert la boîte à lettres.

Suzie en retira une enveloppe qu'elle décacheta fébrilement et lut l'unique mot inscrit sur le bristol qu'elle renfermait : « Snegourotchka ».

Andrew posa son index sur les lèvres de Suzie et éteignit de nouveau sa lampe.

Cette fois, il était certain d'avoir entendu un craquement, puis un souffle trop prononcé pour être celui d'un rongeur. Il attendit un instant, tentant de se remémorer le plan des lieux qu'il avait étudié à maintes reprises. Il prit la main de Suzie et longea le mur des boîtes postales jusqu'à l'extrémité de la mezzanine.

Suzie buta sur un objet et poussa un cri. Andrew ralluma la lampe, et éclaira des marches qui grimpaient vers l'étage supérieur.

— Par ici, dit-il en accélérant.

Il distingua clairement dans l'écho de leurs pas ceux de deux hommes qui les suivaient.

Andrew serra la main de Suzie et se mit à courir. Une porte leur barrait la route. Andrew la fit chanceler d'un coup de pied. Au second essai, la serrure céda. Il la referma sur leur passage et y adossa un caisson métallique.

Ils avaient abouti dans une salle jonchée de détritus où régnait une odeur pestilentielle, mélange d'urine et d'excréments. Des squatters avaient dû faire leur nid de cet endroit. Et s'ils étaient arrivés jusque-là, c'est qu'il devait exister un accès quelque part. Andrew promena le faisceau de sa lampe et aperçut une ouverture dans le plafond. Il tira la carcasse d'un bureau et demanda à Suzie d'y grimper. Il la vit disparaître par la trappe avec une agilité qu'il trouva remarquable. Son visage réapparut, elle lui tendit la main. Se hissant à son tour, Andrew entendit céder la porte sous les assauts de ceux qui avaient réussi à repousser le caisson.

Suzie désigna une lucarne dont les barreaux en fer avaient disparu. C'était probablement par là que les squatters s'étaient faufilés dans le bâtiment. Ils rampèrent jusqu'à la lucarne, s'y glissèrent à tour de rôle et sautèrent dans la douve sèche qui environnait la poste Farley le long de la 31e Rue.

Renouer avec l'air frais leur fit un bien fou. Andrew estima qu'ils avaient deux minutes d'avance au plus sur leurs poursuivants. Dans ce fossé en contrebas de la rue, et en pleine nuit, tout pouvait encore leur arriver.

— Venez, il faut sortir d'ici, ordonna-t-il à Suzie.

*

200

Une fois la rue atteinte, ils traversèrent la Huitième Avenue en courant et s'arrêtèrent au beau milieu de la chaussée pour grimper dans un taxi. Andrew demanda au chauffeur de rouler vers Harlem. La 80e Rue passée, il lui annonça qu'il avait changé d'avis et le pria de redescendre vers Greenwich Village.

Et tandis que le taxi filait sur le West Side Highway, Andrew ne décolérait pas.

— Avez-vous parlé à quelqu'un de notre escapade de ce soir ? dit-il, la mâchoire serrée.

— Bien sûr que non, vous me prenez pour qui ?

— Alors comment expliquez-vous ce qui vient de se passer ?

— Qui vous dit que ce n'était pas simplement les squatters ?

— Personne ne s'était introduit depuis des années dans la pièce où j'ai entendu les premiers bruits.

— Qu'en savez-vous ?

— La poussière au sol était vierge comme neige. Ceux qui étaient à nos trousses nous suivaient depuis Penn Station. Et je peux vous garantir que ni vous ni moi n'étions filés en partant de chez vous.

— Je vous jure que je n'ai parlé à personne ! s'emporta Suzie.

— Je vous crois, répliqua Andrew. À partir de maintenant, nous allons devoir être beaucoup plus vigilants.

Suzie remit à Andrew le mot qu'elle avait trouvé dans la boîte postale.

— Vous avez une idée de ce que ça signifie ? dit-il en le découvrant.

— Pas la moindre.

— On dirait du russe, dit Andrew. Ça ne plaide pas en faveur de votre grand-mère.

Suzie ne répondit pas.

De retour chez Andrew, Suzie, frigorifiée, leur prépara un thé.

— La Demoiselle des neiges ! cria soudain Andrew depuis le salon.

Suzie déposa le plateau sur le bureau et se pencha sur l'écran d'ordinateur.

— *Snegourotchka*, est un opéra composé par Rimski-Korsakov en 1881, à partir d'une pièce de théâtre écrite par un certain Aleksandr Ostrovski, annonça-t-il.

— Liliane n'aimait que le jazz.

— Si votre grand-mère s'est donné la peine d'aller cacher le nom de cet opéra dans un bureau de poste, c'est qu'il doit avoir une signification importante.

— Quel en est le sujet ?

— L'opposition éternelle des forces de la nature, répondit Andrew. Je vous laisse lire, mes yeux fatiguent, dit-il en se levant.

Ses mains commençaient à trembler, il les cacha dans son dos et alla s'allonger sur le canapé.

Suzie s'installa à sa place et poursuivit la lecture à voix haute.

— C'est une histoire où se croisent êtres de chair et personnages mythologiques, reprit-elle. La Demoiselle des neiges rêve de vivre parmi les humains. Sa mère, la Beauté du printemps, et son grand-père, la Glace, acceptent qu'elle soit adoptée par un couple de paysans. Au deuxième acte, une femme prénommée Kupova annonce son mariage avec un certain Mizghir.

Mais à quelques jours de leur union, Mizghir aperçoit dans le bois la Demoiselle des neiges et tombe follement amoureux d'elle, la suppliant de l'aimer en retour.

— Ça me rappelle quelqu'un, soupira Andrew.

— La Demoiselle des neiges ignore tout de ce qu'est l'amour et refuse. Les villageois demandent réparation au tsar de l'affront qu'a subi la promise. Le tsar décide de bannir Mizghir. Mais voyant apparaître à son tour la Demoiselle des neiges, le tsar subjugué par sa beauté suspend sa décision et lui demande si elle aime Mizghir. Celle-ci lui répond qu'elle a un cœur de glace et qu'elle ne peut aimer personne. Le tsar déclare alors que celui qui réussira à conquérir son cœur l'épousera et sera honoré. Au cours des deux actes suivants, la Demoiselle des neiges finit par découvrir la vertu des sentiments et tombe amoureuse de Mizghir. Sa mère l'avait mise en garde de ne jamais s'exposer aux rayons du soleil, mais Mizghir vit dans la lumière. La Demoiselle des neiges sort des bois pour le rejoindre et, au grand désarroi de l'assemblée présente et de l'infortuné aimant, elle fond et disparaît.

— Je me sens assez proche de ce Mizghir, je compatis à sa douleur, grommela Andrew.

— Vous ne savez pas si bien dire, Mizghir, inconsolable, se noie dans un lac.

— Chacun son truc, moi, j'ai choisi le Fernet-Coca. Et comment s'achève cette tragédie russe ?

— Le tsar annonce à son peuple que la disparition de la Demoiselle des neiges aura pour conséquence la fin du long hiver qui règne sur la Russie.

— Superbe ! Nous voilà vraiment avancés ! pesta Andrew.

— Pourquoi ma grand-mère a-t-elle laissé ce mot russe dans cette boîte postale ?

— Je comptais vous le demander !


Andrew offrit sa chambre à Suzie, il dormirait dans le canapé, il en avait l'habitude. Suzie prit une couverture, éteignit la lumière et s'étendit sur le tapis à côté de lui.

— Qu'est-ce que vous faites ?

— Je vous ai dit que je n'aimais pas les lits, et j'ai l'impression que, même avec des draps neufs, vous n'avez pas envie de dormir dans le vôtre, alors pourquoi faire chambre à part ?

— Vous ne seriez pas mieux sur ce canapé ? Si vous ne voulez pas dormir seule, je peux m'accommoder du tapis.

— Sûre et certaine.

Ils restèrent silencieux tandis que leurs yeux s'accoutumaient à la pénombre.

— Vous dormez ? chuchota Suzie.

— Non.

— Vous n'avez pas sommeil ?

— Si, je suis épuisé.

— Alors ?

— Alors, rien.

— C'était bien, ce soir.

— Je n'en menais pas large quand les types qui nous suivaient ont commencé à défoncer la porte.

— Je parlais de notre dîner, murmura Suzie.

— Oui, c'était bien, répliqua Andrew en se retournant vers elle.

Et il entendit le souffle calme de sa respiration.

Suzie s'était assoupie et Andrew resta ainsi à la regarder, jusqu'à ce que le sommeil l'emportât à son tour.

*

La sonnerie du téléphone réveilla Knopf.

— Pour m'appeler à cette heure-ci, j'espère que c'est important.

— *Snegourotchka*. Cela valait la peine de vous déranger ?

Knopf retint sa respiration.

— Pourquoi avez-vous prononcé ce nom ? dit-il en contenant son émotion.

— Parce que désormais vos deux tourtereaux le connaissent.

— Ils en ont compris le sens ?

— Pas encore.

— Comment l'ont-ils appris ?

— D'après le compte rendu des écoutes que l'on vient de me remettre, ils se sont amusés à visiter cette nuit les sous-sols de la poste Farley. Votre Liliane Walker y avait laissé un message dans une boîte postale. Je croyais que nous avions effacé toutes les traces ?

— Apparemment pas, soupira Knopf.

— J'aimerais savoir comment une telle erreur a pu se produire.

— Il faut croire qu'elle était encore plus rusée que nous le pensions.

— Que *vous* le pensiez, Knopf, je vous rappelle que c'était vous qui supervisiez cette affaire.

— Vous avez voulu agir trop tôt, et contre mon avis. Si nous avions attendu…

— Si nous avions attendu un jour de plus, elle aurait tout balancé, et *Snegourotchka* serait morte. Maintenant, nettoyez devant votre porte et réglez-nous cette histoire une bonne fois pour toutes.

— Je ne crois pas qu'il y ait de quoi s'affoler. Quand bien même ils réussiraient à comprendre de quoi il s'agit, ce dont je doute fort, ils n'auraient aucune preuve.

— Suzie Walker et Andrew Stilman ont réussi en quelques jours à mettre la main sur un document dont nous ignorions l'existence depuis quarante-six ans, ne les sous-estimez pas eux aussi. Êtes-vous si sûr que le dossier sur *Snegourotchka* a été détruit ? Ce qui s'est produit ce soir semblerait nous indiquer le contraire.

— J'en suis certain.

— Alors qui s'intéresse aussi à vos deux protégés, et pourquoi ?

— Qu'est-ce que vous racontez ?

— Toujours selon le rapport d'écoutes, je cite dans le texte « Je n'en menais pas large quand les types qui nous suivaient ont commencé à défoncer la porte ». Une de nos équipes les suivait ?

— Non, nous avions perdu leur trace, ils ont réussi à sortir de l'immeuble à notre insu.

— Travail d'amateur, Knopf, protesta la voix nasillarde. *Snegourotchka* doit être protégée. Aujourd'hui plus que jamais. Dans le contexte actuel, révéler son existence serait une véritable catastrophe, vous m'entendez ?

— Je vous entends parfaitement, monsieur.

— Alors, faites le nécessaire.

Son interlocuteur raccrocha sans un bonsoir.

# 10.

Suzie dormait, recroquevillée sur le tapis.

Andrew se rendit dans la cuisine, emportant avec lui les papiers que lui avait confiés Ben Morton. Il prépara du café et s'installa au comptoir. Sa main tremblait de plus en plus et il dut s'y reprendre à deux fois pour porter la tasse à ses lèvres. En essuyant les éclaboussures qu'il avait faites sur le dossier, le rabat lui parut étrangement épais. Il le décolla délicatement et découvrit deux feuillets dactylographiés.

Morton s'était plus investi dans son enquête qu'il n'avait voulu le confier à Andrew lors de sa visite au cabanon. Le reporter avait recueilli des témoignages de proches de Liliane Walker. Ceux qui avaient accepté de lui parler étaient peu nombreux.

Le professeur de piano de Liliane avait déclaré par téléphone avoir obtenu des confidences de son élève. La rencontre prévue entre Ben Morton et le professeur Jacobson n'eut jamais lieu, puisqu'il succomba à une crise cardiaque la veille de leur rendez-vous.

Jeremiah Fishburn, responsable d'une organisation caritative fondée par le clan Walker, s'étonnait d'une contradiction dont aucun journaliste ne faisait état.

Pourquoi consacrer autant de temps et d'argent à porter secours aux vétérans et commettre des actes mettant en danger de jeunes soldats ?

Une personne dans l'entourage de la famille, qui avait tenu à rester anonyme, avait confié au reporter que la vie de Liliane n'était pas si lisse qu'elle voulait le faire croire. Elle avait entendu parler d'un petit arrangement entre Mme Walker et l'une de ses amies qui prétendait être en sa compagnie alors que Liliane se rendait sur l'île de Clarks.

Andrew recopia le nom de l'île sur son carnet et poursuivit sa lecture.

Il entendit couler la douche, attendit un peu, et dès que l'écoulement d'eau cessa, il remplit une tasse de café et rejoignit Suzie dans la chambre. Elle lui avait emprunté son peignoir de bain.

— Vous saviez que votre grand-mère jouait du piano ?

— J'ai fait mes gammes sur son Steinway. Il paraît qu'elle était virtuose. Lorsque mon grand-père organisait des soirées, elle jouait du jazz aux invités.

— L'île de Clarks, ça vous dit quelque chose ?

— Ça devrait ?

Andrew ouvrit son armoire, attrapa deux pantalons, deux pulls chauds et une petite valise.

— Nous passerons chez vous tout à l'heure, pour que vous preniez quelques affaires. Habillez-vous.

*

Le Pilatus d'American Eagle se posa sur la piste de l'aéroport municipal de Ticonderoga en début d'après-midi. L'hiver sévissait sur les Adirondacks et les bois étaient couverts de neige fraîche.

— La frontière canadienne n'est pas loin, remarqua Andrew en montant dans la voiture de location.

— Combien de temps ? demanda Suzie en mettant le chauffage.

— Une demi-heure de route, peut-être un peu plus avec cette météo. J'ai l'impression qu'une tempête se prépare.

Suzie, songeuse, regarda le paysage. Le vent commençait à souffler en rafales, faisant virevolter la poudreuse sur une campagne morne, son sifflement strident entrait jusque dans l'habitacle. Suzie descendit la vitre et passa la tête au-dehors avant de tapoter le genou d'Andrew pour lui indiquer de s'arrêter.

La voiture se rangea sur le bas-côté et Suzie se précipita vers le fossé pour aller vomir le sandwich avalé à l'aéroport.

Andrew la rejoignit et la soutint par les épaules. Lorsque les spasmes cessèrent, il l'aida à s'installer dans la voiture et reprit place derrière le volant.

— Je suis désolée, pardon, dit-elle.

— Cette bouffe sous cellophane, on ne sait jamais ce qu'ils mettent dedans.

— Au début, dit Suzie d'une voix à peine audible, je me réveillais en pensant que ce n'était qu'un cauchemar, qu'il s'était levé avant moi et que je le retrouverais dans la cuisine. J'ouvrais toujours l'œil avant lui, mais je faisais semblant de dormir en attendant qu'il prépare le petit déjeuner. Lorsque la bouilloire sifflait, je savais que je n'aurais plus qu'à mettre les pieds sous la table. Je suis paresseuse. Les premiers mois qui ont suivi sa mort, je m'habillais et passais mes journées à marcher sans la moindre idée de l'endroit où j'allais. J'entrais parfois dans des grandes surfaces où j'arpentais les allées en poussant un chariot, sans jamais rien acheter. Je regardais les gens et je les enviais. Les journées sont interminables quand la personne que vous aimez vous manque.

Andrew entrouvrit sa vitre et ajusta le rétroviseur, cherchant ses mots.

— Après être sorti de l'hôpital, finit-il par lâcher, j'allais m'installer l'après-midi sous les fenêtres de Valérie. Je restais là, assis sur un banc pendant des heures, à fixer la porte de son immeuble.

— Elle ne vous a jamais surpris ?

— Non, aucun risque, elle avait déménagé. On fait une belle équipe tous les deux.

Suzie demeura silencieuse, les yeux braqués sur la tempête qui avançait vers eux. La voiture godilla à l'entrée d'un virage. Andrew leva le pied de l'accélérateur, mais la Ford continua sa glissade avant d'aller heurter une congère qui amortit le choc.

— C'est une vraie patinoire, dit-il dans un éclat de rire.

— Vous avez bu ?

— Un petit rien, dans l'avion, mais vraiment un petit rien.

— Arrêtez le moteur tout de suite !

Et comme Andrew n'obtempérait pas, Suzie se mit à le rouer de coups sur le bras et sur le torse. Andrew attrapa ses mains et les retint de force.

— Shamir est mort, Valérie m'a quitté, nous sommes seuls et nous n'y pouvons rien, maintenant calmez-vous ! Je vous laisse le volant si vous préférez, mais même à jeun, je n'aurais rien pu faire contre une plaque de verglas.

Suzie se dégagea de son emprise et se tourna vers la vitre.

Andrew reprit la route. Le vent redoublait de force, faisant tanguer la Ford. La visibilité se réduisait à l'approche de la nuit. Ils traversèrent une bourgade désolée et Andrew se demanda quel genre de paumés pouvaient vivre ici. Il aperçut dans le blizzard l'enseigne criarde d'un Dixie Lee et se rangea sur le parking.

— Nous n'irons pas plus loin ce soir, dit-il en coupant le contact.

Il n'y avait que deux clients dans le restaurant dont le décor aurait pu inspirer Hopper. Ils s'installèrent dans un box. La serveuse leur offrit du café en leur présentant deux menus. Andrew commanda des pancakes, Suzie repoussa la carte sans rien choisir.

— Vous devriez manger quelque chose.

— Je n'ai pas faim.

— Vous avez déjà envisagé que votre grand-mère soit coupable ?

— Non, jamais.

— Je ne dis pas qu'elle le soit, mais mener une investigation avec une opinion déjà faite conduit généralement à se mentir à soi-même.

Un chauffeur de camion assis au comptoir lorgnait Suzie de façon déplaisante. Andrew soutint son regard.

— Ne jouez pas au cow-boy, dit Suzie.

— Ce type m'emmerde.

Suzie se leva et aborda le chauffeur.

— Vous voulez vous joindre à nous ? Seul au volant toute la journée, seul au moment des repas, venez profiter d'un peu de compagnie, lui dit-elle sans la moindre ironie dans la voix.

L'homme fut désemparé.

— La seule chose que je vous demande, c'est d'arrêter de reluquer mes seins, ça met mon ami mal à l'aise et je suis sûre que votre femme n'aimerait pas ça non plus, ajouta-t-elle en effleurant l'alliance du chauffeur.

Le camionneur régla sa note et s'en alla.

Suzie retourna s'asseoir en face d'Andrew.

— Ce qui vous manque à vous, les hommes, c'est du vocabulaire.

— Il y a un motel de l'autre côté de la route, nous ferions mieux de passer la nuit ici, suggéra Andrew.

— Il y a aussi un bar à côté de ce motel, n'est-ce pas ? dit Suzie en se tournant vers la fenêtre. Vous comptez vous y ruer dès que je serai endormie ?

— C'est possible, qu'est-ce que ça peut vous faire ?

— Ça ne me fait rien. Quand je vois vos mains trembler, ça me dégoûte, c'est tout.

La serveuse apporta son plat à Andrew. Il poussa l'assiette au milieu de la table.

— Si vous mangez quelque chose, je ne bois rien ce soir.

Suzie considéra Andrew. Elle prit une fourchette, trancha la pile de pancakes en deux portions égales et la noya de sirop d'érable.

— Schroon Lake est à trente miles d'ici, dit-elle, une fois là-bas on fait quoi ?

— Pas la moindre idée, nous verrons demain sur place.

À la fin du repas, Andrew s'esquiva pour se rendre aux toilettes. Dès qu'il eut le dos tourné, Suzie prit son portable.

— Mais où êtes-vous, cela fait deux jours que je vous cherche ?

— Je me promène, répondit Suzie.

— Vous avez des ennuis ?

— Vous aviez entendu parler d'une île où ma grand-mère se rendait de temps à autre ?

Knopf resta silencieux.

— Je dois prendre ça pour un oui ?

— N'y allez sous aucun prétexte, finit par dire Knopf.

— Vous m'avez caché d'autres choses comme celle-là ?

— Seulement ce qui aurait pu vous faire du mal.

— Qu'est-ce qui me ferait du mal, Knopf ?

— De perdre vos illusions. Elles ont bercé votre enfance, mais comment vous le reprocher, vous étiez si seule.

— Vous essayez de me dire quelque chose ?

— Liliane était votre héroïne, vous réécriviez son histoire au gré des divagations de votre mère, mais je suis désolé, Suzie, elle n'était pas la femme que vous croyez.

— Si vous m'affranchissiez, Knopf, maintenant que je suis une grande fille.

— Liliane trompait votre grand-père, lâcha-t-il.

— Il le savait ?

— Bien sûr qu'il le savait, mais il fermait les yeux. Il l'aimait beaucoup trop pour risquer de la perdre.

— Je ne vous crois pas.

— Rien ne vous y oblige. De toute façon, vous

découvrirez bientôt la vérité par vous-même, puisque je suppose que vous êtes déjà en route vers le lac.

À son tour, Suzie retint son souffle.

— Lorsque vous arriverez à Schroon, présentez-vous au propriétaire de l'épicerie du village, il n'y en a qu'une. La suite vous appartient, mais si je peux réitérer un conseil qui vient du fond du cœur, faites demi-tour.

— Pourquoi le ferais-je ?

— Parce que vous êtes plus fragile que vous ne voulez l'admettre, et que vous vous accrochez à des illusions.

— Qui était son amant ? questionna Suzie en serrant les dents.

Knopf raccrocha sans lui répondre.

Accoudé au distributeur de cigarettes, Andrew attendit patiemment que Suzie ait remis son téléphone dans sa poche pour s'avancer vers elle.

*

Knopf reposa le combiné du téléphone sur son socle et croisa ses bras derrière sa nuque.

— Quand pourra-t-on dormir toute une nuit sans être dérangés ? s'enquit son compagnon.

— Dors, Stan, il est tard.

— Et te laisser tout seul à ton insomnie ? Si tu voyais ta tête. Qu'est-ce qui te tracasse à ce point ?

— Rien, je suis fatigué.

— C'était elle ?

— Oui.

— Tu t'en veux ?

— Je ne sais plus, parfois oui, parfois non.

— Qu'est-ce que tu ne sais plus ? demanda Stan en prenant la main de Knopf.

— Où se trouve la vérité.

— Cette famille mine ton existence depuis que je te connais, et nous fêterons bientôt nos quarante ans de vie commune. Quel que soit le dénouement, si cela pouvait cesser, j'en ressentirais un véritable soulagement.

— C'est la promesse que j'ai faite qui nous a pourri la vie.

— Cette promesse, tu l'as faite parce que tu étais jeune et amoureux d'un sénateur. Aussi parce que nous n'avons jamais eu d'enfant et que tu as choisi d'endosser un rôle qui n'est pas le tien. Combien de fois t'ai-je mis en garde ? Tu ne peux pas continuer à mener ce double jeu. Tu finiras par y laisser ta peau.

— À mon âge, qu'est-ce que ça peut bien faire ? Et ne raconte pas d'idiotie, j'admirais Walker, il était mon mentor.

— Il était bien plus que cela pour toi. On éteint ? dit Stanley.

*

— Je n'ai pas été trop long, j'espère, demanda Andrew en se rasseyant.

— Non, je regardais la neige tomber, c'est comme les feux de bois, on ne s'en lasse jamais.

La serveuse revint remplir leurs tasses de café. Andrew observa le badge épinglé à sa blouse sur lequel était écrit son prénom.

— Dites-moi, Anita, il est bien, le motel en face ?

Anita avait la soixantaine passée, elle portait des

215

faux cils, longs comme ceux d'une poupée de cire, sa bouche était outrageusement dessinée d'un trait épais de rouge à lèvres, et le fard sur ses joues ne faisait qu'accentuer les rides d'une vie d'ennui à servir une cuisine quelconque dans un restaurant de bord de route du nord de l'État.

— Vous arrivez de New York ? interrogea-t-elle en mâchant son chewing-gum. J'y suis allée une fois. Times Square et Broadway, c'est drôlement chouette, je m'en souviens encore. On a marché des heures, j'avais le torticolis à force de regarder les gratte-ciel. Quel malheur pour les tours, dire que je les ai visitées, ça me fait mal au cœur chaque fois que j'y pense. Faut être tordu quand même pour nous avoir fait ça.

— Oui, faut être tordu, répondit Andrew.

— Quand ils ont buté ce salopard, on a tous pleuré de joie ici. J'imagine qu'à Manhattan vous avez dû faire une sacrée bringue pour fêter l'événement.

— J'imagine, soupira Andrew, je n'y étais pas à ce moment-là.

— Dommage d'avoir raté ça. On s'est promis avec mon mari d'y retourner pour mes soixante-dix ans. Ce n'est pas demain que je sortirai les valises, heureusement.

— Et ce motel, Anita, il est comment ?

— Il est propre, mon chou, c'est déjà pas mal. Pour un voyage de noces avec une aussi jolie fille, ce n'est pas Copacabana, ajouta la serveuse d'une voix aussi pointue que ses talons. Il y a bien un Holiday Inn un peu plus chic à vingt miles, mais par ce temps, j'éviterais de reprendre la route. De toute façon, quand on s'aime, un bon oreiller suffit. Je vous ressers quelque chose ? La cuisine va bientôt fermer.

Andrew lui tendit un billet de vingt dollars, la remerciant de sa délicatesse, compliment qu'elle prit au premier degré, et lui fit signe de garder la monnaie.

— Dites au taulier que vous venez de ma part, il vous fera un petit prix, et réclamez une chambre sur l'arrière, sinon vous serez réveillés par les camions qui se garent ici le matin, et je peux vous dire qu'il en passe.

Andrew et Suzie traversèrent la rue. Andrew demanda deux chambres au propriétaire du motel, mais Suzie le contredit, une seule suffirait.

Un grand lit, une moquette usée, un fauteuil qui l'était encore plus, une desserte des années 1970 et un téléviseur de la même époque, voilà ce qui composait le mobilier de cette chambre, au premier étage d'un bâtiment terne.

La salle de bains n'était guère plus engageante, mais l'eau chaude y coulait abondamment.

Andrew prit une couverture dans le placard, un oreiller sur le lit, et prépara un couchage près de la fenêtre. Puis, il se glissa sous les draps et laissa la lampe de chevet allumée pendant que Suzie se douchait. Elle ressortit, une serviette autour de la taille, seins nus, et vint se blottir à côté de lui.

— Ne faites pas ça, dit-il.

— Je n'ai encore rien fait.

— Je n'ai pas vu de femme nue depuis longtemps.

— Et ça vous fait de l'effet ? chuchota-t-elle en glissant sa main sous les draps.

Sa main allait et venait lentement, serrant la verge d'Andrew, dont la gorge était trop nouée pour qu'il prononce un mot. Elle continua, jusqu'à ce que la jouissance arrive. Il voulut lui offrir du plaisir à son tour et se retourna pour embrasser ses seins, mais elle le repoussa délicatement et éteignit la lumière.

— Je ne peux pas, murmura-t-elle, pas encore.

Puis, elle se serra contre lui et ferma les yeux.

Andrew les garda grands ouverts, le regard rivé au plafond en retenant son souffle. Son bas-ventre collait aux draps, lui procurant une sensation désagréable. Celle d'une faute commise, d'un péché véniel auquel il n'avait su résister et qui, l'excitation retombée, lui donnait maintenant l'impression d'être sale.

La respiration de Suzie s'apaisa. Andrew se leva et se dirigea vers le bar d'appoint situé sous le poste de télévision. Il l'ouvrit, contempla avec envie les fioles d'alcool qui luisaient dans la lumière et le referma.

Il se rendit dans la salle de bains et s'appuya contre la fenêtre. La tempête de neige balayait les champs qui s'étendaient au-delà d'une ligne d'horizon qu'on ne devinait plus. Une éolienne rouillée virevoltait en gémissant sur son axe, la toiture d'une grange claquait sous les assauts du vent, un triste épouvantail aux airs de danseur décharné semblait vouloir parfaire une arabesque improbable. New York était bien loin, pensa Andrew, mais l'Amérique de son enfance était là, intacte en ces lieux désolés, et il eut envie de revoir, ne serait-ce qu'un instant, le visage rassurant de son père.

Quand il retourna dans la chambre, Suzie avait quitté le lit et poursuivait sa nuit sur le sol.

*

La salle du Dixie Lee ne ressemblait plus du tout à celle où ils avaient dîné. Une cacophonie de voix accueillait le matin. Les box et tabourets, qui la veille étaient vides, étaient tous occupés. Anita courait d'une table à l'autre, portant jusque sur ses avant-bras des superpositions d'assiettes qu'elle distribuait avec la dextérité d'un équilibriste de cirque.

Elle décocha un clin d'œil à Andrew et lui montra une petite table que deux chauffeurs routiers s'apprêtaient à quitter.

Suzie et Andrew s'y installèrent.

— Alors, bien dormi, les tourtereaux ? Ça a drôlement soufflé cette nuit, vous auriez vu la route à l'aube, elle était toute blanche, mais la neige n'a pas tenu. Il est quand même tombé presque un pied[1]. Je vous sers un hamburger ? Je rigole, mais comme vous prenez des pancakes au dîner…

— Deux cafés et deux omelettes complètes, la mienne sans jambon, répondit Suzie.

— Mais elle a une voix, la princesse ! Hier, j'ai cru que vous étiez muette. Deux omelettes, dont une sans jambon, et deux cafés, chantonna Anita en repartant vers le comptoir.

— Et dire qu'un homme dort dans son lit, soupira Suzie.

— Je la trouve pas mal, elle a dû être jolie.

— C'est chouette Broadway ! reprit Suzie d'une voix criarde, exagérant sa parodie en faisant semblant de mastiquer un chewing-gum.

— J'ai grandi dans un patelin comme ça, dit Andrew. Les gens qui vivent ici sont plus généreux que mes voisins new-yorkais.

— Changez de quartier !

1. Environ 30 centimètres.

— Je peux savoir ce qui vous met de si bonne humeur ?

— J'ai mal dormi et je n'aime pas le bruit quand j'ai l'estomac vide.

— Hier soir…

— C'était hier soir, et je n'ai pas envie d'en parler.

Anita leur apporta leurs petits déjeuners.

— Qu'est-ce qui vous amène par ici ? demanda-t-elle en les posant devant eux.

— Des vacances bien méritées, répondit Andrew, nous visitons les Adirondacks.

— Allez voir la réserve de Tupper Lake. Ce n'est pas la meilleure saison, mais même en hiver, c'est magnifique.

— Oui, nous irons à Tupper Lake, répliqua Andrew.

— Arrêtez-vous au musée d'Histoire naturelle, il vaut le détour.

Suzie n'en pouvait plus. Elle réclama l'addition à Anita qui comprit que sa présence n'était pas appréciée. La serveuse griffonna sur son carnet, détacha la fiche et la tendit à Suzie.

— Le service est inclus, dit-elle en s'éloignant, l'air hautain.

\*

Une demi-heure plus tard, ils traversaient le village de Schroon Lake.

Andrew arrêta la voiture au milieu de la grande rue.

— Rangez-vous devant l'épicerie, dit Suzie.

— Et ensuite ?

— Dans ce genre de bled, les épiciers jouissent d'une grande autorité, je sais de quoi je parle.

L'épicerie avait l'aspect d'un grand bazar. De part et d'autre de l'entrée étaient répartis des cageots de légumes et des tonneaux de salaison. Au centre, les rayonnages étaient remplis d'articles ménagers, l'arrière du commerce faisait office de quincaillerie et de magasin de bricolage. On pouvait tout trouver chez Broody & Sons, sauf un semblant de modernité. Suzie s'adressa à l'homme qui se tenait derrière la caisse et lui demanda à parler au propriétaire.

— Vous l'avez devant vous, répondit Dylon Broody, du haut de sa trentaine.

— Celui que je cherche est un peu plus âgé que vous.

— Jack est en Afghanistan et Jason en Irak, vous n'avez pas de mauvaises nouvelles, j'espère ?

— La génération d'avant, reprit Suzie, et non, aucune mauvaise nouvelle.

— Mon père fait ses comptes dans l'arrière-boutique, ce n'est pas le moment de le déranger.

Suzie traversa le magasin et frappa à la porte du bureau alors qu'Andrew la rejoignait.

— Fiche-moi la paix, Dylon, je n'ai pas fini, entendit-elle crier.

Suzie entra la première. Elliott Broody était un petit homme au visage buriné. Il releva la tête de son grand livre et regarda cette visiteuse inattendue en fronçant les sourcils. Il ajusta ses lunettes sur son nez et replongea dans ses comptes.

— Si c'est pour me vendre quelque chose, vous vous êtes déplacés pour rien. Je suis en inventaire et mon couillon de fils ne sait toujours pas gérer un stock.

Suzie sortit une photographie de sa poche et la posa sur le livre de comptes.

— Vous avez connu cette femme ?

L'épicier observa la photographie oblitérée par le temps. Il l'examina attentivement et fixa Suzie. Puis il se leva et approcha le visage en noir et blanc de Liliane Walker de celui presque aussi pâle de sa petite-fille.

— Bon sang que vous lui ressemblez, dit le vieil épicier. Cela fait si longtemps. Mais je ne comprends pas, vous êtes trop jeune pour être sa fille ?

— Liliane était ma grand-mère, vous l'avez donc connue ?

— Fermez cette porte et asseyez-vous. Et puis non, se ravisa l'épicier, pas ici.

Il attrapa sa canadienne au portemanteau et tourna le loquet d'une petite porte qui s'ouvrait sur le terrain vague à l'arrière de l'épicerie.

— C'est là que je viens fumer en cachette, avoua Elliott en soulevant le couvercle d'un fût. Il sortit un paquet de cigarettes, en proposa à ses deux visiteurs, avant de s'en coller une entre les lèvres et de gratter une allumette.

— Après, je vous emmène prendre un café ?

La tension qui s'emparait de Suzie était palpable. Andrew posa sa main sur son épaule et lui fit comprendre d'un regard appuyé de ne rien laisser paraître.

— Au village, on appelait votre grand-mère Mata Hari.

— Pourquoi ce surnom ?

— Personne n'était dupe de ce qu'elle venait faire ici. Au début, ça ne plaisait pas beaucoup, mais votre grand-mère savait s'y prendre pour séduire son entourage. Elle était aimable et généreuse. Alors, les gens du coin ont fini par fermer les yeux et l'apprécier pour ce qu'elle était.

— Fermer les yeux sur quoi ? demanda Suzie d'une voix chancelante.

— Tout ça n'a plus grande importance, c'est du passé. Ce qui compte, c'est ce qu'elle vous a laissé. Je me doutais bien qu'un jour quelqu'un viendrait, avec tout cet argent dépensé, mais c'était sa fille que j'attendais.

— Ma grand-mère a laissé quelque chose pour moi, ici, dans votre magasin ?

Elliott Broody partit d'un grand éclat de rire.

— Non, pas vraiment, j'aurais eu du mal à la ranger dans ma remise.

— Ranger quoi ?

— Allez, suivez-moi, dit Elliott en sortant un trousseau de clés de sa poche.

Il s'éloigna vers un pick-up garé au bout du terrain vague.

— On tient à trois à l'avant, dit-il en ouvrant la portière. Grimpez !

Les cuirs de la banquette étaient aussi burinés que le visage d'Elliott. L'habitacle sentait l'essence. Le moteur toussota et se mit à ronronner. Elliott Broody enclencha une vitesse au volant et le pick-up fit un bond en avant.

L'épicier klaxonna en passant devant la vitrine de son commerce et fit un signe à son fils, qui le regarda étonné. Trois kilomètres plus loin, le pick-up bifurqua sur un chemin de terre et s'arrêta devant un ponton.

— On est presque arrivés, dit l'épicier en descendant.

Il marcha jusqu'au bout du ponton, et invita Suzie et

Andrew à monter dans l'embarcation qui s'y trouvait amarée. Elliott cracha dans ses mains avant de tirer de toutes ses forces sur l'enrouleur d'un vieux moteur à deux temps accroché à l'arrière de sa barque. Il dut s'y reprendre à trois fois. Andrew lui proposa son aide, mais reçut un regard noir en réponse.

La barque traçait sur le lac un sillage qui s'effaçait à peine formé, naviguant vers une petite île boisée qui s'étendait comme une longue barge flanquée sur un banc de sable.

— Où allons-nous ? demanda Suzie.

Elliott Broody sourit avant de lui répondre :

— Dans le passé, à la rencontre de votre grand-mère.

La barque contourna l'île et accosta le long d'un quai. Elliott coupa le moteur, sauta à terre, un cordage en main qu'il arrima autour du bollard. La manœuvre lui était familière. Suzie et Andrew le suivirent.

Ils montèrent un chemin qui serpentait à travers bois, et dans le ciel terne qui annonçait une pluie neigeuse se détacha le mitron d'une cheminée en pierre grise, grise comme une terre argileuse asséchée.

— Par ici, clama Elliott Broody en arrivant à une fourche devant laquelle se dressait un cabanon de jardinier. Si on continue tout droit on débouche sur une jolie petite plage. Votre grand-mère adorait s'y promener au coucher du soleil, mais ce n'est pas la saison. Encore quelques pas et nous y serons, ajouta l'épicier.

Et derrière une haie de pins argentés, Suzie et Andrew découvrirent une maison endormie.

— Voici le chalet de votre grand-mère, annonça

Elliott Broody. Toute l'île était à elle, et maintenant, je suppose qu'elle vous appartient.

— Je ne comprends pas, dit Suzie.

— À l'époque, il y avait un petit aérodrome au nord du village. Deux vendredis par mois, un Piper Cherokee se posait avec votre grand-mère à bord. Elle passait le week-end ici et repartait le lundi. Mon père entretenait la propriété, j'avais seize ans, je lui donnais un coup de main. Le chalet n'a plus été occupé depuis la fin de l'été 1966. Un an après la disparition de votre grand-mère, son mari est venu nous rendre visite. Nous ne l'avions jamais vu et pour cause. Il nous a dit qu'il tenait à ce que cette maison reste dans sa famille. C'était le seul bien appartenant à sa femme que l'État ne lui avait pas confisqué. Il nous avait expliqué que le titre de propriété était au nom d'une société et qu'on ne pouvait pas la saisir. Bref, ça ne nous regardait pas, les choses étaient suffisamment tristes et gênantes pour que nous ne posions pas de question. Chaque mois, nous recevions un virement pour maintenir le chalet en bon état et nettoyer les bois. Quand mon père est parti, j'ai pris la relève.

— Bénévolement ? demanda Andrew.

— Non, les virements se sont poursuivis et ont même légèrement augmenté d'année en année. La maison est impeccablement tenue. Je ne dis pas que vous n'y trouverez pas de poussière, mais avec mes fils, nous avons fait de notre mieux, même si maintenant que j'en ai deux sous les drapeaux, c'est un peu plus difficile. Tout est en état de marche, la chaudière a été changée l'an dernier, la toiture réparée chaque fois que c'était nécessaire, les cheminées tirent bien, et la citerne de gaz est pleine. Un bon coup de ménage et cette maison sera comme neuve. Vous êtes chez vous, mademoiselle, puisque telle était la volonté de votre grand-père, conclut Elliott en tendant une clé à Suzie.

Suzie observa longuement la bâtisse. Elle grimpa les marches du patio extérieur et inséra la clé dans la serrure.

— Je vais vous aider, dit Elliott en s'approchant, cette porte est capricieuse, il faut avoir le coup de main.

Et la porte s'ouvrit sur un vaste salon au mobilier recouvert de linges blancs.

Elliott repoussa les volets, la lumière entra dans la pièce. Au-dessus d'une immense cheminée, Suzie découvrit un portrait de sa grand-mère qui paraissait lui sourire.

— C'est incroyable ce que vous lui ressemblez, dit Andrew. Vos regards sont les mêmes, vos yeux et vos bouches identiques.

Suzie s'approcha du tableau, son émotion était visible. Elle se hissa sur la pointe des pieds et caressa le bas de la toile d'un geste tendre où se mêlait une certaine tristesse. Elle se retourna et balaya du regard le salon.

— Vous voulez que je découvre les meubles ? demanda Elliott Broody.

— Non, j'aimerais mieux d'abord visiter l'étage.

— Attendez-moi un instant, dit l'épicier avant de ressortir de la maison.

Suzie arpentait la pièce, effleurant les meubles de la main, le moindre recoin ou rebord de fenêtre, se retournant chaque fois pour contempler les lieux d'un point de vue différent. Andrew l'observait en silence.

On entendit le ronflement d'un moteur et les

ampoules du lustre qui pendait au plafond se mirent à luire avant de s'éclairer pleinement.

Elliott revint vers eux.

— C'est un groupe électrogène qui fournit le courant. On s'habitue au bruit. S'il calait, vous le trouverez dans la cabane de jardinier. Je le fais tourner tous les mois, le réservoir est presque plein. Il donne ce qu'il faut d'intensité, mais n'allumez pas tout en même temps. J'ai aussi rallumé la chaudière, vous aurez de l'eau chaude dans une heure. La salle de bains et la chambre sont à l'étage, suivez-moi.

L'escalier sentait l'érable et la rambarde chancelait un peu quand on s'y appuyait. Arrivée en haut des marches, Suzie hésita devant la porte qui se trouvait en face d'elle.

Andrew se retourna et fit signe à M. Broody de redescendre avec lui.

Suzie ne remarqua pas leur absence, elle posa la main sur la poignée et entra dans la chambre de Liliane.

Ici, aucun linge ne recouvrait le mobilier. La chambre était apprêtée comme si ses occupants allaient arriver le soir même. Une couverture indienne épaisse maillée de rouges et de verts recouvrait un grand lit sur lequel deux oreillers épais attendaient qu'on y pose la tête. Entre deux fenêtres carrées où couraient les rameaux d'une vigne se dressaient un bureau et une chaise en bouleau. Un grand tapis appalachien recouvrait le plancher en pin à lattes larges dont les nœuds étaient gros comme des poings, et sur la droite une cheminée de pierre au foyer noirci par les soirées d'hiver grimpait le long du mur.

Suzie ouvrit le tiroir d'une commode. Les vêtements

de Liliane s'y trouvaient parfaitement rangés sous des papiers de soie qu'elle souleva.

Elle déplia un châle et le passa sur ses épaules avant de se regarder dans le miroir. Puis elle entra dans la salle de bains et s'approcha de la vasque en émail. Un verre contenant deux brosses à dents et deux flacons se jouxtaient sur l'étagère qui la surplombait. Un parfum de femme et un parfum d'homme. Elle les huma, reboucha les flacons et quitta la pièce.

Quand elle redescendit dans le salon, Andrew était en train d'ôter les draps qui recouvraient les meubles.

— Où est Broody ?

— Il est reparti. Il a supposé que nous voudrions passer la nuit ici. Son fils nous déposera un cageot de provisions sur le ponton dans l'après-midi. La remise est pleine de bois, m'a-t-il dit, j'irai en chercher tout à l'heure. Ensuite, nous ferons le tour du propriétaire, si vous le voulez.

— Je n'arrive pas à me faire à cette idée.

— Que vous êtes l'héritière d'un aussi bel endroit ?

— Que ma grand-mère avait un amant.

— Ce ne sont peut-être que des ragots de village ?

— J'ai trouvé un parfum là-haut qui n'était pas celui de mon grand-père.


La porte s'ouvrit et Elliott Broody réapparut essoufflé.

— J'avais oublié de vous laisser mon numéro de téléphone. Si vous avez besoin de quoi que ce soit, vous appelez.

— Monsieur Broody, qui était l'amant de ma grand-mère ? demanda Suzie.

— Personne ne le voyait, il arrivait le vendredi soir,

après votre grand-mère, à l'heure où tout est fermé, et il repartait le dimanche. Nous apportions le ravitaillement avant sa venue et, durant le week-end, il ne nous était pas autorisé d'approcher de l'île. Mon père ne se serait pas permis d'enfreindre cette consigne, votre grand-mère était très stricte à ce sujet.

Andrew s'approcha de Broody.

— Votre père, je n'en doute pas, mais un adolescent de seize ans ne résiste pas à la tentation d'enfreindre un interdit, dit Andrew.

Broody baissa les yeux et toussota.

— J'ai besoin de savoir, enchaîna Suzie, vous l'avez dit vous-même, tout ça est de l'histoire ancienne. Qu'est-ce que ça peut bien faire maintenant ?

— J'entretiens cette maison depuis quarante ans, je suis payé chaque mois, sans jamais avoir à réclamer mon argent. Ce n'est pas le cas avec tous mes clients. Je ne veux pas d'ennuis.

— Quels genres d'ennuis ? interrogea Andrew.

— Votre grand-père avait fait jurer sur l'honneur à mon père qu'il ne dirait jamais rien des escapades de Mme Walker. Si quelqu'un venait à apprendre quoi que ce soit, l'île serait mise en vente et les paiements cesseraient.

Andrew fouilla la poche de son pantalon et sortit cinq billets de vingt dollars.

— J'ai deux questions à vous poser, monsieur Broody. La première est : qui vire cet argent tous les mois ?

— Rien ne m'oblige à vous répondre, mais je vais le faire quand même, par souci d'honnêteté, dit Broody en prenant les billets de la main d'Andrew. Je suis payé quatre mille dollars, ce qui est raisonnable pour le travail qu'on fait sur l'île. Les règlements sont effectués par une société, je n'en sais pas plus, je ne connais que son nom qui apparaît sur mes relevés de banque.

— Quel est ce nom ?

— Brewswater Norvegian Inc.

— Et à présent la seconde question : qui était l'homme qui passait ses week-ends en compagnie de Liliane Walker ?

— Nous étions adolescents. L'été, votre grand-mère aimait se baigner avec lui. Elle était vraiment belle. De temps en temps on traversait à la nage et on se cachait dans les bois au-dessus de la crique. Il n'était pas encore très connu à l'époque. Je ne l'ai vu que deux fois, je vous le promets. Ce n'est que bien plus tard que j'ai compris qui c'était.

— Bla, bla, bla, soupira Suzie, qui était-ce ?

— C'est drôle, votre grand-mère faisait exactement la même chose quand elle s'impatientait. C'était un homme aussi fortuné qu'influent, poursuivit Elliott Broody, pas le genre de type dont vous voulez vous faire un ennemi. L'ironie dans tout ça, c'est que votre grand-mère n'était pas le seul sujet de rivalité entre votre grand-père et lui. Imaginez, l'épouse d'un sénateur démocrate entretenant une liaison avec un républicain. Mais tout ça est du passé et doit le rester. Qu'est-ce qui me prend de vous raconter ces choses-là ?

Suzie s'approcha de l'épicier et lui prit la main.

— Ces secrets de famille m'appartiennent, et puis à partir de maintenant, dit-elle, c'est moi qui vous réglerai l'entretien de cette propriété. Alors, monsieur Broody, prenez cela comme le premier ordre d'une patronne aussi exigeante et têtue que l'était ma grand-mère, et dites-moi ce que vous savez.

Broody hésita un instant.

— Raccompagnez-moi jusqu'à ma barque, il faut que je rentre.

Et descendant le chemin qui menait à l'embarcadère, Elliott Broody se remit à parler.

— Je dois vous dire une chose que j'avais confiée à votre grand-père le jour où il est venu. Votre grand-mère et son amant se sont séparés sur cette île. Nous étions là avec les copains le jour de leur dispute, tapis derrière les arbres que vous voyez là-bas. On ne savait pas ce qui avait mis le feu aux poudres entre eux, ils ne parlaient pas encore assez fort pour qu'on puisse les entendre depuis notre poste d'observation. Mais une fois que ça a démarré, nous étions aux premières loges et nous n'avions jamais entendu proférer autant d'injures… pourtant, j'en connaissais quelques-unes. Elle l'a traité de lâche, de pourriture, et j'en passe, je n'oserais pas vous le répéter. Elle lui a dit qu'elle ne le reverrait jamais, qu'elle irait jusqu'au bout, quoi qu'il en coûte, avec ou sans lui. Il s'est emporté et l'a giflée plusieurs fois. Des sacrées torgnoles. Au point qu'avec les copains, on s'est même demandé si on n'allait pas devoir intervenir. Personne ne doit lever la main sur une femme. Mais quand elle est tombée sur le sable, il a fini par se calmer. Il a ramassé ses affaires, et il est parti avec la barque en la laissant là.

— Et elle, qu'est-ce qu'elle a fait ? insista Suzie.

— Je vous le jure mademoiselle, si mon père m'avait décoché ne serait-ce qu'une seule des gifles qu'elle a reçues, j'aurais pleuré toutes les larmes de mon corps. Votre grand-mère, rien, pas une seule !

On crevait d'envie d'aller lui porter secours, mais on avait la trouille ! Elle est restée agenouillée un moment, elle s'est relevée, a remonté la sente et elle est entrée dans sa maison. Le lendemain, je suis revenu voir en douce comment elle allait, mais elle était partie. Je ne l'ai jamais revue.

— Qui était ce gentleman ? s'enquit Andrew.

— Un homme qui s'est marié par la suite et dont le pouvoir n'a cessé de grandir, jusqu'à atteindre les plus hautes sphères, mais bien des années plus tard. Maintenant, j'ai assez parlé comme ça. Je vous laisse, dit Elliott Broody en sautant dans sa barque. Quand mon fils viendra vous apporter le ravitaillement, ne lui posez pas de questions, il ne sait rien de tout ça. Je ne lui en ai jamais parlé, pas plus qu'à qui que ce soit d'ailleurs. Profitez de votre séjour ici, c'est un endroit paisible et merveilleux.

La barque d'Elliott Broody ne fut bientôt plus qu'un point à l'horizon. Suzie et Andrew se regardèrent abasourdis.

— Cela fait beaucoup d'informations à digérer et autant de pistes à explorer, dit Andrew.

— Pourquoi mon grand-père tenait-il tant à préserver cet endroit ? Ce devait être un lieu cauchemardesque pour lui ?

— Je ne pensais pas commencer par là, mais c'est une question qui mérite réflexion. Je vous laisse élucider ce mystère familial, ce qui m'intéresse, c'est d'en savoir plus sur cette société qui paie royalement cet épicier qui ne nous a pas tout dit. Et j'aimerais également savoir de quoi parlait votre grand-mère quand elle a menacé son amant d'aller jusqu'au bout, avec ou sans lui.

— À qui pouvait-il faire allusion quand il a dit
« jusqu'à atteindre les plus hautes sphères du pouvoir » ?

— Je n'en sais rien, répondit Andrew.


Ils se séparèrent à la fourche en haut du chemin.
Andrew s'engouffra dans la remise et Suzie traversa
la rangée de pins pour retourner dans la maison.

Dans un angle du salon apparaissaient les formes
d'un piano. Elle souleva le drap, ouvrit le couvercle
et posa ses mains sur le clavier.

Andrew arriva peu après, les bras chargés de bûches.

— Vous nous jouez quelque chose ? demanda-t-il.
Le silence ici est oppressant.

Suzie leva les mains, souriant tristement en désignant du regard l'index et le majeur où manquaient des
phalanges. Andrew posa le bois près de la cheminée et
vint s'asseoir à côté d'elle. Il tapota quelques notes de
la main droite et donna un coup de coude complice à
sa voisine. Elle hésita et finit par plaquer les accords
qui accompagnaient la mélodie pianotée par Andrew.

— Vous voyez qu'on est complémentaires, dit-il en
accélérant le tempo.

Puis chacun retourna à ses occupations. Andrew
rentrait plus de bois qu'il n'était nécessaire, mais il
ressentait le besoin de s'occuper. Comme si charrier
des fagots au grand air l'aidait à se vider l'esprit. Suzie,
elle, inspectait méthodiquement tiroirs et placards.

— Vous perdez votre temps. Vous vous doutez
bien que cette maison a dû être fouillée de la cave
jusqu'aux combles, dit Andrew en se penchant sous
le linteau de la cheminée.

Il attrapa la chaîne qui ouvrait la trappe et tira

dessus. Un rai de ciel gris apparut dans le conduit alors que des morceaux de suie dégringolaient sur l'âtre.

— Vous jouez au père Noël ? questionna Suzie, en le voyant passer franchement la tête dans le conduit.

— Vous pourriez m'apporter la lampe torche qui se trouve dans ma sacoche ? demanda Andrew.

Suzie s'exécuta.

— Qu'est-ce qu'il y a ?

— Quelque chose d'étrange, répondit-il.

La cheminée était assez grande pour que Suzie s'y tînt aussi.

— Regardez, dit Andrew en dirigeant le faisceau de la lampe. Ce conduit est recouvert de suie, le mortier entre les briques est noirci partout, sauf autour de celles-ci au-dessus de ma tête. Il doit y avoir des outils dans l'appentis. Suivez-moi.

Suzie frissonna en sortant sur le perron. Andrew ôta sa veste et la lui posa sur les épaules.

— Il commence à faire vraiment froid, dit-il.

Et tandis qu'ils avançaient vers le cabanon de jardinier, ils entendirent au loin le bruit d'un petit hors-bord.

— Ce doit être le fils Broody qui nous apporte à dîner. Ça tombe bien, je meurs de faim. Essayez de me trouver un gros tournevis, et un marteau. Je vais chercher notre ravitaillement au ponton et je reviens.

Suzie vit Andrew s'éloigner sur le chemin, elle entra dans le cabanon.

En ouvrant la porte, elle entendit le fracas d'une pelle, d'un râteau, d'une houe et d'une fourche qui tombaient sur le sol. Elle se pencha pour les remettre en place et eut bien des difficultés à les faire tenir contre le mur. Au-dessus d'un établi, elle aperçut des scies de différentes tailles ainsi qu'une multitude d'outils pendus à des crochets. Elle hésita un long moment avant d'attraper un ciseau à bois, un maillet et une longue lime en fer.

Elle sortit de la remise. Les branches nues des bouleaux s'inclinaient dans le vent du soir. Suzie regarda machinalement sa montre et commença à s'impatienter, Andrew aurait déjà dû être de retour. Elle imagina qu'il n'avait pas dû résister à la tentation de cuisiner un peu le fils de l'épicier. Suzie n'avait pas envie de marcher, mais elle pensa qu'Andrew avait peut-être besoin d'aide pour porter les vivres. Elle alla déposer les outils devant le patio de la maison et rebroussa chemin, mains dans les poches.

Approchant du débarcadère, elle entendit un bruit d'eau, un clapot sourd qui devenait de plus en plus fort. Elle accéléra le pas et s'arrêta brusquement en entendant des cris étouffés. Un homme de forte corpulence était agenouillé à l'extrémité du ponton, en appui sur ses jambes, les bras immergés jusqu'aux coudes dans le lac. Soudain, Suzie vit émerger à la surface le visage asphyxié d'Andrew que l'homme replongea ardemment sous l'eau.

Elle n'eut pas peur, il lui sembla juste que le temps se distendait, qu'elle savait exactement ce qu'elle allait faire et que ses gestes s'enchaîneraient parfaitement. La tête d'Andrew réapparut un bref instant. Suzie accéléra. Avant que l'homme eût le temps de remarquer sa présence, elle saisit le revolver dans la poche du veston d'Andrew, fit sauter le cran de sûreté et tira deux coups à bout portant.

La première balle toucha sa cible sous l'omoplate,

l'homme se redressa en hurlant alors que le second projectile lui transperçait la nuque. La balle pulvérisa une vertèbre avant de déchirer l'artère cervicale. L'homme s'écroula, face contre terre, dans une mare de sang qui se répandit dans le lac.

Suzie laissa tomber le revolver et se précipita vers Andrew qui surnageait péniblement. Elle s'allongea pour le hisser. Andrew réussit à prendre appui sur un anneau de l'embarcadère et ils roulèrent à terre après un dernier effort.

— Chut, lui dit-elle en le frictionnant. Tout va bien maintenant, respire, ne pense à rien d'autre qu'à respirer, murmura-t-elle en lui caressant la joue.

Andrew se tourna sur le côté, emporté par une quinte de toux qui lui fit régurgiter l'eau avalée. Suzie ôta sa veste et le recouvrit.

Andrew la repoussa et s'agenouilla près de la dépouille de son assaillant, la tête entre les mains. Suzie se tenait derrière lui, silencieuse.

— Je croyais que c'était le fils Broody, dit-il en hoquetant. Je l'ai même aidé à accoster. Quand j'ai vu que ce n'était pas lui, je ne me suis pas méfié. Il a sauté sur le ponton et, avant que j'aie pu dire un mot, il m'a attrapé à la gorge et a essayé de m'étrangler et puis il m'a poussé dans le lac…

— Et je suis arrivée, dit Suzie en regardant le cadavre.

— On va prendre son canot à moteur pour aller chercher les flics, dit Andrew, grelottant.

— Vous allez d'abord vous changer, avant de mourir de froid. Nous aviserons après, répliqua Suzie d'un ton ferme.

Elle l'aida à se relever et à grimper le chemin.

Dès qu'ils furent dans la maison, elle le fit monter à l'étage et le précéda dans la chambre.

— Déshabillez-vous, ordonna-t-elle en se rendant à la salle de bains.

Andrew entendit couler l'eau, Suzie revint avec une serviette de bain.

— Elle est rêche comme du bois, mais c'est mieux que rien, dit-elle en la lui lançant. Allez prendre une douche tout de suite, vous allez attraper une pneumonie.

Andrew obtempéra, emportant la serviette avec lui.

Il fallut du temps avant que son corps se réchauffe, et l'eau qui ruisselait sur son visage n'arrivait nullement à chasser de son esprit celui de l'homme ensanglanté qui gisait sur le ponton.

Andrew ferma le robinet et enroula la serviette autour de sa taille. Il contempla son reflet dans le miroir au-dessus du lavabo et ouvrit machinalement l'armoire à pharmacie. Il trouva un blaireau, un rasoir et un savon dans une boîte ronde en laque de Chine. Il remplit la vasque, immergea le blaireau sous l'eau chaude, se savonna la barbe et hésita un instant avant de se raser.

Peu à peu, son visage d'autrefois réapparut.

Quand il sortit de la salle de bains, il découvrit un pantalon en lin, une chemise et un gilet de laine, posés sur le lit. Il s'habilla et rejoignit Suzie dans le salon.

— À qui sont ces vêtements ? demanda-t-il.

— Pas à ma grand-mère en tout cas. Au moins, je sais à présent que son amant avait votre corpulence.

Suzie s'approcha et posa sa main sur la joue d'Andrew.

— J'ai l'impression d'être en compagnie d'un autre homme.

— Vous préfériez celui d'avant ? questionna Andrew en repoussant sa main.

— Les deux se valent, rétorqua Suzie.

— Il faut partir.

— Nous n'allons nulle part.

— Vous êtes vraiment barrée.

— Je dois prendre ça pour un compliment ?

— Vous venez de tuer un homme et vous donnez l'impression que cela ne vous fait rien.

— J'ai perdu ma capacité à m'émouvoir le jour où Shamir s'est donné la mort pour me sauver la vie. Oui, j'ai tué quelqu'un, c'est terrifiant, mais il était en train d'essayer de vous noyer, vous voulez que je pleure sur son sort ?

— Peut-être. Ou que vous manifestiez au moins un semblant de remords, moi j'ai la nausée.

— D'accord, je suis barrée, complètement barrée, et je l'ai toujours été ! Ça vous pose un problème ? Vous voulez aller vider votre sac chez les flics, allez-y, la porte est là ! cria Suzie, furieuse.

— Il est trop tard pour traverser le lac, la nuit tombe, répondit Andrew d'une voix calme en regardant par la fenêtre. Mon portable est dans ma veste, je vais les appeler.

— J'ai déjà essayé, on ne capte aucun signal et le téléphone dans l'entrée n'a pas de tonalité.

Andrew s'assit sur une chaise, le visage livide. Dès qu'il fermait les yeux, il revoyait la scène qu'il avait vécue sur le ponton.

Suzie s'agenouilla devant lui et posa sa tête sur ses genoux.

— Je voudrais pouvoir revenir en arrière, n'avoir jamais foutu les pieds sur cette île de malheur.

Ses mains tremblaient. Andrew ne pouvait en détacher son regard.

Ils restèrent longtemps silencieux. Suzie frissonna, Andrew caressa ses cheveux.

— Pourquoi Broody serait-il revenu nous donner son numéro s'il n'y a aucun moyen d'appeler ? murmurat-elle.

— Pour qu'on ne se méfie pas. Une fois reparti dans sa barque, il nous laissait ici coupés du monde.

— Vous le soupçonnez d'avoir monté ce coup ?

— Qui d'autre savait que nous étions là ? s'interrogea Andrew.

Il se leva et s'approcha de la cheminée.

— Cette amie à qui vous sous-louez l'appartement de Morton Street, vous avez eu de ses nouvelles récemment ?

— Non, pourquoi me demandez-vous ça ?

— Parce que si vous n'aviez pas autant manigancé pour que je m'intéresse à votre cas, je penserais que vous me prenez pour un imbécile.

— Je n'ai rien manigancé.

— Encore un mensonge et je repars à New York, s'emporta Andrew.

— Vous devriez, je n'ai pas le droit de vous mettre en danger.

— Non, vous n'aviez pas le droit ! Alors, cette amie, vous la connaissez depuis longtemps ?

Suzie ne répondit pas.

— Il m'est déjà arrivé de me laisser manipuler, j'ai payé la note et elle était au-dessus de mes moyens. Et je ne pourrai jamais oublier ce qui vient de se passer

239

ce soir. Hier au Dixie Lee, quand je vous ai vue téléphoner en douce dès que j'ai eu le dos tourné, j'avais
pris la décision de vous laisser tomber.

— Et vous avez changé d'avis ?

— Je ne sais pas si votre grand-mère passait ou non
des documents à l'Est, mais ce dont je suis désormais
certain, c'est que quelqu'un est prêt à tout pour vous
empêcher d'enquêter sur elle.

— Knopf m'avait prévenue, quelle conne je fais !

— Votre grand-mère n'était peut-être pas seule à
trahir. Et si son ou ses complices ont réussi à passer
jusque-là entre les mailles du filet, rien ne les arrêtera
pour protéger leur anonymat. Ce qui s'est produit sur
le ponton le prouve. Maintenant, dites-moi à qui vous
téléphoniez chez Dixie Lee ?

— À Knopf, murmura Suzie.

— Et tout à l'heure, quand vous vous êtes aperçue
que nos portables ne captaient pas, c'est encore lui
que vous vouliez appeler ?

— J'ai un cadavre sur la conscience. Votre agresseur
n'était pas armé, moi si. Si nous prévenons la police,
notre enquête se terminera là. Knopf est l'homme de ce
genre de situations, je voulais lui demander quoi faire.

— Vous avez des fréquentations intéressantes ! Et
quel conseil vous aurait-il donné ? interrogea Andrew
d'un ton amer.

— Il aurait envoyé quelqu'un.

— L'idée qu'il ait déjà envoyé quelqu'un ne vous
a pas traversé l'esprit ?

— Que Knopf ait commandité ce tueur ? Sûrement
pas ! Il veille sur moi depuis mon enfance, il ne toucherait jamais à l'un de mes cheveux.

— Aux vôtres peut-être, mais aux miens ? Broody

n'aurait pas eu le temps de planifier cette agression. En revanche, Knopf, grâce à vous, était au courant depuis hier de l'endroit où nous allions.

— Et si l'épicier espérait garder cette maison pour lui et que notre visite soit venue contrarier ses plans ?

— Ne dites pas n'importe quoi. Vous trouvez qu'il avait l'air d'un assassin avec ses petites lunettes et son livre de comptes ?

— La femme qui vous a poignardé avait la tête d'une tueuse quand vous l'avez rencontrée ?

Andrew accusa le coup sans répondre.

— Et maintenant, reprit Suzie, on fait quoi ?

Andrew parcourut la pièce de long en large, tentant de recouvrer ses esprits. Le manque d'alcool l'empêchait de réfléchir, de s'opposer à une décision qu'il savait contraire à tous ses principes. Il fusilla Suzie du regard et sortit de la maison en claquant la porte.

Elle le rejoignit sur le perron et le trouva assis sur la rambarde, les yeux perdus dans le vide.

— On enterre le corps, finit-il par lâcher.

— Pourquoi ne pas le balancer dans le lac ?

— Rien ne vous arrête, n'est-ce pas ?

— Vous nous voyez creuser un trou en pleine nuit, vous n'avez rien imaginé de plus sordide comme programme ?

Andrew abandonna la rambarde et se retourna pour faire face à Suzie.

— D'accord, à condition de dénicher de quoi le lester.

Il alluma la mèche de la lampe à pétrole accrochée près de la porte d'entrée et précéda Suzie dans l'obscurité des bois.

— Comment ma grand-mère trouvait-elle le courage de passer ses dimanches soir seule sur cette île ?

— Elle devait être comme vous, pleine de ressources, répondit Andrew en entrant dans la remise. Voilà qui devrait être suffisant, ajouta-t-il en soupesant une caisse à outils bien remplie qu'il avait repérée sur l'établi.

— Broody se demandera où est passé son matériel.

— Il en aura une petite idée puisque vous pensez que c'est lui le commanditaire. Je ne crois pas que notre agresseur nous aurait laissés dans le chalet après avoir achevé sa besogne. Enfin, si Broody est responsable.

— Je vous jure que Knopf n'y est pour rien.

— Nous verrons. Attrapez cette corde et finissons-en.

*

Ils retournèrent au ponton. Andrew posa la lampe à pétrole près du cadavre. Il attacha une extrémité de la corde à la poignée de la caisse à outils et noua l'autre autour du torse de l'homme.

— Aidez-moi, dit-il.

Suzie grimaça de dégoût en soulevant les jambes du mort tandis qu'Andrew l'attrapait par les épaules. Ils déposèrent le corps au fond de la barque et Andrew s'installa à côté du moteur.

— Restez ici avec cette lampe, ça me guidera au retour.

Suzie la plaça au bout du ponton et sauta dans l'embarcation.

— Je viens avec vous !

— Je vois ça, soupira Andrew en lançant le moteur.

Ils s'éloignèrent vers le large.

— Si elle s'éteint, nous ne retrouverons jamais l'embarcadère, protesta-t-il en se retournant.

La lueur de la lampe à pétrole devenait de plus en plus discrète. Andrew coupa les gaz, la barque glissa silencieusement et finit par s'immobiliser.

Ils firent basculer l'homme et la caisse à outils par-dessus bord. Son corps s'enfonça lentement dans l'eau noire.

— On aurait dû l'attacher par les pieds, dit Suzie en regardant les derniers remous disparaître de la surface.

— Pourquoi ?

— Parce que en arrivant au fond ce con va se retrouver la tête en bas. Quel malheur, faut être tordu pour avoir fait ça ! ajouta Suzie en imitant encore la serveuse Anita.

— Votre cynisme m'horripile.

— C'est moi qui l'ai tué et c'est vous qui faites une tête d'enterrement. Allez, rentrons avant que le vent n'éteigne votre lampe.

La traversée se fit sans un mot. Le vent froid griffait leurs visages, mais il charriait une odeur de neige et de résineux, un bouquet d'hiver qu'exhalaient les bois et qui les ramenait tous deux à la vie.

— Le fils Broody ne nous aura jamais apporté de vivres, dit Suzie en entrant dans la maison.

Andrew souffla la lampe, la remit en place et se dirigea vers la cuisine.

— Parce que vous avez faim, en plus ? dit-il en se lavant les mains.

— Pas vous ?

— Non, vraiment pas.

— Alors je ne vous propose pas de partager ? dit-elle en sortant une barre de céréales de la poche de son manteau.

Elle la croqua à pleines dents, regarda Andrew en mastiquant, et en sortit une autre qu'elle lui tendit.

— Je crois que la seule chose qui nous reste à faire est d'aller nous coucher. Et puis si cela peut soulager votre conscience, demain, nous irons chez les flics.

Elle monta à l'étage et entra dans la chambre.

Andrew la rejoignit quelques instants plus tard. Suzie était allongée sur le lit, dans une nudité complète. Il se dévêtit et se coucha sur elle, ardent et malhabile. La chaleur de son corps réveilla le désir, elle sentit son sexe pressé sur son bas-ventre. Suzie prit Andrew dans ses bras, sa langue parcourut son cou.

Andrew promenait ses lèvres sur sa peau, il embrassa ses seins, ses épaules et sa bouche. Elle resserra ses jambes autour de lui et de sa main le guida en elle. Et tandis qu'il la pénétrait, elle le repoussait pour le retenir aussitôt. Leurs souffles se confondaient, pleins d'ardeur et de vie, chassant pour un temps le souvenir macabre qu'ils partageaient. Elle roula pour se dresser sur lui, reins cambrés, mains en arrière accrochées à ses cuisses qu'elle serrait fermement. Son ventre dansait pendant que ses seins se dressaient et retombaient lourdement. Elle poussa un long cri quand Andrew vint en elle.

Elle s'allongea à son côté, il lui prit la main et voulut l'embrasser. Mais Suzie se leva sans rien dire et disparut dans la salle de bains.

Quand elle revint dans la chambre, Andrew avait quitté la pièce. Elle entendit ses pas dans le salon.

Elle se glissa sous les draps, éteignit la lumière et mordit l'oreiller pour qu'il ne l'entende pas sangloter.

*

On frappait, frappait et frappait encore. Elle ouvrit les yeux et se rendit compte qu'elle s'était endormie dans un lit. Le vacarme se poursuivait, elle enfila ses vêtements et descendit.

Andrew avait la tête passée dans le conduit de la cheminée, elle ne voyait que ses jambes et le bas de son torse.

— Vous ne dormez jamais ? dit-elle en bâillant.

— Je dors peu, mais je dors vite, grommela-t-il en continuant à marteler le mortier.

— Je peux savoir ce que vous faites ?

— Je n'arrive pas à fermer l'œil, alors je m'occupe, et je n'y vois rien, ce qui ne me facilite pas la tâche.

Elle se rendit dans l'entrée, décrocha la lampe à pétrole, alluma la mèche et la posa sur l'âtre.

— C'est mieux comme ça ?

— Oui, beaucoup mieux, répondit Andrew, en lui tendant une brique, vierge de suie, qu'il venait de desceller.

— Vous comptez démonter toute la cheminée ?

Elle l'entendit râler, une autre brique tomba et se brisa au sol.

— Soulevez la lampe, dit-il d'un ton autoritaire.

Suzie fit de son mieux pour le satisfaire.

Andrew lui fit signe de se pousser, il se courba pour repasser sous le linteau et croisa le regard de Suzie qui l'observait.

— Quoi ?

— Rien, je partage ma nuit avec un type qui a choisi de passer la sienne dans une cheminée. Mais à part ça, rien.

— Tenez, grommela Andrew en lui tendant un petit paquet enveloppé de papier kraft.

— Qu'est-ce que c'est ? s'exclama Suzie, stupéfaite.

— Je vais chercher un couteau et nous le saurons bientôt.

Suzie le suivit jusque dans la cuisine. Ils s'installèrent autour de la table.

Le colis renfermait des photographies de Liliane, certainement prises par l'homme qu'elle avait aimé en secret sur cette île perdue des Adirondacks, une partition musicale et une enveloppe sur laquelle était écrit à la main le prénom de Mathilde.

Suzie s'empara de l'enveloppe.

— Vous ne voulez pas la remettre à sa destinataire ? demanda Andrew.

— Un an après son plongeon dans le port de Boston, maman a recommencé. Cette fois, il n'y avait pas de patrouille de police.

Suzie décacheta l'enveloppe et déplia la lettre.

*Mathilde,*
*Sur cette île d'où je t'écris se promenait une femme autre que ta mère. Cette femme aimait un homme qui l'aimait bien moins qu'elle. Il s'en est allé à midi et ne reviendra pas.*
*Ne crois pas que je trahissais ton père. Il m'a fait le plus beau des cadeaux que je pouvais espérer de la vie, et l'enfant que tu es a comblé la mienne. Tu avais cinq ans quand je l'ai surpris dans notre lit, en autre compagnie que moi. Il m'a fallu du temps, mais*

*je lui ai pardonné, le jour où j'ai compris en aimant
à mon tour que le mur des convenances l'avait fait
prisonnier de sa propre existence. Un jour peut-être,
le monde sera aussi tolérant que j'ai appris à l'être.
Comment méjuger ceux qui aiment ?*

*Dans cette maison d'où je t'écris cette lettre se pro-
menait un homme qui n'était pas ton père. Un homme
qui me disait ce que j'avais toujours rêvé entendre,
il me parlait d'avenir, de richesses partagées, d'une
politique au service des peuples et non de ceux qui
les gouvernent. Au-delà des rivalités de partis, j'ai cru
en lui, en sa ferveur, en sa passion et sa sincérité.*

*L'appétit du pouvoir est incontrôlable et corrompt
les plus belles intentions.*

*J'ai entendu tant de secrets d'alcôves, tant de men-
songes que je taisais, jusqu'au jour où mes yeux trop
curieux se sont perdus sur ce que je n'aurais peut-être
jamais dû lire.*

*Pour créer une illusion, la première chose dont les
hommes de pouvoir ont besoin, c'est d'obtenir votre
confiance. L'illusion doit apparaître aussi vraie que
la réalité qu'elle cache. La moindre imperfection peut,
comme une épingle au contact d'un ballon, faire écla-
ter l'illusion. Et la vérité devient criante.*

*Je dois partir, Mathilde, il est trop tard pour renon-
cer. Si j'échoue, on te dira des choses sur ta mère
que tu ne dois pas croire.*

*C'est en pensant à cela que je t'écris ce soir, tout
en priant pour que tu n'aies jamais à me lire.*

*Demain, je confierai un colis au seul ami que j'aie
afin qu'il te le remette, quand tu seras en âge de
comprendre et d'agir. Tu y trouveras une partition
musicale que tu sauras déchiffrer et une clé. Si le pire*

m'arrivait, souviens-toi, lorsque je te manquerai, de l'endroit où nous allions parfois en cachette quand ton père était en voyage ; tu y feras mon deuil.

Agis selon ta conscience. Le choix de prendre ma relève t'appartient, mais rien ne t'y oblige.

Si tu le décidais, je ne te demande qu'une chose, ne fais confiance à personne.

Je t'aime ma fille, si fort que tu ne pourras le comprendre avant d'avoir eu un enfant à ton tour.

Pardonne-moi mon absence, d'avoir pris des chemins qui t'auront privée de ta mère. L'idée de ne plus te revoir est d'une cruauté que je ne peux concevoir. Mais certaines causes valent plus que votre propre vie. Je veux croire que si tu étais à ma place, tu ferais de même.

Où que je sois désormais, sache que jamais je ne cesserai de t'aimer. Tu es en moi à chaque instant et pour l'éternité.

Tu as été ma raison de vivre.

*Ta maman qui t'aime*

Suzie tendit la lettre à Andrew, qui la lut à son tour.

— Qu'est-ce que j'aurais aimé la connaître, murmura-t-elle.

— Vous avez une idée de cet endroit dont elle parle à sa fille ?

— Non, ça ne me dit rien du tout.

— Et la partition, vous seriez capable de la jouer ?

— Mes souvenirs de piano sont lointains. La jouer certainement pas, mais la déchiffrer me semble possible.

— Quand ceux qui ont voulu se débarrasser de nous apprendront leur échec, nous n'aurons plus beaucoup de temps, alors essayez de vous rappeler. Mathilde ne vous a jamais parlé d'un lieu où elle se rendait en cachette avec sa mère ?

— Vous aussi vous l'appelez Mathilde, maintenant ? Non, je vous l'ai dit, je n'en ai aucune idée, mais Knopf le sait peut-être. Je veux croire que c'est lui, l'ami auquel elle voulait confier ce paquet.

— Si je l'ai trouvé ici, c'est qu'elle s'était ravisée au dernier moment !

— Elle n'en a pas eu le temps, c'est tout.

Andrew étala les photos sur la table. Des portraits de Liliane, pris sur l'île. Elle posait allongée sur la plage, tenant une hachette à la main devant la remise à bois, arrangeant des pots de fleurs sur le perron de la maison, agenouillée devant la cheminée allumant un feu et faisant une grimace. Sur une autre, Liliane était nue, de dos, dans la salle de bains. Elle avait tourné la tête au dernier moment en découvrant celui qui se tenait derrière elle et la photographiait.

— Vous voulez que je vous aide à reluquer ma grand-mère ? demanda Suzie en arrachant la photo des mains d'Andrew.

— À cette époque, vous n'étiez même pas née, se justifia-t-il.

— Elle était plutôt bien faite, dit Suzie.

— Vous n'avez rien à lui envier.

Suzie se pencha sur la photographie, plissant les yeux pour en examiner les détails.

— Regardez, dit-elle, là, dans le miroir au-dessus du lavabo, on aperçoit le reflet du visage de son amant.

Andrew reprit la photo et l'observa à son tour.

— Peut-être, mais je n'arrive pas à distinguer ses traits.

— Sur le guéridon à côté du canapé, il y a une loupe, s'exclama Suzie en se levant.

Elle emporta la photographie. Andrew attendit dans la cuisine et, ne la voyant pas revenir, il la rejoignit dans le salon.

Suzie étudiait la photo à la loupe.

— Je comprends mieux pourquoi Knopf me disait qu'elle était avant-gardiste.

— Je vous demande pardon ? interrogea Andrew en s'asseyant à côté d'elle.

— L'amant de ma grand-mère avait au moins vingt ans de moins qu'elle.

— Faites voir ça ? dit Andrew en reprenant la loupe des mains de Suzie.

— Maintenant, je comprends mieux aussi ce que suggérait Broody en disant « jusqu'à atteindre les plus hautes sphères du pouvoir », souffla Andrew, bouche bée. L'homme, sur cette photo, est devenu trente et quelques années plus tard le plus puissant vice-président des États-Unis, et certainement le plus redoutable de toute notre histoire.

— Il est toujours en vie ?

— Oui, affaibli par des problèmes de cœur, mais vivant.

— Il faut absolument que je lui parle.

— Vous êtes aussi folle que naïve, la plus naïve des femmes que j'ai rencontrées de toute mon existence, répliqua Andrew.

— Et vous en avez rencontré beaucoup ?

— Vous n'avez pas la moindre idée du genre d'homme qui se cache derrière ce visage débonnaire, et je parierais que votre grand-mère en a pris conscience le jour de leur dispute.

— Ils se sont aimés, il sait forcément des choses sur elle.

— Des choses ? Laissez-moi vous en raconter quelques-unes. Il a commencé sa carrière politique à vingt-sept ans en ayant pour mentor Ronald Rumsfeld, le plus controversé des secrétaires d'État à la Défense, et ils ont noué des liens indéfectibles. Douze ans après que cette photo fut prise, l'amant de votre grand-mère est devenu député. Un député qui s'est opposé aux sanctions économiques à l'encontre de l'Afrique du Sud à l'époque de l'apartheid, à une mesure du Congrès appelant le gouvernement sud-africain à libérer Mandela et, dans un autre registre, à la création du département d'État à l'Éducation, il trouvait que l'éducation coûtait trop cher. Après avoir été nommé chef de file des Républicains, il a succédé à son mentor au poste de secrétaire d'État à la Défense. Il a dirigé l'invasion militaire du Panamá, et l'opération *Tempête du désert*. Ce qui est un comble quand on pense qu'il avait usé jadis de toutes les astuces possibles pour fuir ses propres obligations militaires et échapper au Vietnam. Quand les Démocrates ont repris le pouvoir, il a quitté momentanément la vie politique pour présider l'une des plus importantes compagnies d'extraction pétrolière. Une multinationale qui, sous sa gouvernance, s'est diversifiée dans des activités paramilitaires en tous genres, planquées dans de nombreuses filiales. Après dix ans de bons et loyaux services, celui qui fut jadis l'amant de votre grand-mère démissionna, pour devenir vice-président des États-Unis, touchant au passage une petite indemnité de départ avoisinant les trois cents millions de dollars. Mais en homme d'affaires avisé, il se fit aussi offrir un bon paquet de stock-options. Il aurait eu tort de s'en priver, car après avoir menti sur l'existence d'armes de destruction massive en Irak et de liens entre Al-Qaïda et Saddam Hussein, il usa de tout son pouvoir pour inciter au déclenchement de la guerre, la faisant passer comme une riposte aux attentats du 11 Septembre. Guerre dont la logistique fut pour une grande partie sous-traitée aux milices sécuritaires dont son ancienne compagnie fournissait les services. Et ces actions ont dû sacrément prospérer puisque, durant son mandat de vice-président des États-Unis, sa multinationale rafla pour près de sept milliards de dollars de contrats gouvernementaux. C'est lui qui, en tant que chef des opérations militaires, distribuait ces mirifiques contrats. Et pour finir, si tant est qu'il y ait une fin à ses agissements, il fut directement impliqué dans l'affaire Enron. Un des plus grands scandales pétroliers, alors qu'il présidait également la commission nationale pour le développement des énergies. J'allais oublier, on le soupçonne d'être le fomenteur de l'affaire Valerie Plame. Valerie Plame était un agent de la CIA dont la couverture fut révélée à la presse par des fuites émanant d'une aile de la Maison-Blanche. Valerie Plame était aussi la femme d'un ambassadeur des États-Unis qui avait eu le tort d'être parmi les premiers à affirmer que les rapports présentés au Congrès sur l'existence d'armes de destruction massive en Irak avaient été truqués et les preuves créées de toutes pièces. Vous voulez toujours le rencontrer pour lui parler de votre grand-mère ?

— Comment savez-vous tout cela ?

— Probablement parce que j'ai eu mon diplôme de journalisme dans une pochette-surprise, répondit Andrew de fort mauvaise humeur. Cet homme fut l'un des trois « faucons » de la Maison-Blanche. Et croyez-moi, cette analogie n'a pas dû plaire aux défenseurs de l'espèce.

— Et vous êtes certain que c'est lui sur cette photo ?

— À moins qu'il ait un jumeau, et ça se saurait, je n'en ai aucun doute. Maintenant, on range nos affaires, on essaie de dormir deux heures et on fiche le camp dès le lever du jour.

— C'est si grave que ça ?

— Je ne sais pas encore dans quel pétrin s'était fourrée votre grand-mère, mais nous avons mis les pieds en plein dedans et, croyez-moi, nous n'avons pas affaire à des enfants de chœur.

— Vous croyez qu'il aurait pu être complice de ma grand-mère ?

Andrew réfléchit un instant à la question de Suzie.

— Ça ne collerait pas avec le témoignage de Broody sur leur dispute.

— Il a pu se dégonfler au dernier moment, c'est peut-être même lui qui l'a dénoncée.

— De sa part, rien ne me surprendrait, mais je suis heureux de constater que vous envisagiez enfin que votre grand-mère ait pu trahir son pays.

— Par moments, je vous déteste, Stilman, dit Suzie.

— Vous m'avez demandé de vous aider à trouver la vérité, pas d'être aimable !

# 11.

Andrew réveilla Suzie aux premières lueurs de l'aube. Elle dormait au pied du canapé où il avait trouvé le sommeil quelques courtes heures.

Ils éteignirent les lumières et Suzie referma à clé la porte de la maison de sa grand-mère.

Ils s'engagèrent sur le chemin qui menait à l'embarcadère. La neige recommençait à tomber. Les flocons mourant sur le lac imprimaient à la scène une grâce apaisante.

Andrew aida Suzie à s'installer dans la barque.

— Merci de m'avoir accompagnée jusqu'ici, dit-elle en prenant place sur la banquette.

Le reste de la traversée se fit en silence, on n'entendait que le ronronnement du petit moteur et le chuintement de l'étrave. Suzie ne quitta pas un instant du regard l'île qui s'éloignait. Andrew prit la direction opposée de Schroon Lake. Il accosta au pied d'un chemin de terre qu'il avait repéré et échoua la barque sur la berge.

Ils traversèrent un bois. Suzie affrontait la neige, insensible aux morsures du froid, comme si une partie d'elle était restée sur l'île.

Ils rejoignirent la route après une heure de marche. Andrew leva le pouce et le premier camion qui passa s'arrêta pour les prendre à son bord.

Le chauffeur ne leur posa aucune question, dans cette région la discrétion était de mise et personne n'aurait laissé deux voyageurs perdus dans l'hiver.

Le semi-remorque remontait vers le nord, Andrew et Suzie allaient au sud. Le routier lança un appel de sa CB pour savoir si l'un de ses collègues se dirigeait vers New York.

Le transbordement se fit à une station essence, à quinze kilomètres de la frontière canadienne. Andrew se demanda s'il n'aurait pas été plus prudent de la franchir.

Leur nouveau chauffeur n'était pas plus bavard que le précédent. Andrew et Suzie dormirent pendant les huit heures que dura le voyage. Ils descendirent du camion devant les quais d'un entrepôt de Jersey City. De l'autre côté de l'Hudson River, New York brillait dans la nuit naissante.

— Ça fait du bien d'être de retour chez soi, dit Andrew.

Ils empruntèrent le ferry et décidèrent de prendre un peu l'air en s'installant sur le pont. Par le froid qui régnait, ils étaient les deux seuls passagers à avoir fait ce choix.

— Il y a quelque chose qui ne colle pas, dit Andrew. Morton habite à une soixantaine de kilomètres de cette île, je n'arrive pas à croire qu'il n'ait pas eu la curiosité de s'y rendre.

— Qui vous dit qu'il ne l'a pas fait ?

— Il n'y avait rien dans ses notes à ce sujet. Je l'appellerai pour en avoir le cœur net.

— Qu'est-ce que cela nous apportera ?

— Ce sont ses notes qui nous ont mis sur la piste de la maison de votre grand-mère, il en sait certainement plus qu'il n'a voulu me le dire.

— Je dois appeler Knopf, dit Suzie.

— Souvenez-vous des recommandations de votre grand-mère à sa fille dans la lettre. Ne faire confiance à personne. Vous devriez les reprendre à votre compte. Ce soir, nous dormirons à l'hôtel, j'ai du liquide sur moi. Ne rallumez pas votre portable.

— Vous êtes méfiant à ce point ?

— Hier après-midi, sur le ponton, je ne me méfiais pas et j'avais tort.

— Et demain, que ferons-nous ?

— J'ai passé la nuit dernière à réfléchir. La liaison qu'entretenait votre grand-mère a peut-être précipité son sort, mais j'ai du mal à croire qu'elle ait causé sa perte. Si nous avons des gens aussi déterminés à nos trousses, c'est pour d'autres raisons et je pense avoir deviné l'une d'elles.

Le ferry accosta à South Seaport. Andrew et Suzie se firent déposer en taxi devant le Marriott dont Andrew avait, plus que quiconque, fréquenté le bar.

À peine installé dans la chambre, il voulut y descendre au prétexte de passer un coup de téléphone.

— Vous êtes en manque ? questionna Suzie.

— J'ai soif, c'est tout.

— Mathilde disait la même chose avant d'aller se saouler, poursuivit Suzie en ouvrant le minibar. Elle avait soif, elle aussi ! J'étais gamine, alors j'allais dans la cuisine lui chercher de quoi se désaltérer.

Suzie saisit une canette de soda et la lança à Andrew qui la rattrapa au vol.

— Maman me prenait des mains le verre de Coca Cola que je lui avais apporté, poursuivit Suzie, et le posait sur le premier meuble à sa portée. Elle me caressait la joue avec un sourire condescendant et sortait de la maison. Vous avez soif, disiez-vous ?

Andrew fit rouler la canette dans sa main avant de la poser sans ménagement sur la desserte. Il quitta la chambre en claquant la porte.

\*

Andrew s'était installé au comptoir. Le barman le salua et lui servit un Fernet-Coca qu'il but d'un trait. Il s'apprêtait à le resservir quand Andrew arrêta son geste.

— Je peux t'emprunter un téléphone ? Je n'ai plus de batterie. C'est un appel local.

Le barman lui confia son portable. Andrew recomposa trois fois de suite le numéro de Ben Morton, sans succès. Morton lui avait pourtant dit de le joindre le soir et, d'après ce qu'Andrew avait pu constater, il était peu probable que le vieux reporter soit sorti faire la bringue. Andrew finit par s'en inquiéter. Un homme qui vivait aussi isolé du monde n'était pas à l'abri d'un accident.

Il appela les renseignements pour obtenir le numéro de la station-service de Turnbridge dans le Vermont. L'opératrice lui proposa de le mettre en relation avec son correspondant.

Le garagiste se souvint d'Andrew et voulut savoir comment s'était passée sa rencontre avec ce vieux con de Morton, Andrew lui expliqua qu'il cherchait justement à le joindre et s'inquiétait à son sujet.

Andrew insista longuement, le garagiste accepta d'aller voir le lendemain si son ennemi juré se portait bien, se sentant obligé d'ajouter que s'il le trouvait terrassé par un arrêt cardiaque il n'irait pas à ses obsèques.

Andrew hésita un instant à trahir un secret et, n'y résistant plus, confia au garagiste que Morton lui avait avoué n'avoir jamais couché avec sa sœur. Le garagiste lui répondit que le contraire l'aurait bien étonné, puisqu'il était fils unique.

*

La sonnerie du téléphone ne cessait de retentir. Exaspérée, Suzie sortit de son bain et décrocha.

— Mais qu'est-ce que vous faites, bon sang, ça fait dix fois que j'appelle !

— Je m'habille !

— Je vous attends en bas, j'ai faim, râla Andrew en raccrochant.

Suzie le retrouva assis à une table accolée à la vitre. À peine l'avait-elle rejoint que le serveur déposa devant elle un plat de pâtes et une pièce de bœuf devant Andrew.

— Ce n'est pas la vie de votre grand-mère, mais les documents qui sont la cause de nos problèmes, dit Andrew en coupant son steak.

— Quels documents ?

— Ceux que votre grand-mère allait prétendument faire passer à l'Est.

— Je suis heureuse d'entendre que vous ne l'avez pas définitivement condamnée.

— Je vous l'ai déjà dit, je n'ai pas d'*a priori*.

C'est valable dans un sens comme dans l'autre. Ils ne les ont pas retrouvés sur elle, c'est pour cela que Morton, comme tous les journalistes de l'époque, n'a jamais pu les voir. Et ils les cherchent encore, ou plutôt, ils crèvent de trouille que quelqu'un mette la main dessus avant eux. Réfléchissez une minute. Quelle valeur pourraient encore avoir de nos jours les positions stratégiques de l'armée américaine dans une guerre qui est terminée depuis bientôt quarante ans ? Je ne pense pas que le Pentagone ait pour projet d'aller massacrer à nouveau les habitants de My Lai. Ce que votre grand-mère cherchait à passer de l'autre côté du « rideau de fer » devait être d'une tout autre nature que ce que l'histoire raconte. Reste à savoir quelles étaient les informations tombées entre ses mains et ce qu'elle comptait en faire.

— Ça pourrait coller avec ce qu'elle disait à son amant au moment de leur dispute ; qu'elle irait jusqu'au bout quoi qu'il lui en coûte.

— Mais au bout de quoi ? questionna Andrew.

Et soudain, guidé par une force qu'il n'aurait su expliquer, Andrew tourna la tête vers la vitrine du bar et aperçut Valérie dans la rue. Elle tenait un parapluie à la main, et le regardait dîner en compagnie de Suzie. Elle lui sourit timidement, et poursuivit son chemin.

— Qu'est-ce que vous attendez ? demanda Suzie.

Andrew se leva d'un bond et se précipita dehors. La silhouette de Valérie disparaissait au coin de la rue. Il courut pour la rattraper et quand il arriva à sa hauteur, elle ouvrait la portière d'un taxi. Elle se retourna et lui sourit encore.

— Ce n'est pas ce que tu crois, dit-il en s'approchant.

— Le bar ou ton amie ? s'enquit Valérie.

— L'un et l'autre, je ne bois plus et je suis seul.

— C'est ta vie, Andrew, dit Valérie d'une voix claire, tu n'as pas à te justifier.

Andrew ne trouva rien à répondre. Il avait rêvé de ce moment pendant des nuits entières et il était incapable de prononcer la moindre parole sensible.

— Tu es resplendissante, finit-il par bafouiller.

— Tu n'es pas mal non plus, répliqua-t-elle.

Le chauffeur du taxi se retourna, impatient.

— Il faut que j'y aille, dit-elle. Une urgence.

— Je comprends.

— Tu vas bien ?

— Je crois.

— Alors j'en suis heureuse.

— C'était étrange de te revoir ici, dit Andrew, l'air perdu.

— Oui, c'était étrange.

Valérie s'assit sur la banquette et referma la portière.

Andrew regarda le taxi s'éloigner et lorsqu'il se retourna, pour rebrousser chemin, il ne vit pas que Valérie venait de faire de même et le regardait par la lunette arrière.

*

Il entra dans le bar et s'assit à la table. Suzie termina son plat.

— Elle est beaucoup plus belle que sur la photo, lâcha-t-elle en rompant le silence.

Andrew ne répondit pas.

— C'est un endroit que vous fréquentez beaucoup ?

— Oui, c'est sur ce bout de trottoir que nous nous étions revus.

— Vous y êtes revenu souvent depuis votre séparation ?

— Une seule fois, en sortant de l'hôpital.

— Le bureau de votre ex-femme se trouve près d'ici ?

— Non, il est à l'autre bout de la ville.

— Et vous croyez qu'elle passait là par hasard ?

— Le hasard, vous savez…

— Vous n'êtes peut-être pas le seul à ressasser des souvenirs dans des reflets de fenêtres. Vous croyez au destin ?

— Quand ça m'arrange, oui.

— Alors faites-lui confiance, dit Suzie en se levant de table.

— Vous pensez que…

— Qu'elle avait l'air jalouse en me voyant ?

— Ce n'était pas la question que j'allais vous poser.

— Alors ne m'en posez pas d'autre et allons nous coucher, je tombe de sommeil.

Dans l'ascenseur qui s'élevait vers le vingtième étage, Suzie posa ses mains sur la nuque d'Andrew.

— J'aimerais bien rencontrer un jour un type comme vous, Stilman.

— Vous m'avez rencontré, il me semble.

— Je voulais dire au bon moment, ajouta-t-elle alors que les portes de la cabine s'ouvraient sur le palier.

Suzie entra dans la chambre, attrapa un oreiller et une couverture, et alla se coucher sous la fenêtre.

*

Suzie fut réveillée par le vacarme de la rue. Elle ouvrit les yeux, Andrew n'était plus là. Elle s'habilla et descendit dans le hall. Le bar de l'hôtel était fermé et Andrew n'était pas non plus dans la salle où l'on servait les petits déjeuners.

Elle appela le *New York Times*, la standardiste lui répondit qu'elle n'avait pas vu Stilman depuis plusieurs jours. Il était encore trop tôt pour aller à la bibliothèque et Suzie s'en voulut de ne pas savoir quoi faire en son absence. Elle remonta dans la chambre, ouvrit son sac de voyage, relut la lettre de Liliane et, après avoir parcouru la partition musicale, elle eut enfin une idée de la façon dont elle occuperait sa matinée.

\*

Simon allait et venait de la porte de son bureau à la fenêtre, lançant au passage des regards incendiaires à Andrew.

— Tu vas finir par me donner le mal de mer si tu continues comme ça, dit Andrew.

— Je te laisse trois jours seul et tu te débrouilles pour te mettre dans une situation impossible.

— C'est bien ce que je pensais, ma mère s'est réincarnée en toi. Je ne suis pas venu pour que tu me fasses la morale, mais pour que tu me prêtes de l'argent.

— C'est tellement grave que tu ne peux pas te servir de ta carte de crédit ?

— Je préfère prendre mes précautions tant que je ne sais pas à qui j'ai affaire. Et puis j'ai besoin d'un peu plus que ce qu'il y a sur mon compte.

Simon alla s'asseoir à son bureau, avant de se relever aussitôt pour retourner à la fenêtre.

— Reste assis, je t'en supplie ! Écoute Simon, je ne suis ni le premier ni le dernier reporter à s'attirer les foudres du pouvoir en menant une enquête. Toi qui aimes tant les voitures, vois ça comme une course. Le but est de coiffer l'autre au poteau. L'équipe adverse est prête à tout, j'en suis conscient, mais mon arme à moi, ce sont les rotatives du journal. Tu te plaignais de me voir noyer mon malheur dans du Fernet-Coca, je n'ai pas touché à une goutte d'alcool depuis une semaine et je n'ai jamais été aussi occupé depuis mon accident.

— Je n'arrive pas à savoir si tu es cynique par pur plaisir ou si tu es vraiment devenu irresponsable.

— J'ai bien pensé écrire un grand article sur ton garage, mais je connais ma rédactrice en chef, elle préfère les affaires d'État et les scandales. Elle ne sait pas ce qu'elle rate.

— Tu as besoin de combien ?

— Cinq mille pour être tranquille, je te les rendrai dès que j'aurai publié.

— Tu ne sais même pas ce que tu vas publier.

— Pas encore, mais ça pue déjà suffisamment la charogne pour que je devine qu'un gros gibier se cache derrière cette histoire.

— Et en liquide en plus !

— Je préférerais éviter de passer à la banque, et puis je ne veux pas qu'on puisse remonter jusqu'à toi.

— J'ai l'impression que c'est déjà fait, répondit Simon en regardant par la fenêtre.

— Qu'est-ce que tu racontes ?

— Ne bouge pas. Il y a une berline noire garée sur le trottoir d'en face, avec un type louche à l'intérieur.

Andrew se précipita à la fenêtre pour savoir si on

l'avait suivi, provoquant l'exaspération de Simon. Une femme sortit d'un immeuble en vis-à-vis du garage, portant un chien minuscule dans ses bras. Son chauffeur lui ouvrit la portière et démarra dès qu'elle fut installée.

— C'est sûrement la CIA, dit Andrew en tapant sur l'épaule de Simon, ils ont toute une brigade de mémères à chihuahua pour assurer leur couverture.

— Fous-toi de moi, cette voiture était suspecte, voilà tout.

Simon ouvrit le coffre-fort de son bureau, et tendit une enveloppe à son ami.

— Il y a dix mille dollars dedans, tu me rendras ce que tu n'as pas utilisé.

— Tu veux que je te garde les reçus ?

— Va-t'en avant que je ne change d'avis et débrouille-toi pour me donner de tes nouvelles. Tu es sûr que je ne peux pas venir avec vous ?

— J'en suis certain.

— Tu as quelque chose de changé. C'est cette fille qui t'a métamorphosé en trois jours ?

Andrew regarda Simon depuis la porte du bureau.

— J'ai croisé Valérie hier dans la rue.

— Je sais, elle m'a appelé en rentrant chez elle.

— Elle t'a appelé ?

— C'est ce que je viens de te dire.

— Qu'est-ce qu'elle t'a raconté ?

— Elle m'a demandé de mes nouvelles et plus tard dans la conversation, si tu voyais quelqu'un en ce moment.

— Qu'est-ce que tu lui as répondu ?

— Que je n'en savais vraiment rien.

— Pourquoi tu lui as dit ça ?

— Parce que c'est la vérité et que je savais que ça la rendrait jalouse.

— Tu as cinq ans d'âge mental, tu ne pouvais pas trouver mieux pour la faire fuir.

— Je vais te dire un truc mon vieux, occupe-toi de tes articles, et en ce qui concerne la psychologie féminine, laisse-moi faire.

— Rappelle-moi à quand remonte ta dernière liaison qui aurait duré plus de quinze jours ?

— File, tu as du travail et moi aussi !

*

En rentrant à l'hôtel, Andrew trouva la chambre vide. Il renonça à téléphoner à Suzie, espérant qu'elle aurait respecté ses consignes et laissé son portable éteint. L'idée qu'elle soit peut-être repassée chez elle l'inquiéta. L'envie d'alcool ne l'avait pas lâché depuis la veille, et le souvenir de son dernier Fernet-Coca fit redoubler sa soif. Il ouvrit le minibar et trouva un petit mot.

« Retrouvez-moi à la Juilliard School, aux studios de répétition, et demandez à parler au professeur Colson. À tout à l'heure. Sue. »

Andrew sauta dans un taxi et se fit déposer sur la 65ᵉ Rue.

La réceptionniste lui expliqua où se trouvait le studio de répétition, ajoutant que le professeur Colson s'y trouvait en compagnie d'une élève et qu'on ne devait pas le déranger. Andrew s'engagea dans le couloir avant que la réceptionniste n'eût le temps de protester.

Le professeur Colson avait la soixantaine, bien qu'il parût plus âgé dans sa vieille redingote, avec son nœud papillon de travers, son front brillant et ses cheveux blancs hirsutes dressés à l'arrière du crâne.

Il se leva de son tabouret de piano pour accueillir Andrew et le pria de s'installer sur la chaise à côté de Suzie.

— Je vois que vous avez trouvé mon mot, chuchota-t-elle.

— Très malin, l'idée du minibar.

— Qui d'autre que vous l'aurait trouvé là ? poursuivit-elle en s'approchant de son visage, comme pour le renifler.

— Je peux continuer ? demanda le professeur.

— Qui est-ce ? chuchota à son tour Andrew.

— M. Colson était mon professeur de piano quand j'étais petite fille. Maintenant, taisez-vous.

Le professeur posa ses mains sur le clavier et se remit à jouer la partition qui se trouvait devant lui.

— Je comprends pourquoi vous n'avez pas fait de progrès, murmura Andrew en se penchant à l'oreille de Suzie.

— Ces portées n'ont aucun sens, râla le professeur, c'est d'ailleurs ce que j'expliquais à Suzie avant votre arrivée. Cette cacophonie est à vous briser les tympans.

— C'est la Demoiselle des neiges ?

— En effet, s'exclama le professeur Colson, amputée de toute sa grâce, mais c'est bien elle. Je ne peux pas continuer à jouer cela, c'est insupportable, ajouta-t-il en rendant la partition à Suzie.

— Que voulez-vous dire par « amputée de sa grâce » ?

— Qu'il manque la moitié des mesures, comme si quelqu'un avait voulu réécrire ce chef-d'œuvre en le raccourcissant, et je peux vous assurer que ce n'est pas une réussite.

— Vous voyez que vous n'êtes pas le seul à avoir de l'intuition, souffla Suzie, pas peu fière de son effet.

— Vous savez où nous pourrions nous procurer une version intégrale de cet opéra ?

— Oui, évidemment, à la bibliothèque. Je peux vous en obtenir une copie.

Colson guida ses visiteurs. Il pria le bibliothécaire de lui remettre un exemplaire de la partition de la Demoiselle des neiges et demanda à Suzie si elle avait encore besoin de ses services.

Suzie hésitait à solliciter davantage son ancien professeur.

— J'aimerais que vous me présentiez à votre plus mauvais élève.

— Quelle étrange requête, dit Colson. Pourquoi ne pas me demander plutôt à rencontrer le meilleur ?

— J'ai toujours eu un penchant pour les cancres, répondit-elle.

— Alors, je dirais Jack Colman. Je ne sais pas comment ce jeune homme a réussi à se faire admettre ici, il n'a aucun talent. Vous le trouverez probablement en train de se goinfrer à la cafétéria, ajouta Colson en regardant la pendule. Je donne un cours à sa classe dans une demi-heure et il arrive toujours les mains grasses. Si vous voulez bien m'excuser.

— Je ne lui répéterai rien de tout cela, je vous le promets, dit Suzie en saluant son professeur.

— Oh, ne vous gênez surtout pas, soupira Colson en s'en allant.

*

Jack Colman, la bouche pleine et les lèvres couvertes de sucre glacé, suçait ses doigts avec gourmandise.

— J'ai une vraie passion pour les cancres, s'exclama Suzie en avançant vers Colman.

Le jeune homme découvrait étonné cette femme qui marchait dans sa direction d'un pas décidé et il se retourna pour chercher celui qui avait la chance d'attirer ainsi cette créature. Suzie s'assit en face de lui, prit un bout de sa brioche et l'avala aussitôt. Colman s'arrêta de mastiquer.

— Jack ?

Et le seul fait qu'elle connût son prénom le fit déglutir.

— J'ai des ennuis ? demanda-t-il inquiet, en voyant Andrew s'asseoir à son tour.

— Faute avouée à moitié pardonnée, tu connais le dicton, répondit Suzie

— Je rendrai l'argent à la fin de la semaine, je le jure, dit Colman.

— Et si tu le rendais dès ce soir ? enchaîna-t-elle avec un aplomb qui laissa Andrew pantois.

— Je ne peux pas, je vous promets que si je pouvais…

— Et si nous t'en donnions les moyens ? J'ai un travail à te confier.

— Qu'est-ce que je dois faire ? demanda Colman, d'une voix tremblante.

— Nous filer un petit coup de main, intervint Stilman. Mange ta brioche tranquillement, nous ne sommes pas là pour t'attirer des ennuis, c'est Colson qui t'a recommandé à nous.

— Colson est au courant ?

— Écoute, mon garçon, je ne sais pas de quoi tu me parles et ça ne me regarde pas. Tu dois combien ?

— Deux cents dollars.

— Tu pourras les rembourser dès ce soir si tu veux, dit Andrew en sortant l'enveloppe de Simon.

Il prit un billet de cent dollars et le glissa devant Colman, qui le regarda avec autant d'appétit que lorsqu'il suçait ses doigts tout à l'heure. Andrew indiqua à Suzie de lui confier la partition trouvée sur l'île et la version intégrale remise par Colson.

— Tu connais le jeu des sept erreurs ?

— Je n'y ai pas joué depuis que j'étais gosse, mais je me débrouillais plutôt bien.

— Dans la partie que je te propose, il y en a probablement plus de sept, mais ce qui compte, c'est que tu n'en omettes aucune. Tu nous compares ces deux partitions, tu repères toutes les notes manquantes sur celle qui se trouve sur ce papier jauni, tu réfléchis et tu essaies de comprendre si elles forment une suite cohérente, ou n'importe quoi qui justifie qu'on les ait effacées.

Colman se passa la main dans les cheveux.

— Et si j'y arrive ?

— Tu touches l'autre billet de cent dollars.

— Et vous voulez que je fasse ça quand ?

— Maintenant, dit Suzie en posant la main sur l'avant-bras de Colman.

— J'ai cours dans une demi-heure.

— Colson t'autorise à sécher.

— Il vous a vraiment envoyés me voir ?

— Il t'en fait baver, n'est-ce pas ?

Colman leva les yeux au ciel.

— Je l'ai eu comme professeur, dit Suzie, s'il est

dur, c'est parce qu'il croit en toi, tu es celui sur qui il fonde le plus d'espoir.

— Sérieux ? s'exclama Colman.

— Tout ce qu'il y a de plus sérieux.

Et Andrew opina pour confirmer.

— D'accord, je m'y mets tout de suite, dit Colman en prenant les deux partitions. J'habite dans la résidence des étudiants, bâtiment C, chambre 311 au deuxième étage. Dix-sept heures, ça va ?

Andrew recopia le téléphone du bar du Marriott sur une carte de visite qu'il tendit à Colman.

— Appelle ce numéro à 15 heures précises, tu demandes à me parler et tu nous dis où tu en es de tes recherches, ordonna Andrew en offrant une poignée de main à Colman.

— Vous êtes journaliste ? questionna Colman en retournant la carte de visite.

— Fais ce qu'on te dit et le succès de ton année sera garanti, dit Suzie.

Elle se leva, lui adressa un grand sourire et emporta la brioche.

*

— C'est dégueulasse, le tour que vous avez joué à ce gamin, protesta Andrew en arrivant sur le trottoir de la 65ᵉ.

— Parce que je lui ai piqué sa brioche ? Je n'ai pas pris de petit déjeuner et j'avais faim.

— Ne faites pas l'idiote, je parle de ce que vous lui avez dit au sujet de Colson et de ses études.

— Vous ne connaissez rien à la psychologie du cancre. C'est la plus belle journée de sa vie. Pour la première fois, il se sent utile, investi d'une mission pour laquelle on l'a choisi lui et non un autre.

— Et je ne connais rien non plus à la psychologie féminine, je sais, on me l'a déjà dit.

— Pas moi en tout cas, répliqua Suzie.

*

Une brise glaciale balayait l'esplanade du Rockefeller Center. Knopf était assis sur un banc, face à la patinoire. Que des gens, par ce froid, se réjouissent de glisser au milieu d'un enclos plus petit qu'un manège à chevaux était pour lui un mystère.

Woolford surgit dans son dos et prit place à côté de lui.

— J'ai quitté la cabane de Morton dès que j'ai reçu votre appel.

— Vous savez où elle est ?

— Non, ils étaient déjà partis quand je suis arrivé sur l'île.

— Tous les deux ?

— Je n'en sais rien.

— Comment ça, vous n'en savez rien ? Merde, Woolford, vous étiez censé la ramener.

— Il y avait une mare de sang sur le ponton lorsque j'ai accosté.

Knopf serra les mâchoires

— Vous êtes sûr qu'elle n'était plus sur l'île ?

— Ni dans la maison ni ailleurs.

— Vous êtes passé au village ?

— Après ce que j'ai trouvé là-bas, j'ai préféré ne pas traîner.

— Vous avez fait le ménage ?

— Il neigeait, ce n'était pas la peine.

— Vous êtes allé chez eux ?

— Les deux appartements sont inoccupés. J'ai pris mes précautions, votre journaliste est plus costaud que je ne le pensais, j'en ai fait l'expérience quand je me suis frotté à lui dans sa cage d'escalier.

— Leurs portables ?

— Muets depuis qu'ils ont mis le pied sur l'île.

— Je n'aime pas ça.

— Elliott Broody nous aurait doublés ?

— Il est vénal et en même temps trop peureux pour prendre des risques avec moi.

— Ne soyez pas inquiet, ils doivent être sur leurs gardes.

— Comment ne pas l'être ?

— Il serait peut-être temps de renforcer nos effectifs ?

— Aujourd'hui encore moins qu'hier. Quelqu'un essaie de nous prendre de vitesse et tant que je ne saurai pas de qui il s'agit, nous avons tout intérêt à rester discrets. Retournez à l'agence et guettez le moindre mouvement de leur part. Ils auront besoin d'argent à un moment donné, ou de téléphoner.

— Je vous contacte dès que j'ai du nouveau, monsieur, dit Woolford en se levant.

Knopf se retourna pour le suivre du regard, et attendit qu'il eût descendu les marches de l'esplanade pour saisir son téléphone.

— Alors ?

— Il est de retour à l'hôtel, répondit son interlocutrice.

— Qu'est-ce qu'il allait faire à la Juilliard Académie ?

— Le chauffeur les a suivis, mais compte tenu de la configuration des locaux, il lui était difficile de s'approcher.

— Pourquoi n'y êtes-vous pas allée vous-même ?

— Stilman était à la fenêtre du garage ce matin, il est possible qu'il m'ait vue, je ne voulais courir aucun risque.

— Vous avez dit que le chauffeur les avait suivis ?

— Stilman est arrivé seul à la Juilliard, mais il en est reparti avec Suzie Walker, elle devait l'attendre là-bas.

Knopf regarda le ciel gris et soupira.

— Passez me chercher au Rockefeller Center, je veux entendre le rapport du chauffeur de sa propre voix.

*

Andrew s'allongea sur le lit, mains derrière la nuque. Suzie s'approcha de la table de nuit, ouvrit le tiroir et regarda la bible qui s'y trouvait.

— Vous croyez en Dieu ?

— Mes parents étaient très croyants, nous allions chaque dimanche à la messe. La dernière à laquelle j'ai assisté fut celle de l'enterrement de mon père. Et vous ?

— Un mois après mon rapatriement aux États-Unis, je suis retournée à Baltimore. Quand je suis entrée dans l'appartement de Shamir, ses parents étaient là. Son père m'a regardée, sans rien dire, et lorsqu'il a vu mes mains, ses premières paroles ont été pour s'inquiéter de ma douleur. Je ne saurais pas vous dire pourquoi, mais ce soir-là, j'ai renoué avec la foi. J'ai demandé à sa mère si je pouvais prendre quelques affaires lui appartenant, son bleu de travail, son blouson et une écharpe rouge qu'il emportait toujours en montagne. Cette écharpe était son porte-bonheur. Chaque fois qu'il atteignait un sommet, il la nouait à son piolet et la regardait flotter dans le vent, le temps de savourer sa victoire et de reprendre des forces. Il ne l'avait pas sur le mont Blanc, nous l'avions oubliée en faisant nos bagages. J'ai répété à ses parents une histoire dont ils connaissaient l'issue, mais sa mère voulait réentendre les détails de notre ascension. Je voyais dans son regard que tant que je lui parlais de son fils il était encore un peu en vie. Et puis je me suis tue, parce que je n'avais plus rien à raconter. Sa mère s'est levée, elle est revenue avec un sac de vêtements qui appartenaient à Shamir. Elle m'a caressé la joue sur le pas de la porte et m'a confié un médaillon qu'elle portait toujours autour du cou. Elle m'a dit que si je retournais un jour sur cette montagne, elle aimerait beaucoup que je le jette dans la crevasse où dormait son fils, puis elle m'a suppliée d'avoir une vie qui vaille la peine que son fils se soit sacrifié. Je voudrais juste que la mort ne soit pas qu'un long sommeil sans rêves, que l'âme de Shamir erre quelque part et soit heureuse.

Andrew se leva et alla jusqu'à la fenêtre, attendant quelques instants avant de prendre la parole.

— Je courais le long de l'Hudson River et je me suis retrouvé dans une ambulance entre la vie et la mort, plus proche de la mort que de la vie. Je n'ai aperçu aucune lueur, n'ai entendu aucune voix d'ange m'appeler vers les cieux, rien de tout ce que le curé nous racontait. Mais j'ai vu beaucoup d'autres choses. Aujourd'hui, je ne sais plus en quoi je crois. En la vie probablement, à la peur de la perdre et bizarrement jamais à celle de la foutre en l'air. Vous devriez comprendre, vous aussi vous êtes une survivante et vous vous acharnez à vouloir prouver l'innocence d'une femme que vous n'avez même pas connue.

— Ne comparez pas la façon dont nous menons nos vies. Vous avec votre bouteille, moi avec mon obsession. J'aurais voulu avoir une grand-mère à qui confier ce que l'on ne dit pas à ses parents, qui vous donne des conseils sans vous faire de leçons. J'ai besoin de prouver son innocence pour donner un sens à mon existence, pas pour la détruire. Je suis née sous un nom d'emprunt. Lorsque le temps sera venu, je voudrais être enterrée sous celui de Walker et fière de l'avoir porté.

— C'était le nom de son mari.

— C'est celui qu'elle avait choisi de prendre, son nom de jeune fille était McCarthy. J'ai du sang irlandais dans les veines.

— Il est l'heure, dit Andrew en regardant sa montre. Colman ne devrait plus tarder à appeler, allons grignoter quelque chose en attendant.

\*

Andrew commanda un club-sandwich, Suzie se contenta d'un soda. Son regard allait de la pendule murale au téléphone posé sur le comptoir.

— Il appellera, dit Andrew en s'essuyant la bouche.

Enfin, le téléphone sonna. Le barman tendit le combiné à Andrew.

— Je veux mille dollars de plus ! dit Colman surexcité.

— Ce n'est pas ce qui était convenu, répondit Andrew.

— Ce que j'ai trouvé vaut beaucoup plus que les deux cents que vous m'avez proposés.

— Il faudrait peut-être me dire de quoi il s'agit pour que je puisse en juger.

— Les notes manquantes ne forment aucune suite logique, elles n'ont aucune signification.

— Et c'est avec ça que tu veux négocier une rallonge ?

— Laissez-moi finir. L'idée m'est venue de les rapprocher du livret de l'opéra. J'ai comparé les mesures qui avaient disparu avec le texte qu'elles accompagnaient. Et votre jeu des sept erreurs prend tout son sens. Je suis en train de recoller les mots, de recomposer chaque phrase, c'est sidérant. Je comprends mieux pourquoi vous vouliez décoder ce rébus. Si ce que j'ai sous les yeux est vrai, vous avez un énorme scoop entre les mains.

Andrew s'efforça de ne rien laisser filtrer de l'impatience qui le gagnait.

— D'accord tu toucheras ton argent. Quand auras-tu fini ?

— Avec mon ordinateur, rapprocher phrases et mesures est un jeu d'enfant, je devrais avoir complété le texte dans une heure tout au plus.

— Nous serons chez toi dans vingt minutes, envoie-moi par e-mail ce que tu as déjà fait, je le lirai en chemin.

— Vous me promettez que vous me paierez ?

— Je n'ai qu'une parole.

Jack Colman raccrocha.

## 12.

Andrew demanda son chemin au gardien du campus.

Suzie le précéda en s'engouffrant dans le bâtiment C de la résidence étudiante.

Andrew frappa à la porte. Colman devait travailler avec un casque sur les oreilles. Suzie frappa à son tour, et comme Colman ne répondait toujours pas, elle entra dans la chambre.

Jack dormait, la tête sur son clavier. Intriguée, Suzie regarda Andrew et s'approcha du bureau. Elle posa la main sur l'épaule de Colman, le bras du jeune homme retomba lourdement le long de son corps, son visage était blême.

Suzie poussa un cri qu'Andrew tenta d'étouffer en lui mettant sa main sur la bouche. Elle le repoussa et secoua Colman par les épaules. La tête de Jack dodelinait sur le clavier, mais ses yeux restaient mi-clos, sans la moindre expression de vie.

— Appelez une ambulance, implora Suzie.

Andrew appuya son index sur la carotide de Colman.

— Je suis désolé, vraiment désolé, dit-il, la gorge serrée.

Suzie s'agenouilla à côté de Jack Colman, et empoigna sa main inerte. Et tandis qu'elle conjurait Colman de se réveiller, Andrew la força à se relever.

— Vous êtes en train de laisser des empreintes partout, murmura-t-il. Allez, venez, fichons le camp.

— Je m'en moque de mes empreintes !

— C'est tragique, mais on ne peut plus rien faire.

Andrew remarqua un bout de carton blanc sous la joue de Colman. Il tira dessus et reconnut sa carte de visite. Une idée lui vint, comme une fulgurance qui pendant un court instant l'arracha à la situation dans laquelle il se trouvait.

— Et merde, tant pis pour les empreintes, bougonna-t-il.

Il déplaça la tête de Colman et s'empara du clavier, devant Suzie qui ne comprenait rien à sa précipitation.

Il ouvrit le navigateur, se connecta à la messagerie du *New York Times*, tapa son identifiant et son mot de passe et accéda à sa boîte mail.

Il y découvrit les courriels qu'il n'avait pas ouverts depuis plusieurs jours, le plus récent apparaissait en haut de l'écran et émanait de Jack Colman.

Le jeune homme avait dû le rédiger après leur conversation téléphonique. En s'effondrant sur les touches de son clavier, il en avait activé l'envoi.

Et pendant qu'Andrew essayait de lire les premières lignes, il s'aperçut que les autres courriels en attente disparaissaient l'un après l'autre.

— Quelqu'un pirate ma messagerie, cria-t-il.

La liste des e-mails se réduisait de seconde en seconde.

Andrew appuya précipitamment sur deux touches. L'imprimante de Colman se mit à ronronner et un feuillet apparut dans le bac.

Andrew le rangea dans sa poche, ralluma son portable et appela le 911.

*

La chambre d'étudiant grouillait de policiers. Les ambulanciers dépêchés sur place s'en étaient allés après avoir constaté le décès. Il n'y avait aucune blessure apparente, aucune trace de lutte, aucune seringue, rien qui indiquât à première vue une agression ou même une overdose.

Un jeune homme était mort devant son écran d'ordinateur et l'inspecteur qui recueillait le témoignage d'Andrew lui dit que la cause du décès semblait être d'origine naturelle. Ce ne serait pas le premier jeune à mourir d'une malformation cardiaque, d'une rupture d'anévrisme, d'un abus d'amphétamines ou simplement des effets d'une hygiène de vie déplorable. « Les étudiants ne reculent plus devant rien pour réussir leurs examens », soupira-t-il. Il en avait vu d'autres dans sa carrière. L'autopsie confirmerait tout cela. En attendant, Suzie et Andrew étaient priés de ne pas quitter l'État de New York et de se présenter au commissariat dans les vingt-quatre heures pour y faire chacun leur déposition.

Avant de les autoriser à partir, l'inspecteur appela le *New York Times* et souhaita s'entretenir avec la rédactrice en chef d'Andrew pour s'assurer que le reporter Stilman travaillait bien à un article sur la Juilliard School et qu'il devait à cet effet rencontrer cet après-midi un certain Jack Colman. Olivia Stern le lui confirma sans la moindre hésitation. Elle demanda à l'inspecteur si elle pouvait dire un mot à son journaliste. L'inspecteur lui tendit le téléphone.

— Il va de soi que je vous attends à mon bureau dans l'heure, dit Olivia.

— C'était une évidence.

Andrew rendit le portable à l'inspecteur.

— Désolé, j'étais obligé de vérifier, c'est la procédure. Mais je n'ai pas dit que vous étiez avec votre petite amie.

— Je vous remercie, répondit Andrew, bien que ce ne soit pas interdit par notre règlement.

L'inspecteur les libéra.

*

— Pourquoi n'avez-vous rien dit ? s'exclama Suzie sur le trottoir.

— Dit quoi ? Qu'en demandant à ce garçon de nous aider à assembler les morceaux manquants d'un opéra, nous l'avions condamné à mort ? Qu'il a probablement été exécuté par un tueur professionnel et que nous avons de bonnes raisons de croire à cette hypothèse parce que vous avez dessoudé un de ses collègues avant-hier soir ? Vous avez besoin que je vous rappelle ce qui s'est passé sur l'île ? Qui de nous deux ne voulait pas qu'on prévienne les flics de peur que son enquête s'arrête ?

— Je dois parler à Knopf, que ça vous plaise ou non.

— Faites comme bon vous semble, moi, je dois aller parler à ma rédactrice en chef et je n'ai pas la moindre idée du bobard que je vais lui servir pour qu'elle me foute la paix. J'emporte le texte, je l'étudierai au journal, on se retrouve en fin de journée à l'hôtel. Je n'aime pas l'idée de vous laisser seule, soyez prudente et ne rallumez pas votre portable.

— Vous l'avez bien fait, vous !

— Je n'avais pas le choix et je le regrette.

\*

Andrew avait besoin de se remettre les idées en place. Une vingtaine de blocs le séparaient du journal, il décida de les parcourir à pied. En entrant dans le premier bar venu, il commanda un Fernet-Coca, le barman n'en servait pas et Andrew ressortit furieux.

En chemin, il s'arrêta devant une cabine téléphonique et composa un numéro à San Francisco.

— C'est Andrew Stilman à l'appareil. Je vous dérange ?

— Tout dépend du service que vous allez encore me demander, répliqua l'inspecteur Pilguez.

— Je me suis retrouvé accidentellement sur une scène d'homicide. J'y ai laissé pas mal d'empreintes, j'ai besoin d'une recommandation auprès de vos collègues.

— C'est-à-dire ?

— Que quelqu'un comme vous leur assure que je ne suis pas le genre d'homme à assassiner un gosse. La victime avait vingt ans au plus. J'ai besoin qu'on me laisse tranquille, le temps de boucler une enquête.

Pilguez ne répondait pas, Andrew entendait le souffle de sa respiration.

— Et bien sûr, vous vous trouviez sur les lieux du crime par hasard ? finit-il par lâcher d'un ton flegmatique.

— Plus ou moins.

— Ça s'est passé où ?

— À la résidence étudiante de la Juilliard Academy, sur la 65e.

— Vous avez une idée de qui a fait le coup ?

— Non, mais c'est un travail de professionnel.

— C'est bon, je vais passer ce coup de fil. Dans quelle histoire êtes-vous encore allé vous fourrer, Stilman ?

— Si je vous disais que je n'en sais rien, vous me croiriez ?

— Est-ce que j'ai le choix ? Vous avez besoin d'un coup de main ?

— Je ne pense pas, non, en tout cas pas encore.

— Le cas échéant, n'hésitez pas, je m'ennuie comme un rat mort en ce moment.

Pilguez raccrocha.

Arrivé devant les locaux de la rédaction, Andrew releva la tête pour contempler les lettres du *New York Times* sur la façade. Il enfouit ses mains dans les poches de sa gabardine et poursuivit son chemin.

*

Knopf attendait Suzie, lisant le journal, sur un banc du Washington Square. Elle s'assit à côté de lui.

— Vous faites une tête, dit Knopf en repliant son journal.

— Je suis paumée, Arnold.

— Ce doit être sérieux pour que vous m'appeliez par mon prénom.

— J'aurais dû vous écouter et renoncer à aller sur

cette île. J'ai tiré sur quelqu'un, et je vais devoir vivre avec ça toute ma vie.

— Vous avez tué le journaliste ?

— Non, l'homme qui tentait de le noyer.

— Alors c'était de la légitime défense.

— Quand vous regardez le crâne ensanglanté de quelqu'un que vous venez de tuer, ça ne change pas grand-chose.

— Bien sûr que si. Si c'était lui qui s'était penché sur votre crâne ensanglanté, ça aurait changé beaucoup de choses, pour moi comme pour vous. Vous en avez fait quoi de ce corps ?

— Nous l'avons balancé au fond du lac.

— C'est ce qu'il convenait de faire.

— Je n'en sais rien, j'aurais peut-être dû écouter Andrew et appeler la police. Mais je n'écoute personne.

— Je ne compte plus les heures que j'ai passées à vous protéger. Des autres et de vous-même. Je vais nous épargner à tous deux le récit de vos exploits d'adolescente rebelle, mais que vos empreintes apparaissent sur un cadavre, même dans un contexte de légitime défense, aurait été tout à fait contrariant.

— Je crains hélas que ce soit pourtant le cas.

— Vous me disiez qu'il était au fond d'un lac ?

— Lui, oui. Mais il y a autre chose : nous avions rendez-vous avec un étudiant à la Juilliard School et nous l'avons trouvé mort en arrivant dans sa chambre.

— Et vous avez laissé vos empreintes dans cette chambre ?

— Sur la rambarde d'escalier, sur la poignée de la porte d'entrée, sur lui, sur sa chaise, son bureau… Mais cette fois, nous avons prévenu les flics. Je dois aller faire une déposition demain au commissariat.

— Auprès de quel inspecteur ?

Suzie tendit la carte que lui avait remise le policier.

— Je verrai ce que je peux faire, dit Knopf en s'en emparant, et je vous tiendrai au courant. À condition toutefois que je puisse vous joindre ! Vous avez perdu votre téléphone ?

— Non, il est éteint.

— Eh bien rallumez-le, bon sang ! Comment voulez-vous que je vous protège si je ne sais pas où vous trouver ? Je vous avais prévenue, Suzie, poursuivre cette enquête était une entreprise des plus dangereuses.

— Épargnez-moi vos leçons, et puis vous allez être content, j'ai décidé d'y mettre un terme, il y a eu assez de sang versé. C'est au-dessus de mes forces.

Knopf lui prit la main et la tapota gentiment.

— Il y a encore quelques jours, ma chère, vous entendre dire cela m'aurait en effet comblé de joie.

— Plus maintenant ?

— Je crains qu'il ne soit trop tard. Je vais vous faire une confidence, Suzie, et vous devez me jurer de ne la répéter à personne, pas pour le moment en tout cas. J'espérais n'avoir jamais à vous le révéler, mais la situation m'y oblige. Votre grand-mère avait volé des documents bien plus importants que de simples positions militaires au Vietnam. Cette rumeur n'avait d'autre raison que d'endormir l'ennemi. Liliane était une activiste, opposée à la force nucléaire. Et l'épisode de la baie des Cochons n'avait fait que renforcer ses convictions. Les positions qu'elle avait dérobées dans le bureau de son mari étaient celles de nos installations de défense nucléaire, plus grave encore, celles de missiles à longue portée que nous avions installés dans le plus grand secret en Europe, aux frontières du bloc de l'Est. Nous avons toujours nié leur existence. Ils sont toujours là-bas, des dizaines de silos enterrés dans des forêts. La Russie n'est plus un ennemi de nos jours, mais certains de nos hauts gradés doivent considérer que révéler leur présence aurait encore des conséquences diplomatiques désastreuses. Dans ce pays, on ne joue pas avec la sécurité nationale.

— Vous n'avez qu'à leur dire que nous arrêtons tout, j'abandonne.

— Si c'était aussi simple ! Je ne sais même pas quelle agence veut vous éliminer, la CIA, la NSA, l'armée ? Et mes contacts ont hélas le même âge que moi, un contingent de papys à la retraite.

Suzie dessinait un rond avec son pied dans la terre sèche de l'allée du Washington Square.

— Qu'est-ce que vous feriez à ma place ? demanda-t-elle, en détournant les yeux de Knopf.

— Quand on ne peut plus freiner une machine qui se dirige droit vers un mur, la seule solution est de foncer. Pulvériser l'obstacle au lieu de s'écraser contre lui. Aussi raisonnables que soient désormais vos intentions, ils ne vous croiront pas. La seule chose qui pourrait les retenir serait que vous trouviez ces documents et que vous me les remettiez. Je pourrais m'en servir pour négocier votre sécurité. Dans ce contexte, vous comprenez qu'il est très important de ne rien dire à votre ami reporter, vos intérêts ne sont plus les mêmes.

— Et si cela ne suffisait pas ? murmura Suzie, pensive.

— S'ils s'entêtent, nous changerons de stratégie. Nous utiliserons le journaliste, il publiera, et lorsque ce sera fait, vous n'aurez plus grand-chose à craindre, vous serez intouchables.

— Pourquoi ne pas faire cela directement ?

— Parce que cela reviendrait à perpétuer la trahison de votre grand-mère. Je préférerais que nous n'en arrivions pas là. Mais à choisir entre un incident diplomatique aussi grave soit-il, et votre vie, je n'aurai pas à réfléchir longuement.

Suzie se tourna vers Knopf et affronta son regard, pour la première fois depuis le début de leur conversation.

— Alors, elle était vraiment coupable ?

— C'est une question de point de vue. Elle l'était aux yeux de ceux qui nous gouvernaient, et puis quinze ans plus tard, le monde s'est finalement rendu à sa raison, nous avons signé le traité de désarmement. Depuis 1993, les carcasses de nos glorieux B-52 rouillent par centaines sous le soleil du désert d'Arizona, même si ce démantèlement n'était alors qu'une vaste mascarade puisque nos missiles les remplaçaient.

— Pourquoi ne m'avez-vous pas raconté tout ça plus tôt, Knopf ?

— Auriez-vous accepté de m'entendre ? J'ai essayé, mais votre grand-mère comptait tant pour vous. Mathilde n'était que le fantôme d'une mère et vous aviez fait de Liliane votre modèle. Comment enfoncer plus encore le couteau dans la chair vive d'une blessure d'enfance ?

Suzie balaya le parc du regard. L'hiver lui avait ôté ses couleurs. Quelques promeneurs parcouraient les allées, mains dans les poches et nuque courbée.

— J'ai escaladé une montagne, causé la mort de trois hommes dont l'un avait à peine vingt ans, tout ça pour prouver son innocence, et il faut maintenant que je poursuive cette folie, comme vous le dites si souvent, à la recherche des preuves de sa culpabilité. Quelle ironie !

— Je crains que la saga de votre famille n'en soit une encore plus grande. Où se trouve votre ami journaliste ?

— Il rend des comptes à sa rédactrice en chef.

— Je sais que cela ne me regarde pas, mais y a-t-il quelque chose entre vous ?

— Non, ça ne vous regarde pas. Vous qui avez si bien connu Liliane, aviez-vous entendu parler d'un endroit où elle emmenait parfois Mathilde en cachette de son mari ?

Knopf se frotta le menton.

— Votre grand-mère entretenait tant de secrets. Votre visite sur l'île a dû vous en convaincre.

— Avec qui mon grand-père l'avait trompée ?

— Vous voyez, il faut toujours que vous preniez sa défense ! Et pour revenir à votre question précédente, un seul endroit me vient en tête. Liliane était une passionnée de jazz, son mari n'appréciait que l'opéra et certaines œuvres du répertoire classique. Le jazz n'était pour lui qu'une succession de dysharmonies barbares. Quand votre grand-mère jouait sur son piano, il lui imposait de fermer les portes du salon de musique et d'appuyer sur la sourdine. Chaque mois, Edward se rendait à Washington pour ses affaires, et Liliane en profitait pour aller exercer sa passion dans un célèbre club de jazz de Manhattan. Le Vanguard, si ma mémoire est bonne, mais je ne me souviens pas qu'elle y ait emmené votre mère. Pourquoi me demandez-vous cela ?

— Sur l'île, nous avons trouvé une lettre que Liliane

avait écrite à Mathilde. Elle lui parlait d'un endroit où elles se rendaient toutes les deux.

— Et que lui disait-elle d'autre dans cette lettre ?

— Rien que des mots d'amour d'une mère à sa fille. Elle se savait en danger, j'y ai lu une sorte de testament.

— J'aimerai beaucoup pouvoir la lire aussi, si cela ne vous dérange pas.

— Je vous l'apporterai la prochaine fois, promit Suzie. Merci, Arnold.

— De quoi ? Je n'ai rien fait.

— D'avoir toujours été là pour moi, d'être l'homme que vous êtes, celui sur qui je peux toujours compter.

Elle se leva et embrassa Knopf sur la joue, un geste de tendresse qui le fit presque rougir.

— Au fait, dit-il en se levant, avant de mourir, ce Colman vous a appris quelque chose ?

Suzie adressa un regard appuyé à Knopf, et hésita avant de lui répondre.

— Non, nous sommes arrivés trop tard.

Elle s'éloigna dans l'allée et se retourna pour adresser un dernier salut à son parrain.

\*

Andrew l'attendait au bar de l'hôtel. Un verre à moitié vide devant lui.

— C'est le premier et je ne l'ai même pas fini, dit-il.

— Je ne vous ai rien demandé, répliqua Suzie en grimpant sur le tabouret.

Elle prit le verre et trempa ses lèvres.

— Comment faites-vous pour boire un truc aussi amer ?

— Question de goût. Votre petit rendez-vous était instructif ?

— Question de point de vue ! Ma grand-mère était coupable, lâcha Suzie. Pas de ce dont on l'accusait, mais elle allait tout de même trahir son pays.

— Et comment se porte votre ange gardien ?

— Bien, mais je crois qu'il me ment.

— Ma pauvre, vous allez de désillusion en désillusion.

Suzie se retourna et le gifla. Elle reprit le verre, le vida cul sec et le reposa sur le comptoir.

— Vous aussi vous êtes un menteur, vos yeux pétillent et vous puez l'alcool. Vous en avez bu combien ?

— Trois, lâcha le barman en essuyant son comptoir. Je vous sers quelque chose, mademoiselle ? C'est la maison qui offre.

— Un bloody mary, répondit Suzie.

Andrew se frottait la joue, incrédule.

— Knopf m'a demandé si Colman nous avait appris quelque chose, poursuivit Suzie, je ne lui avais pas donné son nom.

Le barman posa le bloody mary devant elle, et reçut au passage un regard glacial d'Andrew.

— Vous ne dites rien ? murmura Suzie.

— Je vous dirais bien que je vous avais prévenue, pour votre grand-mère comme pour Knopf, mais j'aurais peur de m'en prendre une autre.

— Knopf n'est pas notre ennemi, vous ne me ferez pas changer d'avis. Il ne me dit pas tout, mais dans son métier le secret est un art.

— Qu'avez-vous découvert d'autre ?

— La vraie nature des documents dont ma grand-mère s'était emparée. Ce n'était pas l'argent son motif, elle agissait par idéalisme. Elle espérait contraindre l'armée à cesser d'enfouir des missiles nucléaires dans les forêts d'Europe de l'Est. C'était cela le grand mystère qui se cachait derrière l'opération *Snegourotchka*.

Andrew fit signe au barman de la resservir.

— Vous aussi vous me surprenez un peu plus chaque jour, continua Suzie, je pensais vous révéler un énorme scoop et vous avez l'air de vous en foutre comme de votre première chemise.

— Ne dites pas ça, je tenais beaucoup à ma première chemise. Mais que l'armée américaine ait planqué des missiles en Europe dans les années 1960, oui, ça, je m'en contrefiche. Les rumeurs à ce sujet n'ont pas manqué, et qu'est-ce que ça peut bien faire aujourd'hui ?

— Un énorme scandale diplomatique.

— Tu parles ! Quand des sous-marins nucléaires russes se font piquer à croiser au large de l'Alaska ou à naviguer dans les eaux territoriales norvégiennes, ça ne donne pas trois lignes dans un canard. Et si c'est ça le scoop que j'ai promis à ma rédactrice en chef, ma prochaine enquête sera d'aller les compter, les canards, sur le réservoir de Central Park. Allez, ça suffit, il faut que je vous parle, mais pas ici.

Andrew régla l'addition, sans oublier de rappeler au barman que le bloody mary était pour lui. Il prit Suzie par le bras et l'entraîna vers la rue. Il lui fit remonter deux blocs sans dire un mot, jusqu'à ce qu'ils s'engouffrent dans la bouche de métro sur la 49ᵉ.

— Je peux savoir où on va ?

— Vous préférez le quai nord ou le sud ?

— Ça m'est totalement égal.

— Alors le sud, répondit Andrew en bousculant Suzie vers l'escalier.

Il repéra un banc au bout du quai et s'y assit. Une rame de métro passa dans un grondement assourdissant.

— Les notes de Colman ne racontent pas du tout la même histoire que celle de votre cher ami Knopf.

— Vous avez lu sa retranscription ?

— Colman n'a pas eu le temps d'achever son travail. Difficile d'en tirer des conclusions définitives, dit Andrew en haussant la voix pour couvrir le bruit du métro qui filait dans le tunnel, mais je m'explique mieux pourquoi il voulait une augmentation ; ça fait froid dans le dos.

Andrew remit à Suzie le feuillet qu'ils avaient imprimé dans la chambre de Jack Colman.

*Ils veulent assassiner la Demoiselle des neiges.*

*Si rien n'est fait pour la protéger, elle disparaîtra à jamais.*

*L'or coule en abondance sous son manteau de glace et nos gens de haut rang veulent s'en emparer.*

*Le seul moyen de s'approprier ses richesses était de précipiter sa fin.*

*Mais le tombeau de Snegourotchka sera aussi celui de l'hiver, annonçant un bouleversement destructeur.*

*Ils en connaissent les conséquences et les méprisent, j'en ai maintenant la preuve.*

*La voie du nord libérée assurera leur domination et leur prospérité.*

*Est ou Ouest, alliés ou ennemis n'a plus d'importance. Les prévenir est le seul moyen de mettre un terme aux assauts qui ont déjà commencé.*

*Nos gens de haut rang recourent aux pires moyens pour arriver à leurs fins.*

*Les fractures sont volontaires et la nature accomplira le reste.*

*Sauver Snegourotchka est un devoir qui ne connaît ni obéissance ni patrie, celui d'assurer la survie de millions d'êtres humains.*

— Vous y comprenez quelque chose ? s'enquit Suzie.

— Le style est un peu lyrique, j'en conviens, mais votre grand-mère a composé ce texte à partir d'un livret d'opéra. À la première lecture, je me suis interrogé, comme vous. Et puis je me suis souvenu de l'excitation de Colman au téléphone, au point de me demander ce qu'il avait bien pu y voir qui m'échappait. Je n'avais pas regardé mon portable quand je l'ai rallumé pour appeler les flics. Mais tout à l'heure en vous attendant au bar, j'ai vu que Colman m'avait envoyé un texto. Peut-être en comprenant que ce n'était pas nous qui frappions à sa porte. C'est ce dernier message qui a éclairé ma lanterne.

Andrew tira son téléphone de sa poche et le montra à Suzie.

« La Demoiselle de neiges est la banquise arctique. »

— Relisez ce texte maintenant, reprit Andrew, et vous comprendrez tout, sauf la folie qui a pu animer des hommes à vouloir précipiter sa fonte.

— Ils ont voulu détruire la banquise ? demanda Suzie.

— Et ouvrir enfin la voie du nord. Une aubaine pour nos gouvernants qui ont toujours redouté le blocage ou l'asphyxie du canal de Panamá qui reste aujourd'hui encore le seul passage pour le transport maritime entre l'Atlantique et le Pacifique en évitant les « quarantièmes rugissants ». Un corridor unique qu'empruntent trois cents millions de tonnes de marchandises chaque année. Et ce canal est la propriété d'une toute petite république d'Amérique centrale. Ouvrir une nouvelle voie au nord est d'une importance stratégique considérable. Mais cette route demeure impraticable à cause des glaces. Ce serait aussi une aubaine pour nos compagnies pétrolières. Souvenez-vous du CV de l'amant de votre grand-mère. Politiciens, argentiers, magnats, lobbys et multinationales, tout ce beau monde se côtoie, se mélange, partage les mêmes intérêts. Quarante pour cent des réserves mondiales d'or noir se trouvent sous la banquise et elles aussi restent inaccessibles tant que la calotte glaciaire n'aura pas fondu. Je me souviens avoir lu quelque part que cela représentait une manne estimée à plus de sept mille milliards de dollars. De quoi en motiver plus d'un. Voilà pourquoi nos gouvernements successifs s'acharnent à s'opposer à toute mesure freinant le réchauffement climatique. Ouragans, raz de marée, sécheresses, famines, élévation du niveau des mers, déplacements des populations côtières, tout ça ne pèse rien contre sept mille milliards de dollars et deux siècles de domination énergétique assurés. Voilà quarante ans que les États-Unis, le Canada et la Russie se disputent les droits territoriaux de l'Arctique. Les Russes ont même envoyé un sous-marin nucléaire pour aller planter leur drapeau au fond de l'océan.

— Nous sommes bien allés planter le nôtre sur la Lune sans en être devenus propriétaires, rétorqua Suzie.

— Elle est un peu loin, et on n'y a pas encore

trouvé de pétrole. Combien de guerres avons-nous entreprises pour contrôler les vannes de l'or noir, combien d'hommes y ont perdu la vie… Mais ce qui m'effraie le plus dans ce message que votre grand-mère s'était donné tant de mal à crypter, c'est qu'elle y laisse entendre que ces hommes avaient mis leur projet à exécution.

— Mais quel projet ?

— « Les fractures sont volontaires et la nature accomplira le reste. » Attaquer la banquise en profondeur pour accélérer sa fonte.

— Comment ?

— Je n'en sais rien, mais quand on voit à quelle vitesse elle se réduit d'année en année, je crains que ce scénario ne soit pas qu'une simple fiction. Quoi qu'ils aient fait, j'ai la triste impression que ça a fonctionné.

— Notre gouvernement aurait sciemment provoqué la disparition de la banquise pour aller faire des forages pétroliers en Arctique ?

— Quelque chose dans ce genre, oui. Vous devinez ce qu'il arriverait si nous trouvions les preuves formelles de ce que nous révèle ce bout de papier ? Je doute que les conséquences se limitent à un simple incident diplomatique. C'est toute la crédibilité des États-Unis qui serait remise en cause sur la scène mondiale. Imaginez la réaction des mouvements écologiques, des altermondialistes, des pays qui pâtissent du réchauffement climatique. Sans parler de nos alliés européens qui ont tous des revendications sur les réserves de l'Arctique. *Snegourotchka* est une véritable poudrière, et on est assis dessus.

— Mais c'est aussi le plus beau sujet de votre carrière.

— Si nous restons en vie pour que je puisse le publier.

Et tandis qu'Andrew et Suzie relisaient encore le texte que leur avait indirectement légué Liliane Walker, les caméras de surveillance fixées au-dessus du quai relayaient leur présence sur les écrans du poste de sécurité. Le logiciel de reconnaissance faciale, mis en place depuis les attentats du 11 Septembre, transmettait déjà leur signalement.

*

L'homme en costume sombre se tenait en appui contre la fenêtre, regardant la ville qui s'étendait jusqu'à la pointe de l'île où l'océan reprenait ses droits. Un paquebot descendait l'Hudson, et Elias Littlefield se fit la remarque que, s'il avait eu une famille, il ne l'aurait jamais emmenée en vacances à bord de l'un de ces HLM flottants. Voyager en troupeau était pour lui aussi vulgaire qu'insupportable.

Il rangea ses lunettes dans la poche haute de son veston et fit claquer sa langue sur son palais. Puis il se retourna et observa l'assemblée autour de la table de réunion, l'air grave et exaspéré.

— Je croyais que la particularité de cette unité était d'anticiper et non de subir. L'un d'entre vous aurait-il un peu de temps libre pour nous rapporter ce document maintenant ?!

— Vous commettriez une erreur en les interpellant « maintenant », répondit Knopf en insistant volontairement sur ce dernier mot.

Littlefield s'approcha de la table de réunion et se

servit un grand verre d'eau. Il le porta à ses lèvres en faisant un bruit de succion qui révulsa Knopf.

— Vos oiseaux ont réussi à disparaître pendant quarante-huit heures, enchaîna-t-il, je n'autoriserai pas que cela se reproduise.

— C'est vous qui avez commandité cette brillante intervention sur l'île de Clarks ?

Littlefield regarda ses collaborateurs d'un œil complice et bienveillant. Pour que chacun d'eux sache qu'il appartenait à une équipe soudée dont il était le chef.

— Non, nous n'y sommes pour rien.

Littlefield retourna à la fenêtre contempler la vue.

Les projecteurs éclairaient d'une lumière vert et rouge la structure de l'Empire State Building, signe de l'approche des fêtes de fin d'année. Elias Littlefield pensa que lorsque ce dossier ne serait plus qu'une affaire de plus réglée par ses soins il irait bien skier dans le Colorado.

— Vous en êtes encore réduit à faire la course avec d'autres agences ? reprit Knopf. Je me demande si c'est vraiment votre pays que vous voulez protéger, ou votre carrière ?

— Pourquoi ce ne serait pas les Russes, les Canadiens ou même les Norvégiens qui chercheraient à nous prendre de vitesse ?

— Parce qu'ils sont intelligents. Ils attendraient de mettre la main sur les preuves avant d'agir.

— Épargnez-moi ce ton condescendant, Knopf. Vous nous avez assuré pendant des années que de telles preuves n'existaient plus. La seule raison qui justifie que nous vous ayons sorti de votre retraite est la connaissance que vous aviez de cette affaire. Mais plus les jours passent et plus je doute de votre utilité.

Je vous rappelle que votre rôle ici se limite à celui d'observateur, alors gardez vos remarques pour vous.

Knopf repoussa sa chaise. Il attrapa sa gabardine au portemanteau et s'en alla.

*

Le métro s'arrêta dans un grincement mécanique, les portières de la rame s'ouvrirent. Andrew et Suzie s'engouffrèrent dans le wagon de tête et allèrent s'asseoir sur la première banquette libre.

— Une heure après notre départ, les policiers qui se trouvaient chez Colman ont été priés de quitter les lieux.

— Par qui ?

— Par des agents de la NSA qui, paraît-il, prenaient leur relève.

— Comment l'avez-vous appris ?

— J'avais demandé un petit service à un ami. Il m'a rappelé peu de temps après pour me donner cette information.

— Je croyais que nous ne devions pas rallumer nos portables ?

— C'est pour ça que nous sommes ici, pour disparaître de leurs écrans. Nous sortirons au terminus de Brooklyn.

— Non, nous descendons à Christopher Street, moi aussi j'ai du nouveau.

*

Les lumières du chantier de la Freedom Tower ne formaient plus qu'un halo dans la nuit grise. Une de ces nuits où le crachin d'hiver vous glace jusqu'aux os. Les voitures filaient sur la Septième Avenue dans un tohu-bohu de klaxons et de crissements de pneus sur l'asphalte humide.

Suzie repoussa la porte du 178 et descendit les marches abruptes de l'escalier qui menait au sous-sol. Ils entrèrent dans la salle du Village Vanguard. Il était encore tôt et le Steve Wilson trio s'époumonait pour deux clients au bar, un homme esseulé dans un box et un autre qui lisait ses e-mails sur son portable, relevant la tête de temps à autre. Lorraine Gordon, depuis son tabouret, scrutait la salle avec son air installé de patronne. Quarante-deux ans qu'elle était là, fidèle au poste, six soirs par semaine.

Thelonious Monk, Miles Davis, Hank Mobley, Bill Evans, elle les avait tous accueillis dans son club. Et pour ces musiciens venus des quatre coins de l'Amérique, elle était simplement « Lorraine », la muse de la Mecque du jazz, sauf Shirley Horn, qui l'avait baptisée le « sergent », mais peu de gens s'autorisaient à l'appeler ainsi.

Suzie et Andrew s'installèrent au plus loin de la scène. Lorraine Gordon s'approcha et n'attendit pas leur permission pour s'asseoir avec eux.

— Un revenant ! Où étais-tu passé ?

— Ici aussi vous êtes un habitué ? demanda Suzie.

— Monsieur a sa bouteille chez moi, ma petite, rétorqua la patronne, sans lui adresser un regard.

— J'étais en vadrouille, dit Andrew.

— Je t'ai connu plus mauvaise mine, quoique l'éclairage chez moi soit toujours flatteur. Qu'est-ce que tu as fait de ta femme ?

Et comme Andrew ne répondait pas, elle s'enquit de ce qu'il voulait boire.

— Rien, déclara Suzie à sa place. Il n'a pas soif.

Lorraine apprécia son culot, mais se garda bien de le lui dire. Elle n'aimait pas les filles un peu trop jolies à son goût, les soupçonnant de se servir de leur cul pour arriver à leurs fins. Chaque fois qu'un musicien lui avait fait défaut, où s'était pris de jouer saoul comme une barrique, c'était à cause d'une jolie fille qui lui avait brisé le cœur.

— Sa grand-mère aurait joué dans ton club, il y a longtemps, dit Andrew en désignant Suzie d'un coup d'œil. Liliane Walker, ce nom te dit quelque chose ?

— Rien du tout, affirma Lorraine en considérant Suzie. Des musiciens, ma chérie, j'en ai vu défiler quelques-uns.

— Et si elle s'était appelée Liliane Mc Carthy ? interrogea Suzie en résistant à l'envie de remettre Lorraine à sa place.

— En quelle année elle est venue jouer, ta mamy ?

— La dernière fois, ce devait être en 1966.

— Tu te rends compte, j'avais vingt-six ans, ma chérie. Max et moi n'étions même pas encore mariés.

Lorraine Gordon fit un tour d'horizon et arrêta son regard sur le mur tapissé de portraits en noir et blanc.

— Non, je ne me souviens pas d'elle.

Suzie tira la photo de Liliane de sa poche et la posa sur la table. Lorraine la regarda et se dirigea vers le mur qu'elle parcourut des yeux. Elle décrocha un cadre et revint s'asseoir.

— Tiens, la voilà, ta grand-mère. Tous ceux qui ont joué ici ont droit à leur photo au mur. Tu n'as qu'à retourner le cadre, chacun la dédicaçait.

Suzie, mains tremblantes, observa attentivement le visage souriant de Liliane. Elle avait l'air d'une autre femme, incomparablement plus rayonnante que celle qui figurait sur les photos que Suzie avait vues d'elle. Elle retourna le cadre et, sans montrer son étonnement, le repoussa vers Andrew.

Au lieu d'une dédicace, était écrit : « Oslo, Kulturhistorisk, Frederiks Gate 3. »

Andrew s'approcha de Lorraine et se pencha à son oreille.

— Tu me rendrais un service ? Si quelqu'un vient te poser des questions, tu ne nous as pas vus ce soir.

— Ce n'est pas mon genre, de couvrir les adultères.

Andrew la fixa dans le blanc des yeux et Lorraine Gordon sut qu'il s'agissait d'autre chose.

— Tu as des ennuis avec les flics ?

— C'est plus compliqué que ça, et j'ai besoin de gagner du temps.

— Alors filez tous les deux. Passez par les coulisses. Au bout du couloir, il y a une porte qui donne sur Waverly Place. Si on ne vous a pas vus entrer, on ne vous verra pas plus sortir.


Andrew emmena Suzie chez Taim, une gargote qui ne payait pas de mine, mais où l'on venait depuis Uptown pour ses falafels. Ils décidèrent ensuite de faire quelques pas dans les rues du West Village.

— On ne retourne pas au Marriott, l'adresse est grillée, dit Andrew.

— Il y a d'autres hôtels à New York, suggéra Suzie, choisissez celui qui vous plaira, je suis frigorifiée.

— Si c'est à la NSA que nous avons affaire, tous les hôtels de la ville ont dû recevoir notre signalement et même les plus miteux ne rigolent pas avec ça.

— On ne va pas passer la nuit à errer dehors ?

— Je connais deux trois bars où nous serions tranquilles.

— J'ai besoin de dormir.

Andrew repéra une cabine téléphonique à l'angle de Perry et de Bleecker Street.


— Un nouveau meurtre ? s'inquiéta l'inspecteur Pilguez.

— Pas encore, j'ai juste besoin d'un endroit sûr où passer la nuit.

— Allez dans le Bronx, ordonna Pilguez après un temps de réflexion, le café Colonial sur White Plains Road, tâchez de parler à Oscar, et dites-lui que vous venez de ma part, il vous logera sans vous poser de questions. Qui veut en découdre avec vous, Stilman ? L'inspecteur Morrelli à qui j'avais demandé la faveur de vous laisser tranquille m'a rappelé tout à l'heure. Tous les flics de la ville vous recherchent.

— La NSA, répondit Andrew.

— Alors oubliez l'adresse que je viens de vous donner. Raccrochez et déguerpissez de l'endroit où vous êtes, et vite.

Andrew prit Suzie par la main et l'entraîna en courant vers l'Hudson River. Il se rua au milieu du premier carrefour pour arrêter un taxi et l'y fit grimper sans ménagement.

— Je sais où ils n'iront jamais nous chercher, grommela Andrew.

*

Dolorès venait d'éteindre son ordinateur. Elle s'apprêtait à quitter son bureau quand elle vit Andrew s'y faufiler en compagnie d'une jeune femme. Elle releva la tête et contempla ses deux visiteurs.

— Suzie Baker, je présume ?

Suzie tendit la main à la recherchiste qui la lui serra sans enthousiasme.

— J'ai besoin de vous, Dolorès, dit Andrew en ôtant son imperméable.

— Je pensais que vous veniez m'emmener dîner ! Vous avez de la chance, enchaîna-t-elle, Olivia Stern sortait d'ici il y a moins de dix minutes. Je ne sais pas ce que vous lui avez encore fait, mais elle est remontée contre vous et elle vous cherche partout. Elle voulait savoir si je vous avais vu ou eu au téléphone récemment. Je n'ai pas eu besoin de lui mentir.

Dolorès ralluma son écran et posa ses doigts sur son clavier.

— Ce sera quoi cette fois ?

— Rien, aucune recherche, nous allons juste dormir ici.

— Dans mon bureau ?

— Le mien se trouve dans l'axe de celui d'Olivia, et j'ai Olson pour voisin.

— Vous trouvez toujours les arguments qui font mouche, Stilman. Dites-moi que toutes les polices du monde la recherchent et que ce n'est pas pour assouvir un ignoble fantasme que vous voulez passer la nuit avec elle dans mon bureau !

— Il n'est pas du tout mon genre d'homme, s'exclama Suzie. Et vous avez vu juste, j'ai besoin de me cacher.

Dolorès haussa les épaules et repoussa sa chaise.

— Alors, faites comme chez vous. Les gars du ménage passent à 6 heures, vous souhaitez que je vous réveille avant ? Il arrive qu'on me tire du lit vers 5 h 30 ! ajouta Dolorès d'un ton pince-sans-rire.

Elle se dirigea vers la porte.

— Dolorès ? appela Andrew.

— Quoi encore ?

— J'aurai aussi quelques recherches à vous demander.

— Ah, tout de même ! J'ai cru que vous m'aviez prise pour une tenancière de bordel. Je vous écoute, de quoi s'agit-il ?

— De documents officiels, d'articles, de la moindre déclaration que vous pourriez me trouver sur les réserves pétrolières en Arctique, les comptes rendus d'expéditions géologiques et météorologiques entreprises autour du cercle polaire, et aussi du rapport le plus récent sur la fonte des glaces, de préférence rédigé par des scientifiques étrangers.

— Et tout ça pour demain ?

— En fin de semaine, ce serait parfait.

— Vous repasserez me voir ?

— Non, pas avant quelque temps.

— Alors, je vous l'envoie où, ce dossier ?

— Vous allez créer une boîte mail à votre nom et vous n'aurez qu'à prendre celui de votre chat comme mot de passe, je m'y connecterai.

— Vous êtes sur un gros coup, Stilman ? demanda Dolorès sur le pas de la porte

— Plus gros que tout ce que vous pourriez imaginer.

— Avec vous, je n'imagine rien, comme ça, je ne suis jamais déçue, dit-elle en lançant un dernier regard à Suzie.

Et Dolorès s'esquiva.

# 13.

Elias Littlefield siégeait à l'extrémité d'une longue table, distribuant la parole à tour de rôle à ses collaborateurs. Il les écouta avec la plus grande attention. Les dossiers étaient nombreux et la réunion durait déjà depuis deux heures. Son portable vibra, il y jeta un regard discret, le saisit et s'excusa en se levant.

Il emprunta la porte qui se trouvait au bout de la salle de réunion et alla s'installer à son bureau. Il fit pivoter son fauteuil pour contempler la vue avant d'engager son interlocutrice à lui parler.

— Knopf vient de s'en aller, dit-elle.

— Qu'est-ce qu'il voulait ?

— Savoir si ses deux protégés étaient venus me voir. J'ai suivi vos consignes, je lui ai dit la vérité.

— Vous leur avez montré la photo ?

— La copie, avec l'adresse que vous m'aviez demandé de remplacer au dos.

— Personne ne s'est douté de rien ?

— Après leur départ, j'ai remis en place celle que Knopf m'avait confiée, au cas où il viendrait la récupérer, mais pour l'instant il ne l'a pas fait. Je n'aurais jamais soupçonné qu'il fasse cavalier seul, lorsqu'il est venu me voir hier.

— Nous en portons une part de responsabilité. Knopf est de l'ancienne école, il n'a jamais accepté d'avoir été tenu à l'écart après son transfert chez nous.

— Qu'est-ce qu'il va devenir ?

— Ne vous inquiétez pas pour lui, nous le renverrons à sa retraite, il est inoffensif désormais. Merci pour ce soir.

Lorraine Gordon raccrocha et retourna s'occuper de ses clients. Elias rejoignit la salle de réunion.

— Knopf va débarquer ici dans peu de temps, je veux que chacun soit à son poste avant qu'il n'arrive. Où en sommes-nous de la pose des écoutes ?

— Impossible de planquer en bas de chez lui, il est trop aguerri pour ne pas s'en rendre compte, impossible aussi de rentrer dans son appartement. Son compagnon travaille à domicile, et quand il s'absente, leur majordome veille au grain.

— Débrouillez-vous pour les faire sortir tous les deux, foutez le feu s'il le faut. Je veux que l'on enregistre la moindre de ses conversations, même ce qu'il chante sous la douche. Où sont Baker et le journaliste ?

— Nous les avons pris en filature à la sortie du club. Ils se sont réfugiés dans les locaux du *New York Times*, nous surveillons toutes les issues.

— Vous quatre, dit Elias en se tournant vers les deux femmes et les deux hommes assis à sa gauche, vous partez en Norvège dès demain. Vous formerez deux équipes. Quand vos cibles se présenteront au musée, vous interviendrez. Knopf se rendra à sa planque, là où il espérait les retrouver, vous l'intercepterez aussi, mais en douceur. Avec un peu de chance, il se fera prendre avec le dossier.

— Vous pensez qu'il sait vraiment où il se trouve ? demanda l'homme qui se tenait à la droite d'Elias. Pourquoi ne serait-il pas allé le chercher avant pour le leur remettre ?

— Parce qu'il n'en a jamais eu l'intention. Knopf n'est pas un traître. Il ne nous aurait jamais tourné le dos si cette Suzie Baker ne s'était pas compromise. Mais nous avons chacun notre talon d'Achille, le sien, c'était le sénateur Walker. Il l'aimait et s'est toujours comporté en chien de garde à son égard. Je le soupçonne d'ailleurs de l'aimer encore. Je préférerais qu'il en soit autrement, les choses sont ce qu'elles sont et nous n'avons plus d'autre choix que de réduire tout ce petit monde au silence. Une fois pris la main dans le sac, Knopf rentrera dans le rang, c'est un homme doué de bon sens.

— Et son compagnon ? questionna l'homme à la droite de Littlefield.

— Quand vous aurez enfin réussi à placer les écoutes, nous saurons ce qu'il sait ou ne sait pas, nous aviserons.

— Vous ne croyez pas que nous devrions leur lâcher la bride ? intervint un autre participant. S'ils ne réussissent pas à sortir du pays, comment voulez-vous qu'ils arrivent jusqu'à Oslo ?

— Croyez-moi, Knopf leur en donnera les moyens. Si leur départ était trop facile, il s'en inquiéterait.

*

Dormir par terre n'avait pas dérangé Suzie, mais Andrew, lui, avait les reins endoloris. Il se frotta le bas du dos en grimaçant.

— Nous pourrions essayer par le Canada, dit-il en se penchant sur l'écran de Dolorès.

— Essayer quoi ?

— Le Mexique serait plus sûr. De là, nous pourrions rouler jusqu'au Guatemala et embarquer à Guatemala City vers l'Europe. La NSA n'est pas très populaire en Amérique centrale.

— Six jours, sept pour arriver à destination ? C'est dément.

— JFK me tenterait bien, nous serions à Oslo demain, ou morts, ce qui est plus probable d'ailleurs.

— Je peux utiliser ce téléphone sans risque ? interrogea Suzie.

— Depuis le Watergate, les lignes des journalistes sont sûres, je ne pense pas que le gouvernement s'amuserait à mettre le *New York Times* sous écoute, ce serait trop risqué pour eux. Qui voulez-vous appeler ?

— Mon agence de voyages, répondit Suzie en défiant Andrew du regard.

— Elle est ouverte à 5 heures du matin ?

*

Stanley regarda le réveil sur la table de nuit et leva les yeux au ciel. Il râla et repoussa les draps à ses pieds avant de quitter son lit. Il enfila sa robe de chambre et hurla un « J'arrive » alors que le téléphone continuait de sonner.

— Tu as oublié quelque chose ? demanda-t-il en décrochant.

— C'est Suzie, Stanley, il faut que je parle à Arnold.

— Vous avez conscience de l'heure ?

— C'est urgent.

— Quand est-ce que ça ne l'est pas avec vous ?

— Ne raccrochez pas, Stanley, cette fois-ci, c'est grave et cela concerne également Arnold. Réveillez-le et passez-le-moi, je vous en prie.

— Il n'est pas rentré et il ne rentrera pas avant plusieurs jours. J'ai eu l'agréable surprise de l'apprendre par un message sur notre répondeur. Et vous vous doutez bien que je ne sais pas où il est. Qu'est-ce que vous lui vouliez ?

— Qu'il m'aide à me rendre à Oslo au plus vite, et quand je dis au plus vite, je parle d'une vraie course contre la montre.

— Eh bien prenez l'avion !

— Pas sur une ligne régulière, c'est impossible.

Stanley entortilla le cordon autour de ses doigts et regarda la photo d'Arnold et lui posée sur le guéridon. Elle avait été prise au Belize, au cours des rares vacances qu'ils s'étaient accordées et encore, Stanley était presque certain que Knopf n'avait pas choisi cette destination par hasard.

— Si je vous aide à vous rendre en Norvège, y aurait-il une infime chance que vous vous y installiez ? C'est beau, la Norvège, vous pourriez être heureuse là-bas, vous qui aimez tant le froid.

— Si vous m'aidez, Stanley, je vous promets que vous n'aurez plus jamais affaire à moi, et Arnold non plus.

— Que Dieu vous entende ! Laissez-moi étudier cela et retrouvez-moi devant la patinoire de Central Park dans une heure.

Après avoir raccroché, Stanley s'empara du cadre photo sur le guéridon et murmura à son compagnon :

— J'espère que tu tiendras ta promesse, mon vieux, parce que sinon, c'est moi qui ne serai plus là quand tu rentreras.

*

Le parc baignait encore dans la nuit claire. De rares joggeurs empruntaient déjà les allées. On pouvait voir leur souffle embué qui semblait les précéder à chaque foulée. Stanley comptait ses pas devant l'entrée de la patinoire, luttant contre le froid. Il sursauta quand Suzie posa la main sur son épaule.

— Bon sang, ne faites pas des choses comme ça, j'ai le cœur fragile.

— Désolée, je dois être discrète en ce moment.

— Qu'avez-vous encore fait ? Oh, et puis ne m'en dites rien, je ne veux pas le savoir.

— Vous avez pu…

— Vous étiez pressée, non ? Alors laissez-moi parler !

Stanley regarda par-dessus l'épaule de Suzie.

— Qui est ce type qui nous épie derrière cet arbre ?

— Un ami.

— Il est tout à fait grotesque. Présentez-vous dans les locaux d'Atlantic Aviation à l'aéroport de Teterboro à 11 heures sous le nom de Mme Clarks. Si vous voyagez avec ce zozo qui se prend pour un singe, vous n'aurez qu'à prétendre qu'il est votre garde du corps. Un homme viendra vous chercher et fera en sorte que vous embarquiez sans que personne vous contrôle.

— Et ensuite ?

— Ensuite, vous me faites confiance et vous serez à Oslo demain.

— Merci, Stanley.

— Ne me remerciez pas, je suppose que c'est ce qu'Arnold aurait attendu de moi. Je le fais pour lui, pas pour vous, même si malheureusement, c'est un peu la même chose. Au revoir, Suzie.

Stanley enfouit ses mains dans ses poches et s'en alla. Il passa à côté de l'arbre derrière lequel se tenait Andrew et lui souffla au passage :

— Vous êtes ridicule, mon vieux !

Et Stanley disparut dans la brume du parc.

— C'est bon, dit Suzie, en rejoignant Andrew, nous avons nos billets pour la Norvège.

— À quelle heure, le départ ?

— Onze heures à Teterboro, je vous expliquerai en chemin.

Andrew tira de sa poche l'enveloppe de Simon et tendit dix billets de cent dollars à Suzie.

— Prenez un taxi, les friperies de Nolita ouvrent à 8 heures, achetez-nous des vêtements chauds. En attendant, passez dans un drugstore et prenez des nécessaires de toilette, deux lampes torches, on ne sait jamais, et tout ce que vous jugerez utile.

— Doublez la mise, dit Suzie en comptant les billets.

— Je vous demande de nous acheter des pull-overs et des brosses à dents, pas un smoking et une robe du soir !

— Et vous, où allez-vous pendant que je fais les courses ?

— Ça ne vous regarde pas. Retrouvez-moi à 8 h 45

à cette adresse, dit-il en griffonnant son carnet. Je vous attendrai sur le trottoir.

*

Le café était bondé de policiers en uniforme, ce qui n'avait rien d'anormal pour un établissement situé en face des écuries de la police montée.

Valérie poussa la porte, son visage se ferma quand elle aperçut Andrew assis au comptoir.

Elle salua plusieurs hommes en se frayant un chemin vers le bar et se faufila à côté d'Andrew. Le policier qui prenait son café lui céda sa place et alla s'asseoir avec des collègues attablés dans un box.

— Qu'est-ce que tu fais ici ? murmura-t-elle.

— Je suis venu te voir.

— Tu n'as pas choisi le meilleur endroit. Tu es recherché, ta photo est punaisée au mur à l'entrée du commissariat, en mauvaise compagnie.

— Tes camarades ont l'habitude de voir le monde du haut de leurs canassons, aucun ne m'a prêté attention. Qui pourrait imaginer qu'un homme traqué vienne de son plein gré se jeter dans la gueule du loup ?

— Qu'as-tu fait, Andrew ?

— Je me suis intéressé à un dossier qui dérange des gens très haut placés.

— L'Argentine ne t'avait pas suffi ?

— J'ai besoin de toi, Valérie.

— Tu as besoin que je te rende un service ? C'est pour ça que tu es venu ?

— Non, j'ai besoin de toi pour vivre. Tu me manques, je voulais que tu le saches avant que je parte.

— Tu vas où ?

314

— Loin.

— Et tu reviens quand ?

— Je n'en sais rien, c'est plus dangereux que l'Argentine.

Valérie reposa sa tasse, le regard fixé sur les volutes de vapeur qui la coiffaient.

— Je ne veux plus, Andrew, je ne veux plus jamais passer mes nuits sur le fauteuil d'une chambre d'hôpital à prier pour que tu te réveilles. Tous ceux qui se pressaient à ton chevet me demandaient si tu souffrais dans ton sommeil, jamais comment j'allais. Moi, je souffrais en silence, à te regarder, en me rappelant que le jour de notre mariage, tu en aimais une autre.

— Ta présence était ma seule raison de m'accrocher. Je savais que tu étais là, j'entendais parfois ta voix. J'ai puisé toute ma force pour m'en sortir et te demander pardon. Je n'arrivais pas à bouger et encore moins à parler. Le jour où j'ai enfin rouvert les yeux, tu n'étais plus là. Je sais ce que j'ai fait, et je le regrette, mais je ne t'ai jamais trompée. Je ferai n'importe quoi pour que tu me pardonnes un jour, dit Andrew. Tu crois que je n'aimerais pas être un homme meilleur, celui avec lequel tu voulais passer ta vie ?

— C'est trop tôt, ou trop tard, je n'en sais plus rien, murmura-t-elle.

Andrew regarda la pendule au-dessus du bar.

— Il faut que j'y aille, soupira-t-il. Reste ici, je voulais juste te dire ces choses-là avant de partir.

— Me dire quoi, que tu es désolé ?

— Que je t'appartiens.

Andrew se leva et se dirigea vers la porte. Il bouscula un policier et s'excusa. Le policier le dévisagea avec un air étrange et Valérie se leva aussitôt pour les rejoindre.

— Viens, dit-elle en prenant Andrew par le bras.

Elle tapa sur l'épaule du flic, lui demanda de ses nouvelles et entraîna Andrew hors du café.

— Merci, murmura Andrew sur le trottoir.

— De quoi ?

Un taxi se rangea devant eux, Suzie apparut à la vitre arrière. Valérie la regarda.

— C'est avec elle que tu t'en vas ?

Pour toute réponse, Andrew hocha la tête et ouvrit la portière.

— Tu voulais savoir quoi faire pour que je te pardonne, ne pars pas.

— Ce n'est plus toi la victime aujourd'hui, Valérie, puisque c'est moi qui t'aime.

Andrew la fixa longuement, puis il baissa les yeux et monta dans le taxi.

Lorsque la voiture s'éloigna, il se retourna pour la regarder par la lunette arrière.

Valérie se tenait là, seule à côté d'un réverbère, et avant que le taxi n'eût tourné au coin de la rue, il l'aperçut rentrer dans le café.

*

Elle traversa la salle comme un automate et se rassit devant sa tasse de café. Le policier qu'Andrew avait bousculé vint la rejoindre.

— Qui était ce type ? Son visage me dit quelque chose.

— Un ami d'enfance, mais mon enfance est si loin.

— Je peux faire quelque chose pour toi, Valérie ? Tu n'as pas l'air dans ton assiette.

— Tu m'emmènerais dîner ce soir ?

*

— Les sacs sont dans le coffre, dit Suzie. C'était futé de choisir ce café. Vous auriez dû me demander de venir vous chercher dans la salle, ça aurait été encore plus discret.

— Vous pourriez vous taire jusqu'à ce que nous arrivions à l'aéroport ?

Suzie resta silencieuse durant tout le trajet. Ils traversèrent le George Washington Bridge, et Andrew regarda Manhattan s'éloigner plus que jamais.

Suzie se présenta au comptoir d'Atlantic Aviation sous le nom de Clarks, comme le lui avait ordonné Stanley. La réceptionniste les pria de patienter dans un salon. Quelques instants plus tard, un homme vint les chercher.

— Suivez-moi, dit-il en les faisant ressortir du bâtiment.

Ils longèrent des grillages qui encerclaient les installations aéroportuaires. Un tracteur était garé un peu plus loin. L'homme tira la bâche du chariot à bagages qui lui était arrimé, jeta leurs deux sacs à l'intérieur et les invita à y grimper avant de rabattre la bâche.

Le convoi s'ébranla. Assis en tailleur avec leurs sacs sur les genoux, Andrew et Suzie entendirent le grincement d'une porte en fer qui glissait sur ses rails et le tracteur accéléra.

Il remonta le tarmac et finit par s'immobiliser au pied d'un Gulfstream immatriculé au Texas.

L'homme les fit descendre du chariot et leur montra la porte de la soute de l'appareil. Là où il stationnait, on ne pouvait l'apercevoir depuis les terminaux.

— Passez par là, et restez planqués à l'arrière de l'avion jusqu'au décollage. Ce jet est censé se rendre à Halifax. En route, le pilote demandera à virer de cap vers Saint-Pierre-et-Miquelon. Vous retournerez dans la soute lors de l'escale et redécollerez après qu'un nouveau plan de vol vers Oslo aura été déposé. Durant la descente en Norvège, le pilote fera état d'un problème technique et sollicitera l'autorisation d'atterrir sur un aérodrome situé à trente kilomètres d'Oslo. Vous quitterez l'avion, une voiture vous prendra en charge et vous déposera où vous le voulez. Ensuite, vous serez livrés à vous-même. Des questions ?

— Aucune, répondit Suzie.

— Une dernière chose, reprit l'homme, en tendant une enveloppe à Suzie, on m'a demandé de vous remettre ceci. En arrivant en ville, achetez le *Herald Tribune* et lisez les petites annonces. Je suppose que vous savez ce que ça veut dire. Bon voyage et bonne mission.

Andrew et Suzie grimpèrent sur le tapis mécanique qui filait vers la soute. L'homme referma la porte et fit signe au pilote. Les réacteurs se mirent en route et l'appareil roula pour aller s'aligner sur la piste.

# 14.

La voiture traversait des sous-bois auxquels succéda une campagne blanche. Des champs séparés de murets se jouxtaient, tristes comme des cours de prison en hiver. Sur la ligne d'horizon apparurent des hameaux aux cheminées fumantes. Ils longèrent un lac, passèrent plusieurs villages et le rideau du jour s'ouvrit sur la banlieue d'Oslo.

Suzie prit dans son sac l'enveloppe que lui avait confiée l'homme juste avant leur départ. Elle contenait un guide touristique, des couronnes norvégiennes et l'adresse d'un hôtel qu'elle remit au chauffeur.

L'hôtel était modeste, mais le propriétaire ne leur demanda ni de présenter leurs papiers ni de remplir une fiche de renseignements.

La chambre contenait deux lits étroits couverts d'une toile de velours râpé, séparés par une table de nuit en pin. La fenêtre s'ouvrait sur l'entrée d'une usine où des ouvriers se pressaient. Suzie tira le rideau de percale et alla se doucher dans la salle de bains attenante. Elle était minuscule, mais avait le mérite d'exister.

*

Il régnait une ambiance monacale dans la salle à manger. La femme qui leur servit le petit déjeuner n'avait plus d'âge, elle se retira sans prononcer un mot. Andrew et Suzie restèrent en compagnie d'un couple de voyageurs, assis près d'un buffet. L'homme lisait son journal, son épouse étalait avec grande précaution une confiture rouge sur des biscottes. Ils se saluèrent du regard et chacun replongea le nez dans son assiette.

Andrew remonta chercher leurs sacs. Il s'acquitta de la note et prit un dépliant où sur une face était imprimé un plan de la ville et sur l'autre celui du réseau ferré.

Suzie, qui se plaignait souvent de la dureté du froid bostonien, reconsidéra la question en se faisant cueillir par la brise glaciale qui parcourait les rues de cette banlieue de Norvège.

Ils marchèrent jusqu'à la gare d'Asker, Andrew demanda à un guichetier depuis quel quai partaient les trains de la ligne Drammen en direction d'Oslo. L'homme leur indiqua leur chemin dans un anglais très correct.

La motrice rouge entra en gare quinze minutes plus tard. C'était un train régional comme il en passe dans toutes les banlieues des grandes villes du monde, mais pour seuls graffitis sur ses wagons, il arborait les traînées de neige grise que le vent avait brossée sur les flancs.

À la gare centrale d'Oslo, Suzie se rendit devant un kiosque à journaux. Elle acheta deux exemplaires du *Herald Tribune* et conduisit Andrew à la table d'un café où ils s'assirent côte à côte.

— Vous me beurrez une biscotte ? dit-elle en ouvrant l'exemplaire du quotidien.

Andrew se pencha par-dessus son épaule.

— Qu'est-ce qu'on cherche ? demanda-t-il.

— Un message anodin.

— Où avez-vous appris tout ça ?

— J'ai eu Knopf pour parrain, j'étais à bonne école, répondit Suzie. Il me racontait que pendant la guerre froide les annonces du *Herald* servaient de courrier à tous les services d'espionnage qui communiquaient ainsi en toute impunité. Des informations ultraconfidentielles traversaient les frontières sans que personne puisse les intercepter. Et de ce fait, chaque matin, des services de contre-espionnage scrutaient la moindre ligne de ces mêmes annonces, à l'affût d'un message à décoder. Voilà, j'ai trouvé le nôtre, ajouta-t-elle en parcourant du doigt les lignes suivantes :

*Cher Clark,*
*Tout va bien.*
*Je t'attends à Bryggen pour manger des harengs.*
*Téléphone à Bergenhus,*
*pense à acheter du mimosa, c'est le début*
*de la saison.*
*Amitiés.*

— Et cette annonce vous est destinée ?

— Le mimosa était la fleur préférée de ma grand-mère, il n'y a que lui et moi pour savoir ça.

— Et que veut dire le reste ?

— Qu'il y a un problème, répondit Suzie. Je crois que Knopf est en Norvège.

— Vous lui faites toujours confiance ?

321

— Plus que jamais.

Andrew ouvrit le guide touristique.

— Nous allons le visiter, ce musée d'Histoire naturelle, oui ou non ?

Suzie replia le *Herald Tribune* et le rangea dans son sac.

— Je ne le sens pas du tout. Si Knopf nous écrit que tout va bien, c'est qu'il pense le contraire. S'il fait référence à l'île de Clarks, c'est pour nous prévenir d'un danger.

Andrew tournait les pages, il s'arrêta sur la carte de la Norvège et l'étudia.

— Si manger des harengs vous tente plus, Bryggen se trouve ici, sur la côte ouest. Nous pouvons nous y rendre en train ou en voiture. Dans les deux cas, cela nous prendra sept heures. J'opterais pour le train, je ne vois pas comment louer un véhicule sans présenter nos papiers, ce que je préférerais éviter, dit-il en refermant le guide.

— Ou en hydravion, suggéra Suzie en montrant à Andrew la vignette colorée d'une annonce publicitaire imprimée au dos du guide.

Ils quittèrent la gare et sautèrent dans un taxi qui les mena au port.

\*

L'hydravion, arrimé au quai, ballottait sur ses flotteurs. Au bout du ponton, une baraque en bois servait de locaux à la compagnie Nordairway Tour. Andrew poussa la porte. Un homme à la bedaine généreuse, avachi dans un fauteuil, pieds en éventail sur une table basse, ronflait paisiblement, comme un vieux poêle chargé de bois. Suzie toussota. L'homme ouvrit les yeux, bâilla et lui sourit de toutes ses dents. Derrière sa barbe blanche, on aurait dit un père Noël surgi d'un conte nordique.

Suzie lui demanda s'il pouvait les emmener à Bryggen. En s'étirant, l'homme lui répondit que pour dix mille couronnes ils y seraient en deux heures. Mais il devait d'abord livrer une cargaison d'outillages, ajouta-t-il en regardant sa montre. Il serait de retour en début d'après-midi. Suzie lui offrit deux mille couronnes de plus, et l'homme fut convaincu que la quincaillerie pouvait attendre.

Le Beaver De Havilland affichait le même air affable que son pilote, avec son gros nez rond, et sa carlingue épaisse. Perché sur ses flotteurs, il avait l'allure pataude. Andrew prit la place du copilote et Suzie s'assit à l'arrière, non qu'Andrew eût la moindre connaissance en navigation aérienne, mais le capitaine en avait décidé ainsi. Le moteur toussota, crachant de grosses fumerolles noires, et trouva son régime. Le capitaine largua l'amarre qui les retenait au quai et referma le hublot.

L'avion glissait vers l'estuaire, tanguant chaque fois qu'il coupait les sillages des chalands traversant le port.

Le phare dépassé, le commandant poussa sur la manette des gaz, le moteur vrombit, la cabine vibrait.

— Ôtez-moi vos pieds du palonnier si vous ne voulez pas qu'on finisse à la baille, grommela-t-il, les pédales, bon sang, soulevez vos jambes !

Andrew s'exécuta et l'avion s'éleva.

— La météo est bonne, reprit le capitaine, nous ne devrions pas être trop secoués.

Il vira et Suzie vit le port d'Oslo s'éloigner sous l'aile.

*

Une lumière terne entrait par les meurtrières de la forteresse de Bergenhus. La salle des gardes avait retrouvé depuis peu le mobilier qui l'occupait jadis. Une table en bois et quelques bancs, copies de bonne facture réalisées par les menuisiers et ébénistes de la région. La restauration n'était pas achevée et cette partie du musée restait fermée au public.

Knopf imprimait de ses pas la terre sèche qui recouvrait le sol. S'il n'avait entendu au loin les ronronnements des chalutiers qui revenaient au port, il se serait imaginé transporté des siècles en arrière. Une rêverie qu'il crut presque réelle en découvrant le visage de l'homme qui venait d'entrer dans la pièce.

— Je vous croyais à la retraite, dit Ashton en s'approchant de lui.

— Certains hommes n'y ont pas droit, rétorqua Knopf.

— Ce rendez-vous était-il nécessaire ?

— Elle est ici, répondit Knopf, je la précède de quelques heures.

— Mathilde ?

— Mathilde est morte, je vous parle de sa fille.

— Elle sait ?

— Bien sûr que non, nous sommes les deux seuls à savoir.

— Alors, que vient-elle faire en Norvège ?

— Sauver sa peau.

— Et vous êtes là pour lui porter secours, je suppose.

— Je l'espère, cela dépend beaucoup de vous.

324

— De moi ?

— Il me faut le dossier, Ashton, c'est la seule monnaie d'échange possible pour arrêter la meute qui est à ses trousses.

— Mon Dieu, Knopf, en vous écoutant parler, j'ai l'impression d'être reparti quarante ans en arrière.

— C'est exactement la sensation que j'ai eue en vous voyant, quoique les choses fussent plus simples à cette époque. On ne tuait pas ceux de son propre camp.

— Ce sont vos hommes qui en ont après elle ? Ils savent que le dossier existe ?

— Ils s'en doutent.

— Et vous voudriez le leur remettre pour sauver la petite-fille de Liliane ?

— Elle est la dernière des Walker. J'ai juré à son grand-père de la protéger jusqu'à la fin de mes jours.

— Vous auriez dû mourir plus tôt. Je ne peux rien faire, Knopf, ni pour vous ni pour elle. Et croyez bien que j'en suis désolé. Je n'ai pas ce dossier, même si je savais où il est, je ne possède plus le passe pour y accéder.

— Quel passe ?

— La clé d'un coffre que personne ne réussirait à forcer sans en détruire le contenu.

— Alors, vous savez où il se trouve.

— Rentrez chez vous, Knopf, vous n'auriez pas dû faire ce voyage et nos chemins n'auraient pas dû se recroiser.

— Je ne repartirai pas les mains vides, Ashton. Dussé-je…

— Me tuer ? À coups de canne ? Un combat de vieux coqs… Allons Knopf, ce serait pathétique.

Knopf empoigna Ashton à la gorge et le repoussa contre le mur.

— J'ai encore beaucoup de ressources pour mon âge, et je vois dans vos yeux que vous avez envie de vivre quelques années de plus. Où est ce dossier ?

Le visage d'Ashton s'empourprait au fur et à mesure que l'oxygène se raréfiait dans ses poumons. Il essaya de se débattre, mais Knopf était plus fort que lui. Ses jambes se dérobèrent, Ashton glissa le long du mur, entraînant son assaillant dans sa chute.

— Je vous donne une dernière chance, dit Knopf penché sur lui en desserrant son emprise.

Ashton toussa en recouvrant sa respiration.

— Deux vieillards qui luttent à mort, souffla-t-il. Quand je pense aux carrières que nous avons menées, si ceux que nous avons formés nous voyaient, quel spectacle désolant nous leur offririons !

— J'ai tenu secret votre mensonge, Ashton. Je savais que vous n'aviez pas mené votre mission jusqu'à son terme. Si j'avais parlé, votre carrière vous aurait mené au fond d'un trou.

— Vous l'avez su parce que Edward vous en avait informé, une confidence sur l'oreiller, peut-être ?

Knopf gifla Ashton. Le vieil officier des renseignements roula à terre. Il se releva en se frottant la joue.

— Je n'ignore rien de ce qui s'est passé entre le sénateur et vous.

— C'est elle qui vous l'a dit ?

— Bien sûr que c'est elle. Pendant que je l'entraînais vers la mort dans cette forêt à cent kilomètres d'ici, elle m'a raconté toute sa vie, y compris ce jour où elle est entrée dans sa chambre et vous a surpris dans son lit en compagnie de son mari. Vous voyez, moi aussi j'ai tu vos petits secrets. C'est touchant que vos sentiments à l'égard du sénateur n'aient pas faibli avec le temps, mais vous pouvez m'étrangler si cela vous chante, ça ne changera rien. Je ne peux rien faire pour sauver la petite Walker. C'était votre travail de la protéger, pas le mien.

Knopf se dirigea vers l'une des meurtrières. Il arracha la toile en plastique qui la recouvrait et contempla la vue. Depuis sa position, il pouvait voir l'embouchure du port et les modestes reliefs des fjords qui émergeaient de la mer du Nord. Il se demanda combien d'années s'écouleraient avant qu'ils disparaissent sous les flots. Vingt, trente, quarante, peut-être un peu plus ? Verrait-on alors, depuis les remparts du fort de la cité antique, s'élever dans la nuit polaire les immenses flammes des stations de forage, quand elles pousseraient sur l'océan Arctique telles des escadres de brûlots allumés par la folie des hommes ?

— Il est là-bas, n'est-ce pas ? dit Knopf, songeur. Vous l'avez caché dans sa robe. *Snegourotchka* détient le secret qui la condamne. C'était malin, qui aurait pensé à cela ?

— Moi, dit Ashton, en s'approchant de Knopf.

Le couteau pénétra dans son dos à la hauteur des reins. Ashton enfonça la lame jusqu'à la garde.

Knopf fut foudroyé par la douleur et grimaça en s'affaissant.

— Et elle le gardera jusqu'à sa mort, lui souffla Ashton au creux de l'oreille. Le dossier disparaîtra avec elle.

— Pourquoi ? gémit Knopf en se laissant glisser sur le sol.

Avec des gestes presque tendres, Ashton l'aida à s'adosser au mur. Il s'agenouilla près de lui et soupira.

— Je n'ai jamais pris de plaisir à tuer. Chaque fois que j'ai dû le faire, ce fut pour moi une terrible épreuve. Il n'y a rien de réjouissant à voir mourir un vieil allié. Votre mission était de protéger la fille du sénateur Walker et sa petite-fille, la mienne de protéger sa femme. Votre entêtement nous opposait, je n'avais pas d'autre choix.

Knopf sourit, son visage se crispa. Ashton lui prit la main.

— Vous souffrez beaucoup ?

— Moins que vous ne le supposez.

— Je vais rester avec vous jusqu'à la fin, je vous dois au moins ça.

— Non, murmura Knopf, je préfère être seul.

Ashton lui tapota la main. Il se leva, se dirigea chancelant vers la porte de la salle des gardes et se retourna avant de sortir pour regarder Knopf. La tristesse dans ses yeux n'était pas feinte.

— Je suis désolé.

— Je le sais, répondit Knopf. Partez maintenant.

Ashton leva la main vers son front, et fit un salut militaire. Une sorte d'adieu à un vieux camarade.

*

— Nous arrivons bientôt, cria le pilote en montrant les petites maisons en bois de Bryggen que l'on apercevait au loin. La mer est agitée, je me poserai à l'entrée du chenal. Attachez vos ceintures, en hydravion, on court toujours un risque en se posant, et quand ça cabre, c'est violent.

— Qui est ce Bergenhus que nous devons appeler en arrivant ? demanda Andrew en se retournant vers Suzie.

— Je n'en ai aucune idée, nous verrons bien sur place, c'est peut-être un restaurant qui sert des harengs. Si c'est le cas, Knopf nous aura laissé un message dans une cabine téléphonique à proximité.

— Bergenhus n'est pas un restaurant, rectifia le capitaine en riant. C'est une vieille forteresse. Elle est juste au-dessous, sur votre droite, précisa-t-il en inclinant l'appareil. Les plus vieux bâtiments encore debout datent de 1240. Durant la guerre, un cargo hollandais bourré d'explosifs s'est écrasé contre la forteresse. Un sacré carnage ! La déflagration fut si forte que le feu ravagea presque tout. Assez parlé maintenant, on se pose !

\*

Elias Littlefield verrouilla la porte de son bureau, alla s'installer dans son fauteuil et décrocha son téléphone.

— C'est moi, monsieur le vice-président.

— Mon cher Elias, vous êtes bien le seul à me servir encore du « monsieur le vice-président ». Où en sommes-nous ?

— Ils nous ont distancés sur le port d'Oslo, mais nous savons où ils se rendent, une de nos équipes les aura très vite rejoints.

— Je croyais que vous leur aviez tendu un piège ?

— Knopf s'est douté de quelque chose, il a dû trouver un moyen de les avertir. Ils ne sont pas allés au rendez-vous.

— Où sont-ils ?

— À Bryggen, nos équipes n'avaient d'autre moyen que de les suivre en voiture. Walker et son journaliste ont quatre heures d'avance, mais je ne suis pas inquiet, nous les coincerons.

— Vous avez une idée de ce qu'ils vont faire là-bas ?

— Retrouver Knopf, je suppose.

— Parce que lui aussi vous a échappé ?

— C'est un adversaire qui connaît bien les ficelles de la maison. Une proie difficile à…

— Épargnez-moi vos excuses. Est-il en possession du dossier, oui ou non ?

— Je l'espère ; si c'est le cas, il voudra le négocier contre la vie de sa protégée. C'est pour cela que je vous appelais, que souhaitez-vous que nous fassions ?

Le vice-président ordonna au majordome, qui venait d'entrer dans sa chambre lui porter ses médicaments, de ressortir sur-le-champ.

— Récupérez les documents et faites-les disparaître avec eux, Knopf compris. Le clan Walker m'aura pourri l'existence. Qu'elle aille donc rejoindre son grand-père en enfer. Oh, je sais ce que vous pensez, Littlefield, que je ne tarderai pas à les y retrouver, à chacun sa damnation. Le dossier *Snegourotchka* doit être détruit, c'est une question de sécurité nationale.

— Je le sais, monsieur le vice-président. Vous pouvez compter sur moi.

Le vice-président se pencha pour ouvrir le tiroir de sa table de nuit. Il saisit sa bible et regarda la photo qui lui servait de marque-page. Une photo qu'il avait prise lui-même, quarante-six ans plus tôt, par une belle journée d'été sur l'île de Clarks.

— Rappelez-moi quand ce sera fait. Je vous laisse, j'ai un appel en attente.

Le vice-président raccrocha d'avec Elias Littlefield et appuya sur le bouton de sa seconde ligne.

— Knopf est mort, annonça la voix.

— Vous en êtes sûr ? Cet homme a plus d'un tour dans son sac.

Ashton resta silencieux.

— Qu'est-ce qu'il y a, vous avez l'air étrange ? questionna le vice-président. Il avait le dossier ?

— Personne ne récupérera ce dossier, les termes de notre accord sont inchangés.

— Alors pourquoi avoir tué Knopf ?

— Parce qu'il s'en rapprochait et qu'il voulait s'en servir comme monnaie d'échange contre la vie de la petite-fille de Liliane.

— Ashton, réfléchissez, nous sommes vieux, notre accord ne nous survivra pas. Il y aura d'autres Knopf, d'autres Suzie Walker, d'autres journalistes fouineurs, il est impératif de détruire les preuves de ce que nous avons fait avant que...

— De ce que vous avez fait, rectifia Ashton. J'ai assassiné Knopf parce qu'il était devenu faible. Il vous l'aurait probablement remis, et je ne vous ai jamais fait confiance. Laissez la petite Walker en paix, sans Knopf, elle est inoffensive.

— Elle, peut-être, le journaliste, c'est autre chose, et ils font équipe. Rapportez-moi le dossier et je donnerai des ordres pour qu'elle soit épargnée, si c'est cela qui vous chagrine.

— Je vous l'ai dit, notre accord reste inchangé, s'il arrivait quelque chose à la petite Walker, vous en paieriez les conséquences.

— Ne me menacez pas une nouvelle fois, Ashton, cela n'a jamais réussi à ceux qui ont voulu jouer à ce genre de petit jeu avec moi.

— Je m'en suis plutôt bien sorti depuis quarante-six ans.

Ashton raccrocha. Furieux, l'ex-vice-président rappela Elias Littlefield.

\*

Suzie et Andrew découvraient la forteresse de Bergenhus, mêlés à quelques touristes anglais auxquels un guide en racontait l'histoire.

— Je ne vois pas votre ami, dit Andrew.

Suzie demanda au guide s'il y avait près d'ici un endroit où manger des harengs.

Le guide s'amusa de la question. Il répondit qu'on en servait en ville. Les cuisines de la forteresse avaient disparu depuis longtemps.

— Où se trouvaient les anciennes cantines ? s'informa Andrew.

— Les soldats prenaient leur repas dans la salle des gardes, elle est fermée au public, expliqua le guide.

Puis il leur fit comprendre qu'ils n'étaient pas ses seuls clients et qu'il souhaitait poursuivre la visite.

— Au Moyen Âge, la zone était appelée Holmen, ce qui signifie « îlot » ou « roc », car elle était entourée d'eau, reprit-il en grimpant l'escalier. Plusieurs églises étaient situées dans la forteresse, dont la célèbre Krist-kirken, l'église du Christ, tombeau des rois médiévaux de Bergen.

Suzie attrapa Andrew par le bras et lui montra un cordon rouge sous une alcôve, qui interdisait le pas-

sage. Ils ralentirent le pas. Le guide continua d'entraîner son petit monde vers le sommet de la tour.

— La halle fut construite sous le règne de Hakon IV,
au milieu du XIII<sup>e</sup> siècle…

Sa voix se fit lointaine. Suzie et Andrew attendirent
d'être hors de vue et rebroussèrent chemin. Ils enjam-
bèrent le cordon pour s'engouffrer dans un étroit corridor. Quelques marches s'élevaient, tournant à angle
droit. Ils arrivèrent sur un palier et poussèrent la porte
qui se trouvait devant eux.

Knopf était assis, adossé au mur. Autour de lui, la
terre était trempée d'un sang noir. Il releva la tête et
sourit, son teint était livide. Suzie se précipita vers lui
et prit son téléphone portable pour appeler au secours,
mais Knopf posa sa main sur l'appareil.

— Ce serait la dernière chose à faire, ma chère,
dit-il en grimaçant. J'ai bien cru que vous n'arriveriez
jamais.

— Ne dites rien et préservez vos forces, nous allons
vous conduire à l'hôpital.

— J'aurais voulu éviter les tirades emphatiques en
prononçant mes dernières paroles, mais je crains qu'il
soit trop tard.

— Knopf, ne me laissez pas, je vous en supplie,
je n'ai plus que vous.

— Là mon enfant, c'est vous qui devenez grandi-
loquente. Ne pleurez pas, je vous en prie, ça m'est
insupportable et puis je ne le mérite pas. Je vous ai
trahie.

— Taisez-vous, chuchota Suzie la voix étouffée par
les larmes, vous dites n'importe quoi.

— Non, je vous assure, je voulais récupérer ce dossier à tout prix, je me suis servi de vous. Je comptais marchander votre sécurité en échange, mais quoi qu'il soit advenu je l'aurais détruit. L'amour que je porte à mon pays est plus important que tout autre. Que voulez-vous, on ne se refait pas à mon âge. Maintenant, écoutez-moi. J'ai conservé le peu de forces qu'il me restait pour vous confier ce que je sais.

— Qui vous a fait ça ? demanda Suzie en prenant la main ensanglantée de son parrain.

— Tout à l'heure, laissez-moi finir. Les preuves de l'opération *Snegourotchka*, je crois savoir où elles se trouvent. Elles sont votre sauf-conduit, mais je veux que vous me fassiez une promesse et que vous la teniez.

— Quelle promesse ? questionna Andrew.

— C'est justement à vous que j'allais m'adresser. Ne publiez rien, j'admets qu'une telle affaire vous servirait le prix Pulitzer sur un plateau d'argent, mais les conséquences seraient désastreuses. J'en appelle à votre patriotisme.

— À mon patriotisme ? ricana Andrew. Vous savez combien de personnes sont mortes en quelques jours à cause de votre foutu patriotisme ?

— Moi y compris ? répliqua Knopf d'un ton sarcastique. Ils sont morts pour leur pays, triste cortège de dommages collatéraux dont je ferme la marche. Si vous révélez ce que je vais vous apprendre, c'est notre pays qui sera tenu responsable aux yeux du monde. La colère des peuples sera incontrôlable, on brûlera nos ambassades, on nous honnira. Même au sein de l'Amérique, la population se divisera. La nation sombrera dans une paranoïa sécuritaire et se repliera sur elle-même. Ne cédez pas aux sirènes de la gloire, réfléchissez aux conséquences qui découleraient de vos révélations et maintenant écoutez-moi. Dans les années 1950, les États-Unis étaient de loin le plus gros producteur de pétrole et le garant de la stabilité de ses cours. Le baril coûtait alors un dollar. En 1956, quand les approvisionnements du Moyen-Orient furent interrompus par la crise du canal de Suez, nous avons pu répondre aux besoins des Européens, évitant une pénurie catastrophique. Mais en 1959, le président Eisenhower, poussé par les lobbyistes des compagnies pétrolières américaines qui craignaient qu'un pétrole moyen-oriental bon marché vienne les ruiner, mit en place des mesures protectionnistes. Ceux qui étaient en faveur d'une telle politique arguaient qu'elle intensifierait la production de pétrole américain, ses détracteurs pressentaient qu'au contraire elle conduirait à son épuisement. Et c'est ce qui se passa. Dès 1960, le nombre de barils extraits du sol américain commença à décroître. Soixante-dix pour cent de nos réserves s'épuisèrent en dix ans. Nous n'allions pas tarder à nous rendre compte que notre suprématie énergétique n'était plus qu'un doux rêve et qu'il nous faudrait explorer les réserves du Grand Nord pour préserver notre indépendance en la matière. Standard Oil, BP, ARCO avaient initié des essais de forages en Alaska, mais ceux-ci s'étaient révélés peu probants. Si les ouragans étaient une menace pour les plates-formes dans le golfe du Mexique, la glace serait notre ennemie dans le cercle arctique. Sauf à la faire disparaître. Votre grand-mère avait trouvé dans le bureau de son mari un dossier qu'elle n'aurait jamais dû voir.

— Celui de l'opération *Snegourotchka*, dit Andrew.

— Oui, une folie des grandeurs imaginée par des

hommes portés par leurs ambitions au-dessus de toutes lois. Il s'agissait de lancer depuis nos sous-marins des charges nucléaires sur les couches profondes de la banquise. Si je vous disais comment cette idée a germé, c'est sidérant. L'un de ces magnats, grand consommateur de whisky, s'était rendu compte qu'à température égale un pain de glace mettait dix fois plus longtemps à fondre que des glaçons. Le processus était d'une simplicité déconcertante. Fracturer la banquise en profondeur et attendre que les mouvements de l'océan fassent le reste. Les plus optimistes pensaient qu'en cinquante ans elle finirait par être si morcelée qu'elle ne pourrait plus se reconstituer en hiver. Ils n'étaient pas si optimistes que cela. Votre grand-mère avait également pris connaissance du rapport sur les conséquences écologiques d'un tel projet. Un véritable désastre pour la planète et pour des millions de gens. Elle était convaincue que son mari s'y opposerait. On sait ce qui est advenu de la forêt amazonienne depuis que les hommes ont voulu s'approprier ses ressources en bois. Alors, imaginez leur appétit quand il s'agit de pétrole. Liliane était aussi naïve que vous. Edward était l'un des principaux investigateurs de *Snegourotchka*. Ce fut le début de leur éloignement, ils ne s'adressaient quasiment plus la parole. Pendant des mois, votre grand-mère a espionné son mari. Avec la complicité d'un ami, membre des équipes qui assuraient la sécurité du sénateur, elle s'est procuré la combinaison du coffre. La nuit, elle se rendait en cachette dans son bureau et recopiait les pages des rapports qu'elle trouvait. Et puis, résolue à mettre un terme à ce projet, elle décida de se confier au camp adverse, quitte à en payer le prix de sa personne. Un jeune politicien aux dents longues, protégé de l'un des hommes les plus influents du gouvernement, céda à ses charmes au cours d'une soirée officielle. Ils devinrent amants. Le sénateur l'apprit, mais choisit de fermer les yeux sur les frasques de son épouse. Il était hors de question qu'un scandale éclate alors qu'il était pressenti pour la vice-présidence. À demi-mot, il fit comprendre à Liliane qu'elle pourrait consumer sa passion comme bon lui semblait à condition toutefois de le faire à l'abri des regards. Elle possédait une propriété de famille sur l'île de Clarks, qui devint son refuge. C'est là qu'elle décida un jour de tout raconter à cet homme dont elle s'était éprise. Celui-ci crut un temps avoir trouvé là le moyen d'affaiblir ses adversaires politiques et imagina que son mentor lui en serait à jamais reconnaissant. Ce fut une douche froide. Républicains et Démocrates sont bien plus complices qu'on ne le croit quand il s'agit de partager une manne qui se compte en milliards de dollars. Son mentor lui ordonna de se taire non seulement sur tout ce qu'il avait appris de l'opération *Snegourotchka*, mais également sur le complot qui se tramait pour empêcher votre grand-mère de nuire. Le mentor faisait d'une pierre deux coups, Liliane allait être réduite au silence et la carrière du sénateur serait définitivement coulée. L'affaire fut si grave que même le président Johnson dut renoncer à se présenter pour un second mandat. Liliane allait être poursuivie pour haute trahison. Vous connaissez la fable dont elle fut accusée. Quelques jours avant son arrestation, son amant qui avait gagné du galon fut pris de remords et, lors de leur dernier dimanche passé sur l'île de Clarks, il prévint Liliane qu'on allait l'arrêter. Liliane s'en remit au seul homme sur lequel elle pouvait compter pour organiser sa fuite. Elle s'efforça durant les quelques jours de liberté qu'il lui restait de dissimuler des indices, espérant que sa fille Mathilde puisse un jour faire toute la lumière sur *Snegourotchka*. Liliane, prétextant un voyage sur l'île de Clarks, fit poser son avion au Canada. De là, elle embarqua à bord d'un navire pour la Norvège avec l'homme qui l'avait aidée dans sa fuite, le dossier sous le bras. Elle comptait le remettre aux autorités norvégiennes qui n'étaient ni alliées avec les Soviétiques, ni soumises aux Américains. Le destin fut d'une cruauté sans nom avec elle. Car c'est à cet homme, membre des forces de sécurité et sur lequel elle comptait tant, que le sénateur avait ordonné de conduire sa femme vers sa mort. En bon soldat, il obéit. Liliane disparut le lendemain de son arrivée à Oslo et le dossier avec elle.

— Qui était cet homme qui a assassiné ma grand-mère ?

— Le même qui m'a poignardé ce soir, ma chère.

Knopf toussa, crachant un sang épais. Il peinait à respirer, son souffle devenait haletant.

— Où se trouve ce dossier ? demanda Suzie.

Les yeux de Knopf erraient, il avait le regard d'un homme dont la raison n'est plus.

— Dans les poches de son beau manteau blanc, dit-il en ricanant.

— Quel manteau ?

— Celui de la Demoiselle des neiges, il voulait qu'il se noie avec elle. C'était la seule façon qu'il avait de préserver son secret.

— De quoi parlez-vous, Knopf ?

— Là-bas, bon sang, dit-il en levant péniblement

le bras pointé vers la meurtrière. Le cercle polaire. Ashton connaît l'endroit exact.

— Qui est cet Ashton ?

— J'ai une dernière chose à vous demander. Ne dites rien à Stanley, il faut le préserver. Racontez-lui que j'ai succombé à un infarctus, que je n'ai pas souffert et dites-lui combien je l'aime. Maintenant laissez-moi, il n'y a rien de réjouissant à voir mourir un homme.

Knopf ferma les yeux. Suzie prit sa main et resta près de lui, jusqu'à son dernier souffle, Andrew assis à ses côtés.

Knopf s'éteignit quinze minutes plus tard. Suzie se leva, caressa sa chevelure et ils s'en allèrent.

\*

Ils trouvèrent refuge dans un café de Bryggen. Les touristes y étaient nombreux. Le regard de Suzie exprimait sa colère, elle n'avait toujours pas dit un mot. La mort de Knopf venait d'effacer sa décision de renoncer, dont elle lui avait parlé avant de faire ce voyage en Norvège.

Elle ouvrit son sac, fouilla dans ses affaires et sortit la pochette où elle avait regroupé ses recherches. Elle en sortit une enveloppe en assez mauvais état qu'Andrew reconnut immédiatement.

— C'est la lettre que vous avez trouvée sur le cadavre du diplomate dans la montagne ?

— Regardez qui en était le signataire.

Andrew déplia la lettre et la relut.

*Cher Edward,*

*Ce qui devait être fait fut accompli et j'en ressens un profond chagrin pour vous. Tout danger est désormais écarté. La cause se trouve dans un lieu où personne ne pourra y accéder. Sauf si parole n'était pas tenue. Je vous en adresserai les coordonnées précises par deux autres courriers séparés qui prendront le même transport.*

*J'imagine le profond désarroi dans lequel cette issue dramatique vous a plongé, mais si cela peut apaiser votre conscience, sachez qu'en pareilles circonstances je n'aurais pas agi différemment. La raison d'État prévaut et les hommes tels que nous n'ont d'autre choix que de servir leur patrie, dussent-ils lui sacrifier ce qu'ils ont de plus cher.*

*Nous ne nous reverrons pas et je le regrette. Jamais je n'oublierai nos escapades de 1956 à 1959 à Berlin et particulièrement ce 29 juillet où vous m'avez sauvé la vie. Nous sommes quittes.*

*Vous pourrez, en cas d'extrême urgence, m'écrire au 79, Juli 37 Gate, appartement 71, à Oslo. J'y resterai quelque temps.*

*Détruisez ce courrier après en avoir pris connaissance, je compte sur votre discrétion afin que rien ne subsiste de ce dernier échange.*

*Votre dévoué*

*Ashton*

— Mon grand-père n'a jamais mis les pieds à Berlin de toute sa vie. Cette lettre est codée.

— Et vous sauriez la déchiffrer ?

— 1956, 1959, 29, juillet est le septième mois de

l'année, puis 79, juillet encore, 37 et 71, ces chiffres doivent forcement signifier quelque chose.

— Admettons, mais dans quel ordre et où ? Enfin, je veux dire, quoi ? Je ne cesse de repenser aux dernières paroles de Knopf et à l'endroit où pourrait se trouver ce fichu dossier.

Suzie se leva d'un bond, elle posa ses mains sur les joues d'Andrew et l'embrassa fougueusement.

— Vous êtes mon génie ! dit-elle extatique.

— Épatant ! Je n'ai pas la moindre idée de ce que j'ai fait de génial, mais ça a l'air de vous rendre très heureuse, alors tant mieux.

— L'ordre des chiffres, je les ai retournés en tous sens, pendant des jours et des jours, sans savoir ce que je cherchais. Vous venez de me le dire !

— Qu'est-ce que j'ai dit ?

— Où !

— J'ai dit « Où » ?

— C'était une position qu'indiquaient ces chiffres. Ashton communiquait à mon grand-père les coordonnées de l'endroit où il avait caché le dossier !

— Pourquoi aurait-il révélé ça au sénateur ?

— Parce que cette ordure travaillait pour lui, et ses intentions sont la seule chose qui ne soit pas codée dans cette lettre. Mon grand-père s'était offert une assurance-vie sur le dos de sa femme. Ashton, après l'avoir assassinée, cacha le dossier au lieu de le détruire et mon grand-père détenait de quoi monnayer sa tranquillité. À ceci près que la lettre ne lui est jamais parvenue.

Suzie recopia sur son bloc-notes les chiffres et nombres que contenait le message d'Ashton.

— 59 degrés, 56 minutes, 29 secondes, 7 centièmes

de longitude ouest, et 79 degrés, 7 minutes, 37 secondes, 71 centièmes de latitude nord, ce sont les coordonnées on ne peut plus précises du lieu où repose le dossier *Snegourotchka*. Combien vous reste-t-il de liquide, demanda-t-elle à Andrew.

— À peu près la moitié de ce que j'ai emprunté à Simon.

— Vous avez emprunté cet argent ?

— J'ai fait comme j'ai pu, j'aurais eu beaucoup de mal à négocier une avance sur frais auprès de ma rédactrice en chef. Qu'est-ce que vous voulez faire avec cinq mille dollars ?

— Convaincre notre pilote de nous emmener sur la banquise.

Suzie s'entretint avec lui par téléphone, et la promesse de toucher quatre mille dollars en espèces suffit pour qu'il redécolle et vienne les chercher à Bryggen.

## 15.

*59° 56' 29" 7'" O. – 79° 7' 37" 71'" N.*

Le GPS de bord venait d'afficher cette position. L'avion fit une rotation sur l'aile et amorça sa descente vers la banquise, perçant la couche de nuages qui occultait le sol. Au loin, on pouvait voir les eaux charrier des blocs de glace. Le phare du Beaver éclaira la terre laiteuse tandis que se soulevait une fine pellicule de neige. Les roues situées sous les flotteurs amortirent le choc, l'avion rebondit et lutta contre les vents de travers qui le bousculaient. Le pilote maintint le cap, le moteur ralentit et l'appareil s'immobilisa.

Autour d'eux, le paysage n'était que blancheur immaculée. Lorsqu'ils ouvrirent la portière, un air, d'une pureté qu'Andrew et Suzie n'avaient encore jamais connue, les saisit. Il n'y avait que le vent pour rompre le silence et un grincement lointain, étrange, comme un ricanement. Leurs regards convergèrent vers cette anomalie.

— L'endroit que vous cherchez doit se situer à un ou deux kilomètres, dans cette direction, dit le pilote. Faites attention, la lumière est trompeuse sur la calotte glaciaire, elle fausse les distances et les reliefs. Vous pourriez facilement passer derrière le versant d'une colline sans vous en apercevoir. Si vous perdez l'avion de vue, vous risquez de tourner en rond sans jamais le retrouver. Dans une heure, j'allumerai mon phare et mettrai mon moteur en route, ne dépassez pas cet horaire. Je sens que le temps se lève et je ne veux pas finir mes jours ici. Si vous n'êtes pas revenus, je serai obligé de décoller. Je préviendrais les secours, mais en attendant leur arrivée, vous devriez vous débrouiller par vos propres moyens, et par ces températures je vous souhaite bonne chance.

Suzie regarda sa montre. Elle fit signe à Andrew et ils se mirent en marche.

Le pilote avait raison. Le vent se levait, dressant à chaque rafale des embruns neigeux qui venaient les gifler. Le grincement s'intensifia, on aurait cru entendre l'une de ces vieilles éoliennes, grêlées de rouille, que l'on voit parfois dans les campagnes près des corps de ferme.

Leur équipement était insuffisant, Andrew avait froid, si le temps devait s'aggraver, poursuivre serait une folie.

Il songea à rebrousser chemin. Suzie le dépassa sans s'arrêter et, croisant son regard, le força à continuer.

Soudain, les baraquements d'une ancienne station météorologique apparurent au milieu d'une étendue glacée, trois bâtiments en tôle se découpant dans une brume fantomatique, telles des coques de navires chavirés sur un océan de glace. En leur centre se dressait un mât où ne flottait aucun drapeau. Un peu plus loin, une remise dont le toit s'était effondré. Le plus imposant des édifices avait la forme d'un grand igloo en métal, son diamètre avoisinait les trente mètres, son dôme percé de deux petites cheminées coiffées d'un tourne-vent et d'une mitre faisait le tiers de sa taille.

La porte en fer n'avait pas de serrure. À quoi aurait servi de fermer une porte à clé, au milieu de nulle part. La poignée était emprisonnée sous la glace. Suzie essaya en vain de la faire tourner. Andrew cogna dessus à coups de pied jusqu'à ce qu'elle cède.

L'intérieur était meublé de façon spartiate. Des tables et des bancs en bois, une dizaine de casiers métalliques à double porte, des caisses vides. Le bâtiment principal où ils se trouvaient avait dû abriter les installations scientifiques tandis que les deux autres baraquements servaient de dortoirs et de cantine. Sur des établis recouverts de poussière, Andrew aperçut divers équipements pour mesurer tout ce qui pouvait être mesurable. Des balances, et aussi des éprouvettes, un anémomètre, plusieurs étuves, deux appareils de filtration, quelques vieilles pompes corrodées et des tubes de carottage. Un matériel qui témoignait que l'activité sur cette base ne s'était pas limitée à l'étude de phénomènes météorologiques. Contre un mur, un rack à fusils avait dû accueillir une bonne vingtaine d'armes, et l'armoire grillagée, où pendait un cadenas, probablement leurs munitions. Il était impossible d'envisager le temps qui s'était écoulé depuis que ces lieux avaient été abandonnés. Suzie et Andrew ouvrirent les armoires une à une, les tiroirs de chaque bureau, soulevèrent les couvercles des caisses, tout était vide.

— C'est forcément quelque part ici, dit-elle d'une voix rageuse.

— Je ne veux pas être pessimiste, mais l'heure tourne. Vous entendez le vent ? Il faudrait peut-être songer à retourner à l'avion.

— Alors ne le soyez pas et aidez-moi à chercher.

— Mais chercher où, bon sang ? Regardez autour de vous, il n'y a que de vieux trucs qui ne servent à rien.

Ils visitèrent les deux autres baraquements.

Quelques minutes leur suffirent pour inspecter le dortoir. Hormis une vingtaine de lits de camp couverts de givre et autant de casiers vides, il n'y avait rien à voir. La cantine était sinistre. On avait l'impression que ceux qui avaient vécu là étaient partis en sachant qu'ils ne reviendraient pas, laissant à la nature le soin de faire le ménage. Sur les tables, on pouvait compter les gamelles et les couverts sales. Sur un ancien réchaud était posée une vieille bouilloire. Le matériel de cuisine était peu alléchant, on ne devait pas se régaler tous les soirs.

Andrew et Suzie affrontèrent la tempête qui se levait pour rejoindre le laboratoire.

— Il faut qu'on parte, répéta Andrew. Je ne sais même pas comment nous pourrons rejoindre l'avion.

— Allez-y si vous voulez.

Suzie avança vers la rangée d'armoires métalliques et poussa de toutes ses forces sur la première qui vacilla et finit par basculer au sol. Vint le tour de la deuxième, puis la troisième s'effondra. Andrew ne pensait qu'à retourner à l'avion. Sachant que Suzie ne s'en irait pas sans aller jusqu'au bout, il décida de l'aider à renverser les autres casiers. Lorsque le dernier s'écroula, ils découvrirent la façade d'un petit coffre, encastré dans le mur. La porte était fermée par une serrure.

Suzie s'en approcha pour l'étudier et se retourna, faisant face à Andrew avec un sourire qui lui donnait un charme presque démoniaque.

Elle ouvrit la fermeture Éclair de son blouson, passa sa main sous le col de son pull, la plongea entre ses seins et sortit une petite chaîne où pendait une clé. Une clé rouge que la montagne lui avait rendue, quelques mois plus tôt.

Elle attrapa un petit réchaud à alcool près des éprouvettes et alluma la mèche. Une fois la serrure dégelée, la clé y pénétra, comme si celle-ci l'attendait depuis longtemps.

Le coffre contenait un grand cahier emballé dans un sac plastique. Suzie s'en saisit avec la ferveur d'un croyant qui tiendrait entre ses mains une relique sacrée. Elle le posa sur la table, s'assit sur un banc et commença à en tourner les pages.

Tous les détails de l'opération *Snegourotchka* s'y trouvaient, les noms des hommes politiques qui l'avaient approuvée, ceux qui l'avaient financée. Le dossier comprenait de nombreuses photographies de courriers. Correspondances entre membres du gouvernement, sénateurs des deux camps, hauts gradés, directeurs d'agences gouvernementales, grands argentiers, dirigeants de compagnies pétrolières ou d'extraction minière. La liste des personnes compromises comptait plus de cent noms et Andrew n'arrivait pas à croire ce qu'il était en train de lire.

L'opération *Snegourotchka* avait commencé au début de l'année 1966. Des sous-marins avaient procédé à des tirs répétés sur les couches profondes de la banquise, tandis que les scientifiques qui occupaient jadis cette station en mesuraient les effets.

Andrew attrapa son portable dans sa poche.

— Je ne pense pas que l'on capte par ici, dit-il en répondant à Suzie qui le tançait du regard.

Et il commença à photographier chaque document.

Lorsqu'il eut fini, ils entendirent le vrombissement d'un moteur qui ne tarda pas à se noyer dans les sifflements du vent qui secouait le baraquement.

— J'espère qu'il tiendra sa promesse et nous enverra des secours, dit Suzie en regardant par la fenêtre un ciel étendu de gris.

— Je ne suis pas sûr que ce soit une bonne nouvelle pour nous, répondit Andrew. À votre avis, qui viendra nous chercher ?

— Moi, annonça un homme qui venait d'entrer, un revolver à la main.

*

L'homme abaissa sa capuche. Son visage émacié témoignait de son âge et, s'il n'avait eu cette arme avec laquelle il les mettait en joue, Andrew n'aurait eu aucun mal à le maîtriser.

— Asseyez-vous, dit-il d'une voix calme en refermant la porte.

Suzie et Andrew obéirent. L'homme s'installa à une table voisine. Trop loin pour pouvoir tenter quoi que ce soit.

— N'y pensez même pas, poursuivit-il, alors que la main d'Andrew avançait lentement vers le réchaud. Je ne suis pas venu seul. Dehors, il y a mon pilote et un homme armé beaucoup plus costaud que moi. De toute façon, je ne suis pas là pour vous tuer, sinon vous seriez déjà morts. Ce serait même plutôt le contraire.

— Qu'est-ce que vous voulez ? demanda Andrew.

— Que vous remettiez ce dossier en place et que vous me donniez la clé du coffre où vous l'avez trouvé.

— Et ensuite ? questionna Suzie.

— Ensuite, nous redécollons ensemble. Je vous abandonne à Reykjavik, vous y prendrez un avion pour la destination de votre choix.

— Et l'opération *Snegourotchka* restera secrète ?

— Exactement.

— Vous travaillez pour eux ? interrogea Suzie.

— Je vous croyais aussi intelligente que votre grand-mère, je suis déçu. Si je travaillais pour eux, je récupérerais ce dossier sans vous le demander poliment et la messe serait dite.

— Qui êtes-vous ? interrogea Andrew.

— George Ashton, répliqua l'homme. J'étais un ami de Liliane.

— Je vous en prie, dit Suzie, d'une voix froide, vous êtes son assassin et celui de Knopf.

Ashton se leva et alla vers la fenêtre.

— Nous n'avons pas beaucoup de temps. Une demi-heure au mieux avant que la météo nous cloue au sol. Par ici, les tempêtes peuvent durer deux semaines et nous n'avons pas de vivres.

— Combien vous paie-t-on pour nous faire taire ? reprit Suzie. Je vous offre le double.

— Vous n'avez rien compris décidément. Ceux que vous voulez dénoncer sont intouchables. Ils ne sont pas tenus par la moindre promesse pour régner sur le monde. Il aura suffi de quelques générations d'hommes bien placés pour contrôler tous les rouages du système, sans que rien ni personne ne les en empêche. Consortiums énergétiques, industries agroalimentaires, pharmaceutiques, électroniques, sécuritaires, transports, secteur bancaire, tout leur appartient, même nos plus prestigieuses universités qui enseignent aux futures élites la belle doctrine qui préservera le système. Quand les lois sont si complexes qu'elles deviennent impossibles à appliquer, la seule qui prévaut est la loi du plus fort. L'or noir, nous en sommes devenus esclaves. Nous avons moins soif d'équité et de vérité que d'appareils électroménagers, de voitures, de médicaments, d'électronique en tout genre, de lumières pour donner aux nuits l'aspect du jour, de toute cette boulimie d'énergie dont ils sont devenus les propriétaires. Et il nous en faut encore plus, toujours plus. L'énergie est devenue le ciment de la cohésion sociale, et sa maîtrise le plus puissant des pouvoirs. Sur quelles terres sommes-nous allés guerroyer ces dernières années au nom de la démocratie ? Là où le pétrole coule à flots, là où doivent passer les oléoducs pour l'acheminer, là où se trouvent les terminaux pétroliers. Avons-nous compté les victimes ? Les grands argentiers financent les campagnes électorales et les politiciens qu'ils font élire leur doivent allégeance. Les postes clés sont distribués à leurs hommes. Banques centrales, Trésor, Cour suprême, Sénat, Parlement, commissions, tous obéissent à une même chose : le pouvoir qui leur est confié et qu'ils veulent conserver. Ils ont tout corrompu. Quand les peuples prétendent vouloir prendre leur destinée en main et que les choses commencent à leur échapper, il leur suffit de faire trembler les marchés. Quoi de mieux qu'une bonne crise économique pour mettre peuples et gouvernements à genoux. Le plus libre des entrepreneurs n'est jamais que l'obligé de son banquier quand il lui doit de l'argent et nos belles démocraties sont endettées jusqu'au cou alors que les multinationales accumulent plus de liquidités que nos États n'en auront jamais. Les populations se serrent la ceinture, sont soumises à des politiques de plus en plus rigoristes, tandis que les multinationales échappent à toutes règles. Avez-vous eu l'impression que les promesses de mettre un peu d'ordre dans les hautes sphères de la finance avaient été tenues depuis la grande crise ? Quand bien même vous révéleriez ce qu'ils ont fait il y a quarante-six ans en Arctique pour s'en approprier les réserves énergétiques, ce ne sont pas ces hommes que vous déstabiliseriez, mais notre pays.

— Et c'est par pur patriotisme que vous voulez couvrir leurs agissements, ricana Suzie.

— Je suis un vieil homme, depuis longtemps apatride.

— Et si nous refusons, demanda Suzie, vous nous tuerez ?

Ashton se retourna pour lui faire face. Il soupira et posa son arme.

— Non plus, mais en revanche, si vous refusez, c'est elle que vous tuerez.

— Je tuerai qui ?

— Votre grand-mère, mademoiselle Walker. C'est une très vieille dame aujourd'hui, et ce dossier est son sauf-conduit depuis le jour où je lui ai sauvé la vie. Liliane s'apprêtait à remettre le dossier aux autorités norvégiennes pour mettre un terme à l'opération *Snegourotchka*. Ceux qu'elle allait compromettre l'avaient condamnée. J'étais le chef du service de sécurité de votre grand-père. Un homme transparent, de ceux que personne ne remarque, à qui l'on ne dit ni bonjour ni bonsoir. Sauf quand j'étais auprès de votre grand-mère. Chaque fois qu'au cours d'un déjeuner, d'un cocktail ou d'une soirée un invité passait sans me voir, elle me présentait avec ostentation en disant : « Voici un ami qui m'est cher. » Et j'étais vraiment son ami, son confident. Alors, qui mieux que moi pour la trahir ? Ces hommes si fiers de leur rang et qui redoutaient tant qu'elle aille jusqu'au bout ignoraient où elle avait caché les preuves qui les accablaient. Ils tergiversaient à la faire exécuter avant d'avoir mis la main dessus. Ma mission était simple, je devais persuader votre grand-mère de m'emmener dans sa fuite. Tôt ou tard, elle devrait bien récupérer les documents. Je n'avais plus alors qu'à les lui confisquer, les détruire et la tuer. Mais vous seriez la première étonnée de voir combien deux hommes que tout oppose peuvent s'unir quand il s'agit de sauver la femme qu'ils aiment. Son mari et son amant ont agi de concert pour, disons, accommoder l'issue du complot à leur manière et au su de leurs complices. Les documents détruits, je devais conduire votre grand-mère vers un lieu de retraite qu'elle ne quitterait plus jamais si elle voulait rester en vie. J'avais confiance en la sincérité de son mari, ce n'était pas le cas pour son amant. J'étais certain qu'une fois ma mission accomplie il la ferait exécuter. Alors, j'ai pris certaines initiatives, moi aussi. J'ai bien conduit votre grand-mère dans un endroit où personne ne pourrait la trouver et j'ai fait de même avec le dossier. Je ne suis jamais retourné aux États-Unis, j'ai fui en Inde et, de Bombay, j'ai abattu mes cartes. Le dossier resterait en lieu sûr tant que personne ne toucherait à un cheveu de Liliane, dans le cas contraire il ressurgirait et serait remis à la presse. Et depuis quarante-six ans, il en est ainsi. Son ancien amant n'a jamais digéré d'être pour une fois celui que l'on soumettait à un chantage. Je me fiche complètement des conséquences qui découleraient de la révélation de l'opération *Snegourotchka*, sauf d'une seule : que cet homme arrivé au sommet de sa puissance n'assouvisse une vengeance qu'il nourrit depuis tant d'années et fasse exécuter Liliane. Maintenant, je vous le demande une dernière fois, remettez le dossier dans ce coffre et confiez-moi la clé.

Ashton avait repris son arme et la pointait dans la direction de Suzie. Elle essaya de prononcer quelques mots, en vain.

— Ma grand-mère est vivante ? finit-elle par articuler d'une voix tremblante.

— Je vous l'ai dit Suzie, c'est une très vieille dame, mais elle est en vie.

— Je veux la voir.

Andrew regarda sa montre et soupira. Avec des gestes d'une grande délicatesse, il ôta le dossier des mains de Suzie et alla le remettre à sa place. Il referma le coffre-fort, retira la clé et s'approcha d'Ashton.

— Allons-y, dit-il, mais j'aimerais moi aussi accommoder les choses à ma façon. Je vous donne cette clé et nous repartons à bord de votre avion pour aller à Oslo.

Andrew tira son bloc-notes de sa poche et le fit glisser devant Ashton.

— Et vous m'écrivez sur ce papier où se trouve Liliane Walker.

— Non, c'est hors de question, mais je veux bien m'engager à vous y conduire, répondit Ashton en tendant une main ouverte à son interlocuteur.

Andrew déposa la clé dans la paume d'Ashton qui la rangea dans sa poche avant d'annoncer qu'il était temps de partir.

*

Le bimoteur roula sur la glace, prit de la vitesse et s'éleva. Quand il vira sur l'aile, Andrew et Suzie virent s'éloigner les baraquements d'une base polaire qui ne figurait sur aucune carte. À deux kilomètres de là s'élevait une colonne de fumée. Un Beaver jaune qui n'avait jamais redécollé achevait de se consumer.

*

Ashton tint sa promesse. De retour à Oslo, il déposa Suzie et Andrew devant un hôtel. L'homme qui avait voyagé avec eux resta derrière le volant.

Ashton les accompagna jusque dans le hall.

— Demain, je viendrai vous chercher en fin de matinée ; nous avons un peu de route à faire. Profitez d'Oslo, vous pouvez visiter la ville à votre guise. Vous ne craignez plus rien. Vous êtes désormais libres comme l'air. L'assurance-vie de votre grand-mère est aussi la vôtre. Faites-moi confiance, j'en ai personnellement négocié les termes.

ici d'Oslo, vous pourrez visiter la ville à votre guise.
Vous ne regretterez pas cet... Si vous avez encore le temps d'y passer une ou deux semaines, nous ne le regretterons pas non plus, et... vous en garderez toujours le meilleur des souvenirs.

# 16.

La voiture les avait récupérés devant leur hôtel, comme prévu. À la sortie d'Oslo, Ashton exigea de ses passagers qu'ils aient les yeux bandés jusqu'à la fin du voyage.

Ils roulèrent deux heures durant dans l'obscurité complète. Lorsqu'ils ralentirent enfin, Ashton les autorisa à ôter les foulards qui couvraient leurs yeux. Andrew regarda autour de lui. Une allée en gravier menait vers un couvent perdu dans la campagne.

— C'est ici qu'elle a passé sa vie ? demanda Suzie effarée.

— Oui, et elle y a été très heureuse. Vous constaterez en y entrant que l'endroit est ravissant et l'intérieur bien moins austère qu'on pourrait l'imaginer.

— Elle n'en est jamais sortie ?

— Quelques fois, pour aller au village, mais jamais très longtemps. Je sais que cela vous étonnera, mais dès qu'elle s'en éloignait, elle n'avait qu'un seul souhait, rentrer aussitôt. Il y a une autre chose qui va vous surprendre et certainement vous décevoir. Je préférais attendre le dernier moment pour vous l'annoncer. Votre grand-mère n'a plus sa raison. Ce n'est pas qu'elle soit folle, mais depuis deux ans déjà, elle ne parle plus ou très rarement, et pour ne dire que quelques mots, des paroles vagues sans rapport avec la conversation qu'on lui tient. Elle souffre d'une forme d'absence dont on ne revient pas. Je suis désolé Suzie, la femme que vous allez rencontrer n'est pas celle des photos qui ont nourri votre imaginaire. Plus maintenant en tout cas.

— La femme que je vais rencontrer est ma grand-mère, répliqua Suzie.

La voiture se rangea devant l'entrée du couvent.

Deux religieuses les accueillirent et les guidèrent à travers les galeries d'un cloître qui jouxtait le couvent. Le cortège emprunta un escalier et s'engagea dans un couloir aux murs couverts de boiseries. Les deux sœurs ouvraient la marche, Ashton la fermait. Elles s'arrêtèrent devant la porte d'un salon.

— Elle vous attend ici, dit la plus âgée des deux sœurs dans un anglais empreint d'un léger accent. Ne la fatiguez pas. Les visites ne peuvent pas durer plus d'une heure. Nous viendrons vous rechercher.

Suzie poussa la porte et entra seule.

Liliane Walker était assise dans un fauteuil, si grand que sa silhouette semblait bien frêle. Son regard fixe était tourné vers la fenêtre.

Suzie s'approcha lentement. Elle s'agenouilla aux pieds de sa grand-mère et prit sa main dans la sienne.

Liliane tourna lentement la tête et lui sourit, sans dire un mot.

— J'ai fait un long voyage pour venir jusqu'à vous, si long, murmura Suzie.

Elle posa sa tête sur les genoux de Liliane et huma son parfum. C'était un parfum doux et sucré, un parfum de grand-mère qui apaise tous les maux de l'enfance.

Un rayon de soleil entra par la fenêtre et caressa le sol.

— Il fait beau aujourd'hui, n'est-ce pas ? dit Liliane d'une voix claire.

— Oui, il fait beau, lui répondit Suzie d'une voix étouffée par les larmes. Je m'appelle Suzie Walker, je suis votre petite-fille. Je ne vous ai pas connue mais vous avez habité mon enfance. Vous m'accompagniez sur le chemin de l'école, je faisais mes devoirs sous votre surveillance. Je vous confiais tous mes secrets. J'ai puisé en vous tant de force. Vous m'aidiez à traverser les épreuves de mon adolescence. Vous me guidiez. Quand je réussissais quelque chose, c'était toujours grâce à vous, et lorsque j'échouais, c'était aussi votre faute. Je vous reprochais d'avoir été distraite, d'avoir oublié de veiller sur moi. Le soir, je vous parlais depuis mon lit. Comme certains récitent une prière en s'endormant, je m'adressais à vous.

La main tremblante de Liliane se posa sur la chevelure de sa petite-fille.

Un long silence suivit, que seul le tic-tac d'une horloge venait meubler.

On frappa à la porte. Le visage d'Ashton apparut dans l'entrebâillement. Le moment était venu de repartir.

Suzie caressa la joue de sa grand-mère, l'entoura de ses bras pour la serrer contre elle et l'embrassa.

— Je sais tout, lui chuchota-t-elle à l'oreille. Je vous pardonne le mal que vous avez fait à ma mère. Je vous aime.

Suzie plongea ses yeux dans ceux de sa grand-mère et s'en alla à reculons.

Lorsqu'elle se retourna pour quitter la pièce, elle ne put voir le visage bouleversé de Liliane qui lui souriait.

*

Ashton les raccompagna jusqu'à la voiture.

— Mon chauffeur vous déposera à votre hôtel pour que vous y récupériez vos bagages. Il vous conduira ensuite à l'aéroport. J'ai pris la liberté de vous acheter deux billets pour New York.

— Je voudrais revenir la voir, dit Suzie.

— Une autre fois peut-être, il est temps de rentrer. Vous pourrez toujours me joindre à ce numéro, dit-il en lui tendant un papier. Je vous donnerai de ses nouvelles, chaque fois que vous le voudrez.

— J'aimerais tellement qu'elle m'ait entendue, dit Suzie en s'installant dans la voiture.

— J'en suis certain. Je viens chaque jour lui rendre visite et je lui parle aussi. Parfois, elle me sourit et, dans ces moments-là, je veux croire qu'elle sait que je suis là. Faites bonne route.

Ashton attendit que la voiture ait tourné au bout de l'allée et revint sur ses pas.

Il regagna le petit salon où Liliane Walker l'attendait, assise dans son fauteuil.

— Tu n'as aucun regret ? demanda-t-il en refermant la porte.

— Si, à bien y penser j'aurais aimé visiter l'Inde, je crois.

— Je parlais de...

— Je sais de quoi tu parlais, George, mais c'est mieux comme ça. Je suis une vieille femme maintenant, je préfère qu'elle garde de moi les souvenirs que ses rêves ont forgés. Et puis avec son tempérament, si je lui avais montré mon émotion, elle n'aurait pas résisté à l'envie de révéler la vérité, de s'acharner à prouver que j'étais innocente. Tu verras, si tu me survis, je suis certaine qu'elle le fera dès que je serai morte. Elle est aussi têtue que moi.

— Quand je suis entré dans cette base, j'ai bien cru que mon cœur allait s'arrêter tant elle te ressemble.

— Ton cœur est bien solide, mon cher George, avec tout ce que je lui ai fait endurer depuis que je te connais. Allez, ramène-nous à la maison, veux-tu bien, cette journée était merveilleuse, mais elle m'a épuisée.

George Ashton posa un baiser sur le front de Liliane Walker et l'aida à se lever.

Main dans la main, ils traversèrent le long couloir du monastère.

— Il faudra penser à remercier les bonnes sœurs pour leur complicité aujourd'hui.

— C'est déjà fait, répondit Ashton.

— Alors il ne nous reste plus qu'à rentrer, souffla Liliane en s'appuyant sur sa canne. Quand je serai morte, tu lui rendras cette clé, c'est promis ?

— Tu la lui rendras toi-même, c'est toi qui me survivras, répondit George Ashton à sa femme.

# 17.

L'avion se posa à New York aux premières heures du matin. Suzie rentra chez elle, Andrew chez lui. Ils se retrouvèrent chez Frankie's à l'heure du déjeuner. Suzie attendait Andrew à sa table, un sac de voyage à ses pieds.

— Je repars à Boston, dit-elle.

— Déjà ?

— C'est mieux comme ça.

— Peut-être, répondit Andrew.

— Je voulais vous remercier, c'était un beau voyage.

— C'est moi qui dois vous remercier.

— De quoi ?

— J'ai pris la décision de ne plus toucher à une goutte d'alcool.

— Je ne vous crois pas une seconde.

— Vous avez bien raison ! On trinque ? Vous me devez bien ça.

— D'accord, je ne sais pas à quoi, mais trinquons, Stilman.

Andrew pria la serveuse de leur apporter la meilleure bouteille de vin que l'établissement servait.

Peu de mots, mais beaucoup de regards furent échangés au cours de ce repas. Puis Suzie se leva, passa son sac à l'épaule et demanda à Andrew de rester assis.

— Je ne suis pas très douée pour les adieux.

— Alors dites-moi plutôt au revoir.

— Au revoir, Andrew.

Suzie posa un baiser sur ses lèvres et s'en alla.

Andrew la suivit du regard. Quand la porte du restaurant se referma sur elle, il ouvrit le *New York Times* et s'efforça de renouer avec les nouvelles du jour.

*

En fin de journée, Andrew se rendit au journal, résolu à affronter sa rédactrice en chef et à accepter le premier travail qu'elle voudrait bien lui confier. Et pour se préparer au pire, il décida de faire un détour par la cafétéria.

Une main posée sans ménagement sur son épaule le fit renverser son café.

— Dites-moi, Stilman, j'ai consacré toute une semaine à travailler comme une chienne pour des prunes, ou ce que j'ai pu trouver vous intéresse ?

— Et qu'avez-vous trouvé, Dolorès ?

— Pas mal de choses en fait, je suis assez fière de moi. Essuyez-vous et suivez-moi.

Dolorès Salazar accompagna Andrew à son bureau. Elle lui ordonna de s'asseoir sur son fauteuil, se pencha par-dessus son épaule et tapa son mot de passe sur le clavier d'ordinateur. Elle imprima le résultat de ses recherches et lui en fit la lecture à voix haute.

— En 1945, les États-Unis ont entrepris des exercices militaires d'envergure au pôle. Une opération baptisée *Musk Ox* ouvrit à grand renfort de brise-glaces une route de cinq mille kilomètres. Le but était d'évaluer les risques d'une invasion soviétique par la voie du nord. En 1950, les forces conjointes américano-canadiennes survolèrent près d'un million de kilomètres carrés au-dessus du pôle. En 1954, le sous-marin *USS Nautilus* rejoignit le pôle en passant sous la banquise. Cette expédition prouva la capacité de la force nucléaire américaine à frapper depuis l'Arctique. Deux décennies plus tard, les Soviétiques procédèrent à des essais nucléaires dans le cercle polaire, faisant disparaître près de quatre-vingts millions de mètres cubes de glace dans la région de Novaya Zemlya. Les États-Unis comme l'URSS envisagèrent la possibilité d'utiliser des charges nucléaires de faible puissance à des fins commerciales et civiles. Les Soviétiques en firent exploser à plusieurs occasions, dont une fois au prétexte de colmater une importante fuite de gaz dans la région arctique de Pechora. Les inquiétudes d'une pollution radioactive ne les ont pas empêchés de poursuivre leurs investigations sur la façon dont la force nucléaire pourrait faciliter l'accès aux ressources géologiques de l'Arctique. Lors de la conférence d'Anchorage, le chef de l'institut Kurchatov expliqua à l'assemblée présente comment les sous-marins nucléaires pouvaient assurer le transport du gaz liquide. En 1969, le tanker américain, *USS Manhattan*, emprunta la voie du nord pour naviguer de Prudhoe Bay jusqu'à la côte Est des États-Unis, et quand le gouvernement canadien étendit ses droits territoriaux en mer de douze miles, mettant les États-Unis devant le fait accompli, la réponse ne se fit pas attendre. Le gouvernement américain invoqua une question de sécurité nationale pour s'y opposer. Le gouvernement d'Ottawa a alloué cent millions de dollars pour établir la carte des ressources minérales de l'Arctique canadien dans l'idée d'en accélérer l'extraction. Le Kremlin de son côté a annoncé récemment que l'extraction du pétrole et du gaz en Arctique était un facteur clé pour que la Russie demeure une superpuissance énergétique. Même les autorités du Groenland prônent l'extraction des ressources minérales comme condition à leur indépendance vis-à-vis du Danemark. Pétrole, gaz, nickel et zinc, les États riches veulent tous mettre la main sur ces gisements, y compris ceux qui ne peuvent revendiquer des droits territoriaux et qui invoquent que le continent arctique est la propriété de toutes les nations. Depuis que l'ouverture de la route du nord est considérée comme imminente en raison de la fonte des glaces, de nombreux pays, dont la France, la Chine et l'Inde, veillent désormais sur la banquise comme ils le font depuis des années sur le canal de Panamá. Les Canadiens ont annoncé en 2008 avoir lancé la construction d'une base sous-marine à Nanisvik qui ouvrira en 2015, ainsi que la mise en chantier de six navires offshore pour un coût de trois milliards de dollars. Et en 2001, alors que l'administration Bush réfutait la thèse du réchauffement climatique, l'US Navy tint son premier symposium sur les conséquences militaires d'un océan Arctique devenu navigable tout au long de l'année. Le ministère norvégien de la Défense a présenté un scénario dans lequel les compagnies pétrolières russes commenceraient à forer pour le pétrole au-delà de leurs eaux territoriales dans la décennie à venir et, sans mauvais jeu de mots, a assuré que le partage de l'Arctique annoncerait le début d'une nouvelle guerre froide entre Ouest et Est.

Andrew se dirigea vers le planisphère punaisé à la porte du bureau.

— C'est tout l'effet que ça vous fait ? râla Dolorès.

— Si je vous disais que cette folie était préméditée depuis près de cinquante ans, vous me croiriez ?

— Si vous le dites. Vous allez publier ?

— Hélas, je n'ai plus les preuves pour écrire un papier sur ce qui fut l'une des plus belles saloperies imaginées par l'homme, de quoi pourtant décrocher le Pulitzer.

— Où sont ces preuves ?

— Là-bas, dit Andrew en pointant son index sur le nord de la carte du monde. Quelque part dans les poches de son beau manteau blanc.

— De qui parlez-vous ?

— De *Snegourotchka*, la Demoiselle des neiges.

— Et ces preuves sont définitivement perdues ?

— Qui sait ? Après tout, le Pulitzer peut bien attendre quelques années, ajouta-t-il en repartant vers son bureau.

Et une fois seul dans l'ascenseur, Andrew alluma son portable, regarda les photos qu'il contenait et sourit. Peut-être à l'idée d'aller prendre un peu plus tard un Fernet-Coca au bar du Marriott, peut-être pas.

*

Valérie avait quitté son bureau comme chaque soir aux environs de 18 heures. Elle se dirigea vers la station de métro. Une femme se tenait adossée à un réverbère, un grand sac à ses pieds. Valérie reconnut aussitôt celle qui la fixait du regard.

— Il vous attend au bar du Marriott, dit Suzie. S'il vous demande de lui offrir une seconde chance, réfléchissez. Andrew est un homme dont les défauts ne se comptent pas, mais c'est quelqu'un de formidable. Il vous a dans la peau. Trop tard n'existe pas quand on la chance que celui qui vous aime soit encore là pour vous le prouver.

— Il vous a vraiment dit cela ? demanda Valérie.

— D'une certaine façon, oui.

— Vous avez couché avec lui ?

— Je l'aurais fait volontiers s'il avait bien voulu. Il lui a fallu beaucoup de courage pour parcourir le chemin qui menait à vous.

— Il m'en a fallu beaucoup pour me reconstruire après son départ.

Suzie plongea son regard dans les yeux de Valérie et lui sourit.

— Je vous souhaite d'être heureux, lui dit-elle.

— C'était très courageux de votre part, de venir me voir ce soir, ajouta Valérie.

— Le courage n'est qu'un sentiment plus fort que la peur, répondit Suzie en soulevant son baluchon.

Elle salua Valérie et s'éloigna.

*

Un quart d'heure plus tard, un taxi s'arrêta au coin de Broadway et de la 48e Rue, Valérie régla la course et entra dans le bar du Marriott.

# Épilogue

Le 24 janvier suivant, Suzie Walker, accompagnée de trois guides de montagne, entreprit l'ascension du mont Blanc. La dépouille de Shamir fut restituée à ses parents.

Suzie ne retourna jamais plus en France. Deux ans plus tard, au terme d'un entraînement acharné, elle escalada l'Himalaya. Arrivée au sommet, elle planta son piolet et y noua une écharpe.

Ceux qui réussissent à y grimper peuvent encore voir ce morceau d'étoffe rouge claquer dans le vent.

## Note de l'auteur

Les informations communiquées par Dolorès Salazar dans son rapport à Andrew sont toutes véridiques.

# Sources documentaires

Duncan Clarke, *Empires of Oil : Corporate Oil in Barbarian Worlds*, Londres, Profile Books, 2007.

Martha Cone, *Silent Snow : The Slow Poisoning of the Arctic*, New York, Grove Press, 2005.

Pier Horensma, *The Soviet Arctic*, Londres, Routledge, 1991.

Leonardo Maugeri, *The Age of Oil*, Westport, Praeger, 2006.

Charles Emmerson, *The Future History of the Arctic*, New York, PublicAffairs, 2010.

« Increase in the rate and uniformity of coastline erosion in Arctic Alaska », in *Geophysical Research Letter*, 2009.

… Et de nombreux autres articles.

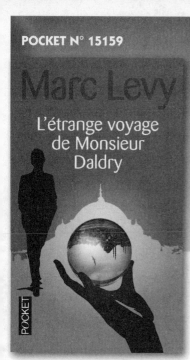